Liebe braucht kein Morgen

Sommertrilogie Band 3

Lily Winter

ʃ

Lily Winter

Liebe braucht kein Morgen

Sommertrilogie Band 3

Roman

Impressum

Bibliografische Information der Deutschen Nationalbibliothek:
Die Deutsche Nationalbibliothek verzeichnet diese Publikation in der Deutschen Nationalbibliografie; detaillierte bibliografische Daten sind im Internet über http://dnb.dnb.de abrufbar.

Cover Design: Hannah Sternjakob

Herstellung und Verlag: BoD – Books on Demand, Norderstedt

ISBN: 978-3-7526-4832-4

PROLOG

Katja

Wumm!

Schweißgebadet wache ich auf.

Jede Nacht wache ich auf.

Jede Nacht sehe ich dieselben entsetzlichen Bilder.

Ich höre den lauten Aufprall und die plötzliche Stille, die darauffolgt.

Jede Nacht sehe ich mich wieder aus dem Auto stürzen, sehe wie andere Menschen angelaufen kommen.

Ich sehe einen Menschen vor dem Auto liegen, wie er einfach nur so da liegt, blutüberströmt.

Von einer Sekunde zur anderen kann das Leben vorbei sein. Seins war es und meines somit auch.

1. KAPITEL

Katja

Nach diesen Albträumen kann ich nicht wieder einschlafen. Ich setze mich dann in die Küche, schreibe in mein Tagebuch oder lese, bis es endlich sechs Uhr ist und ich mit dem Bus zur Arbeit fahren kann.

„Guten Morgen, Frau Winter", begrüßt mich mein Chef, Philip Rose, wie jeden Morgen.

Ich stelle ihm seine Tasse Kaffee, ohne Milch dafür aber mit zwei Stück Zucker, auf den Schreibtisch. Dann setze ich mich ins Vorzimmer und sehe die Mails durch, schicke Termine rum und sortiere die Unterschriftenmappe für ihn.

Heute trudeln langsam die Mails für das anstehende Meeting ein. Ich kopiere alles in eine PowerPoint Vorlage, die ich extra dafür erstellt habe, damit alles schön einheitlich aussieht.

Natürlich sind in den Folien wieder dutzende von Fehlern. Allerdings nicht, weil die Leute blöd sind, sondern weil es ihnen einfach niemand richtig erklärt hat.

Die Leute, die die Folien erstellt haben, sind meistens die Leute, die in der Firma gerade das duale Studium absolvieren, in der Regel junge Leute Anfang 20, die meistens nur drei oder vier Monate in einer Abteilung sind. Irgendwann sieht man mache von ihnen in Mailverteilern wieder, wenn sie ein Team oder sogar Abteilungen übernehmen. Die meisten gehen jedoch nach ihrem Studium fort, die Firma kann schließlich nicht jeden übernehmen.

Da mein Vater in dieser Firma der Geschäftsführer ist, hätte er mir ebenfalls diese Art von Ausbildung verschaffen können, aber das wollte ich auf gar keinen Fall! Ich wollte doch nicht als „die Tochter des Geschäftsführers" hier eine Ausbildung machen. Ich habe einfach ganz normal Vollzeit an einer Uni studiert.

Das BWL-Studium hat mir sehr viel Spaß gemacht. Nebenbei habe, obwohl ich eigentlich gar nicht hätte arbeiten müssen, auch noch in einer Modeboutique gejobbt. Die Erfahrung war ganz interessant für mich, auch wenn ich nichts mit Buchhaltung oder Bestellungen zu tun hatte, sondern ausschließlich als Verkäuferin dort gearbeitet habe. Mein Äußeres, also meine langen roten Haare und meine dünnen Stelzenbeine, waren komischerweise für den Job recht hilfreich, ganz oft wurde ich gebeten, die Kleider oder die Hosen, die wir verkauft haben, auf der Arbeit als

Werbung tragen. Manchmal durfte ich sogar etwas behalten, nicht, dass ich diese Sachen jemals noch einmal angezogen hätte.

Auch wenn mein Äußeres wohl irgendwie dem Gesellschaftsbild zu entsprechen scheint, habe ich mich noch nie attraktiv gefühlt. Vielleicht kommt es daher, weil mir meine Großmutter, also die Mutter meiner Mutter, immer gesagt hat, dass ich dürr wie eine Ziege bin und obwohl ich damals erst vier war, hat sich das bei mir irgendwie festgesetzt. Und obwohl mir das nie wieder jemand gesagt hat, fühle ich mich einfach nicht wohl in meiner Haut.

Während ich die Folien durchsehe, korrigiere ich die Fehler, die direkt ins Auge springen, sofort. Die Inhalte sind nicht sehr anspruchsvoll, mal wieder ein Antrag für irgendwelche Projekte oder auch Zwischenberichte von laufenden Projekten, deshalb schweifen meine Gedanken schnell wieder ab.

Ich weiß gar nicht genau, in welche Richtung ich nach dem Studium gegangen wäre. Irgendwohin natürlich, wo man mir einen Job gegeben hätte, denn direkt nach einem Studium muss man halt erstmal schauen, dass man Berufserfahrung bekommt.

Ich wollte immer weg aus München und mein eigenes Leben aufbauen. Noch während meiner Masterarbeit hatte ich bereits unzählige

Bewerbungen innerhalb Deutschlands, England und den Niederlanden verschickt. Während meines Studiums bin ich an verschiedenen Unis gewesen und war ganz versessen darauf, endlich in die Welt rauszugehen.

Bis zu diesem Tag….

Doch ich schiebe diesen Gedanken wieder beiseite und spare mir die Düsternis für heute Abend auf. Dann drucke ich die fertige Präsentation aus und bringe sie meinem Chef.

„Danke, Frau Winter", sagt mein Chef geistesabwesend.

Das bin ich gewohnt, denn meistens beachtet er mich nicht, sondern murmelt nur irgendwas Zustimmendes.

Eigentlich ist mein Chef ganz ok. Auch der Job ist ganz in Ordnung, also irgendwie. Doch letztendlich bin ich leider genau da gelandet, wo ich niemals hinwollte: In der Firma meines Vaters, denn für mich war es die einzige Chance, überhaupt noch eine Stelle zu bekommen.

Immerhin verschafft mir der Job eine finanzielle Unabhängigkeit, wenngleich ich ansonsten nicht unabhängig bin, denn ich lebe nach wie vor auf dem Dachboden im Hause meiner Eltern. Ein zugegeben sehr schöner, ausgebauter Dachboden, den bis vor einigen Jahren noch mein Bruder bewohnt hat. Später hat er zusammen mit seiner Frau Ari dort gelebt, bis die beiden in Annas und Aris alte Wohnung umgezogen sind und ich den Dachboden bekommen habe.

Ich liebe Ari, sie ist die beste große Schwester, die man sich wünschen kann und auch die beste Schwägerin der Welt. Oh, bitte! Das ist gar nicht so kompliziert!

Meine Mutter hat sich von meinem Vater getrennt, als ich fünf war und hat mich zu meinem Vater nach München abgeschoben. Anna und mein Vater kannten sich schon sehr lange und sind irgendwann zusammengezogen.

Natürlich war die ganze Geschichte wesentlich komplizierter, aber ich habe das eh damals nicht so mitbekommen, weil ich viel zu klein war. Anna hat eine Tochter namens Ariane, aber sie will nur Ari genannt werden. Mein großer Bruder Max und Ari haben sich quasi von Anfang an „gemocht", das hat jeder sehen können einschließlich mir, aber den beiden ist das Ganze erst zehn Jahre später klar geworden. Gottseidank haben sie es letztendlich doch noch hinbekommen und jetzt haben sie ein Haus und zwei Kinder namens Hanna und Theo. Hanna ist zehn und Theo sieben Jahre alt. Ich vergöttere die beiden, besonders Hanna, weil wir uns so ähnlich sehen, obwohl wir charakterlich völlig verschieden sind. Es war daher völlig klar, dass ich Hannas Patentante werde. Theo, der beste

Freund meines Vaters, ist Theos Patenonkel.

Tja und deshalb habe ich eine große Schwester und eine Schwägerin in

einer Person. Das spart einem ein Geburtstagsgeschenk!

Meinen großen Bruder Max liebe ich ebenfalls über alles. Er ist mein fester

Punkt gewesen, als mich unsere Mutter nach München zu unserem Vater

abgeschoben hat. Einem Vater, den ich kaum kannte, denn er war als

Projektmanager ständig unterwegs. Ich war fünf, meine Großmutter war

gerade gestorben und mein Vater hatte diesen neuen Job in München

bekommen, den er auch heute noch hat. Er ist Geschäftsführer eines

Firmenzweigs der Firma, für die er bereits seit dem Studium gearbeitet

hat, allerdings bis dato in Hamburg, wo ich geboren wurde. Mein Bruder

Max ist in Hattingen geboren, wo mein Vater, Anna und auch meine

Mutter aufgewachsen sind. Als mein Vater den Job in München

angenommen hatte, war zunächst geplant gewesen, dass wir alle, außer

Max, nach München ziehen würden, denn Max hatte in Hamburg

studieren wollen. Nach dem Tod meiner Großmutter schien meine Mutter

jedoch irgendwie auf dem Egotrip zu sein und das hat sie bis heute nicht

wieder abgelegt. Sie schreibt Bücher und hat das große Glück, dass sie sogar davon leben kann. Ich weiß, dass das nicht viele Autoren von sich sagen können.

Ich dagegen schreibe nur für mich, in mein Tagebuch.

Nur einmal habe ich meiner Mutter etwas gezeigt, eine Kurzgeschichte, die ich mit 16 geschrieben habe, „A Monkeys Tail".

„Was ist denn das, Katja?", hatte sie mich mit gerunzelter Stirn gefragt und auf die engbeschriebenen Blätter geschaut.

„Eine Kurzgeschichte. Ich wollte, dass du sie liest", hatte ich schüchtern geantwortet.

„Ich habe keine Zeit für so etwas, Katja. Du weißt doch, dass mein neuer Roman demnächst erscheinen soll und wieviel Arbeit das macht. Ach nein, das weißt du natürlich nicht", sagte sie trocken und stopfte die Geschichte in ihre Handtasche.

Wir haben dann nur noch Belanglosigkeiten ausgetauscht und ich bin mit dem Zug wieder nach München gefahren. Ich habe keine Ahnung, wieso ich sie ihr gezeigt habe und was ich erwartet habe.

Nur wenige Tage später hat sie mir eine Handynachricht geschrieben:

„Quatsch." Mehr stand da nicht.

Ich war am Boden zerstört und habe nie wieder jemandem etwas von mir gezeigt, obwohl ich auch danach noch weitere Geschichten geschrieben habe.

Seit dem Unfall vor drei Jahren habe ich begonnen, Gedichte zu schreiben. Düstere Gedichte, denn in mir sieht es nun mal so aus. Vielleicht hat es auch schon immer in mir so ausgesehen, denke ich, während ich einen Geschäftsbrief tippe.

Denn auch „A Monkeys Tail" war keine heitere Anekdote, sondern handelte von einem Affen, dem der Schwanz abgeschlagen wurde. Das Ganze sollte eine Parabel darstellen, na ja, war wohl nichts.

Ich kann wohl nichts Heiteres schreiben, denn anscheinend bin ich kein heiterer Mensch.

2. KAPITEL

Philip

Wie ich es hasse, sie einfach nur mit Frau Winter zu begrüßen!

Am liebsten würde ich bereits jeden Morgen neben ihr aufwachen und dabei ganz andere Dinge mit ihr tun.

Täglich marschiere ich möglichst schnell an ihr vorbei und hoffe, dass sie nicht mitbekommt, wie ich sie dabei anhimmele. Dann setze ich mich an meinen Schreibtisch und warte darauf, dass sie mir den Kaffee bringt. Natürlich könnte ich das auch selbst tun, aber irgendwie hat sich das so eingebürgert, weil sie das für den Chef davor auch gemacht hat. Und meistens habe ich es danach auch hinter mir, was den direkten Kontakt mit Frau Winter betrifft.

Ich weiß gar nicht, ob die Winter einen Freund hat. Es spielt auch keine Rolle, denn ich glaube nicht, dass mein Vater mit dieser Wahl einverstanden wäre. Er hat eine sehr persönliche Vorstellung von meiner Wahl einer Frau, befürchte ich. Mein Vater hat allerdings, soweit ich es weiß, meine Mutter aus Liebe geheiratet. Meinem Großvater war es anscheinend egal, wen sein Sohn heiratet.

Meine Eltern haben sich während ihrer Ausbildung in der Firma meines Großvaters kennengelernt und direkt nach ihrem Abschluss geheiratet. Nur kurze Zeit später sind mein Bruder und ich geboren worden. Jonas ist zwar mein jüngerer Bruder, tatsächlich sind wir aber nur 15 Monate auseinander. Viele Leute glauben sogar, dass wir zweieiige Zwillinge sind. Äußerlich sehen wir eigentlich gar nicht aus wie Brüder, finde ich.

Mein Bruder hat braune Locken, die ihm bis auf die Schultern reichen und die er meistens als Pferdeschwanz trägt, bestimmt, um meinen Vater zu ärgern. Meine Haare dagegen sind viel heller und haben keine Spur von Locken. Allerdings trage ich sie auch immer sehr kurz.

Jonas braune Augen wären mir tatsächlich lieber, denn meine blauen Augen sehen irgendwie stechend aus. Mein Bruder ist, im Gegensatz zu mir, der Rebell der Familie. Ich bin schon immer wesentlich angepasster von uns beiden gewesen, schon in der Schule, was sich deutlich in unseren mündlichen Noten widergespiegelt hat. Schriftlich ist mein Bruder immer und in jedem Fach besser als ich gewesen. Es war schlichtweg entnervend, wie viel mehr ich habe tun müssen und wie locker Jonas durch die schriftlichen Prüfungen gekommen ist. Trotz eines wesentlich besseren Abis als meins, hat er nach der Schule erstmal eine Ausbildung zum

Fitnesstrainer absolviert. Ich vermute, ebenfalls, um meinen Vater zu ärgern, zumindest würde ihm das ähnlich sehen. Mit dem Job im Fitnessstudio hat er sich dann selbst das BWL-Studium finanziert. Unserem Vater hat er allerdings nur erzählt, dass er im Fitnessstudio arbeitet, von seinem Studium weiß unser Vater gar nichts. Das ist auch besser so, findet mein Bruder, dann kann er weniger von ihm erwarten. Ich dagegen habe mich für ein duales Studium entschieden. Irgendwie wollte ich keine unnötige Zeit verlieren, heute weiß ich gar nicht genau, wieso ich das wollte. Eines Tages werde ich wohl die Firma meines Vaters übernehmen, ob jetzt mit Jonas oder ohne ihn. Punkt. Da gibt es nichts dran zu rütteln. Allerdings wird mir immer flau im Magen, wenn ich daran denke.

Dass ich immer der Gute von uns sein muss, kompensiere ich mit Feiern. Ich genieße mein Leben in vollen Zügen und auch meine Unabhängigkeit, denn damit wird es wohl vorbei sein, sobald ich den Geschäftsführerposten innehaben werde.

Für unsere räumliche Unabhängigkeit haben mein Bruder und ich uns eine gemeinsame Wohnung mitten in der Innenstadt gemietet. Das ist zwar sündhaft teuer, dafür aber ganz nah dran an Allem.

Übrigens weiß ich gar nicht genau, welche Vorstellung mein Vater von meiner zukünftigen Frau hat, ich befürchte aber, dass er meine Tippse nicht als etwas ebenbürtiges empfindet.

Das ist mir wieder mal letzten Sonntag bewusst geworden, als mein Bruder die Bombe hat platzen lassen:

„Du hast was?", brüllte mein Vater Jonas fassungslos an.

„Ich habe mir einen Club gekauft", hatte mein Bruder kühl wiederholt.

„Erst Fitnesstrainer und jetzt einen Club? Elfie!", herrschte mein Vater daraufhin meine Mutter an. „Sag doch auch mal etwas!"

„Was ist denn das für ein Club, Jonas?", wollte meine Mutter wissen, was natürlich überhaupt nicht hilfreich war.

Während ich daran denke, muss ich unwillkürlich wieder grinsen, so wie am Sonntag.

„Ach, du findest das wohl komisch, Philip", hatte mich mein Vater sofort angeschnauzt. „Dir könnte auch mal etwas Besseres einfallen, als immer nur schick essen zu gehen."

„Wieso?", meinte ich betont gelangweilt.

Ich wusste, dass ihn das auf die Palme bringt, aber er ging mir tierisch auf die Nerven. Der gute Sohn zu sein, heißt schließlich nicht, sich alles gefallen zu lassen.

„Weil sich das für einen angehenden Geschäftsführer nicht schickt",

hatte mein Vater behauptet. „Nicht, dass du uns so eine geldgeile

Schlampe anschleppst. Sieh zu, dass du jemand ebenbürtiges findest. Und

du Jonas: Da ist das letzte Wort noch nicht gefallen!"

Mit diesen Worten war mein Vater aus dem Wohnzimmer gerauscht, wir

haben beide nur den Kopf geschüttelt.

„Dass du auch immer so mit der Tür ins Haus fällst, Jonas", tadelte

meine Mutter daraufhin, was ja klar war, denn sie kann ja schlecht mit

unserem Vater schimpfen, das schickt sich nicht für eine gute Ehefrau.

„Wie hätte ich es ihm denn sonst sagen sollen", meinte Jonas verärgert.

„Und ich verstehe auch immer noch nicht, wieso er ein solches Problem

damit hat!"

„Das ist doch völlig klar", sagte ich unwirsch. „Papa will doch, dass wir

beide die Firma übernehmen. Und er denkt, dass du dazu keine Zeit haben

wirst, wenn du diesen Club betreibst."

„Das weiß ich doch", entgegnete mein Bruder trocken.

Mein Bruder hat den Club übrigens bereits seit einem Jahr. Ich habe keine

Ahnung, wieso er sich letzten Sonntag dazu entschlossen hatte, unserem

alten Herrn davon zu erzählen. Der Club ist gar nicht mal schlecht

besucht, seit seiner Eröffnung, wie ich natürlich aus eigener Erfahrung weiß. Vielleicht hat er so lange gewartet, weil er den richtigen Zeitpunkt abwarten wollte oder weil der Club jetzt endlich Gewinne abwirft. Ich weiß zwar nicht, was ich von der Sache mit dem Club halten soll, finde aber, dass das Jonas Entscheidung ist.

Komisch, dass mein Vater so darauf erpicht ist, unsere beiden Leben zu bestimmen, denn mein Großvater hat eigentlich immer einen recht relaxten Eindruck auf mich gemacht. Das täuscht allerdings, hat meine Mutter mir versichert. Er hat seinen Sohn permanent angetrieben und Dank meines Vaters gibt es jetzt Außenstellen bis in die Schweiz. Wahrscheinlich erwartet mein Vater von uns, dass wir Firmenzweige außerhalb Europas eröffnen. Natürlich wäre die Produktion in China günstiger, aber im Moment wirbt die Firma noch mit echter, deutscher Markenware, die eben in Deutschland produziert wurde.

Mein Großvater hat das Ganze damals mit Klebstoffen begonnen, doch ebenfalls, dank meines Vaters, gibt es heute nicht nur die unterschiedlichsten Klebemittel, sondern auch Lösemittel, sowohl für die Industrie als auch für den privaten Bereich. Mein Vater hat einiges erreicht und er erwartet dasselbe von uns, nur erscheint mir der Preis teilweise zu hoch dafür.

Meine erste, feste Freundin hatte ich mit zwanzig an der Uni und er hat sie

allen Ernstes gefragt, ob sie denn nur an seinem Geld interessiert wäre.

Meine Freundin hat ihn erstaunt angesehen und ist dann gegangen. Leider

nicht nur aus dem Haus meiner Eltern, sondern auch aus meinem Leben.

Danach hatte ich nur noch kurze Flirts, nichts Festes und nach Hause habe

ich nur selten jemanden mitgebracht. Mein Vater hatte dann immer die

Augenbrauen skeptisch nach oben gezogen, ein paar blöde Fragen gestellt,

z. B.:

„Zahlen Sie ihr Essen auch mal selbst oder lassen Sie sich nur von

Männern aushalten."

Diese Besuche waren nie sehr lang. Auch Jonas hat irgendwann davon

abgesehen, seine Freundinnen mitzubringen, weil einfach immer Spitzen

kamen.

Im Skiurlaub habe ich dann Melanie kennengelernt. Eine lockere

Beziehung, die eigentlich nur auf Ausgehen und Feiern basiert hat. Sie hat

sich von mir getrennt, als ich mir einen Golf zugelegt habe, was komisch

war, denn bis dahin hatte ich gar kein Auto. Aber Taxi fahren hat wohl

eher in ihr Weltbild gepasst, als einen VW zu fahren. Natürlich hat sie

auch bemängelt, dass ich nichts von Armani trage, aber der VW war dann

wohl doch der Gipfel für sie. Leider habe ich durch sie nur noch solche

Leute kennengelernt, die gerne feiern. Na ja, und irgendwie mag ich es schon, auszugehen und sich etwas Gutes zu leisten.

Meine Eltern sind wahnsinnig sparsam, obwohl die Firma so viele Umsätze macht. Sie verreisen selten und wenn, dann in die Berge in eine kleine Pension. Sie fahren schon seit Jahren dorthin.

Im Winter sind wir allerdings immer zum Skifahren nach St. Anton gefahren. Meine Eltern sind beide versierte Skifahrer und haben meinem Bruder und mir das Skifahren bereits ganz früh beigebracht. Jonas und ich fahren jetzt immer zusammen, aber ohne unsere Eltern, in den Skiurlaub, einfach, weil wir die Meckerei meines Vaters nicht mehr für eine Woche ertragen wollen.

Nach Hause gehen wir allerdings in regelmäßigen Abständen, denn unsere Mutter ist eine Seele von Mensch und schließlich kann sie ja nichts für die Meckerei unseres Vaters. Ihre Generation hat einfach nicht gelernt, sich dagegen durchzusetzen.

Ich denke über den Sonntag nach, während ich meine Mails abarbeite. Leider kann ich mich meistens erst nach vier Uhr nachmittags richtig konzentrieren, sobald Frau Winter nach Hause gegangen ist, denn glücklicherweise scheint sie sehr früh anzufangen. Meistens treffe ich die Leute in ihren Büros, dort bin ich sehr viel besser bei der Sache.

Komischerweise hat sonst niemand eine Assistentin in dieser Firma, zumindest nicht auf diesem Niveau. Es gibt Juniorstellen für die Leute, die nach dem dualen Studium übernommen werden und womit ich auch angefangen habe. Zum Glück war mein Chef so überzeugt von mir, dass ich nach nur zwei Jahren bereits ein eigenes Team hatte, was mein Vater leider nicht sonderlich honoriert hat.

„Mach es dir da nicht zu gemütlich. Ich habe dich schon die Ausbildung woanders machen lassen. Kann ja nichts schaden, habe ich gedacht, aber du und dein Bruder habt nur Flausen im Kopf. Vielleicht wäre es doch besser gewesen, euch bei mir lernen zu lassen."

„Machen lassen" ist doch sehr gönnerhaft ausgedrückt, aber ich habe das unkommentiert stehen lassen. Um nichts in der Welt hätte ich meine duale Ausbildung in der Firma meines Vaters machen wollen.

Ich schaue um die Ecke und erhasche einen Blick auf Frau Winter. Frau Winter und ihre wahnsinnig langen Beine, die mir jeden Tag aufs Neue den Atem rauben. Ich wünschte, ich könnte ihre langen Beine einfach um mich schlingen und mich durch ihre feuerroten Haare wühlen. Ich glaube, bei mir hat noch nie so der Blitz eingeschlagen, bis mir meine neue Sekretärin, pardon, heute heißt das ja Assistentin, vorgestellt wurde. Seitdem gehen mir diese roten Haare, diese haselnussbraunen Augen und dieser Wahnsinnskörper einfach nicht mehr aus dem Kopf. Und jeden

Morgen muss ich sie ansehen und darf sie nicht berühren.

Aber mein Vater würde mich wahrscheinlich enterben.

3. KAPITEL

Katja

„Das wollte ich nicht!"

Der Knall des Aufpralls hallt durch meinen Kopf. Schweißgebadet wache ich auf. Doch immer noch sehe ich die Bilder des Unfalls vor mir. Wieder und wieder sehe ich die anklagenden Gesichter während der Gerichtsverhandlung und die sich darin widerspiegelnde Fassungslosigkeit, als das Urteil verkündet wird.

„Eine fahrlässige Tötung durch die Angeklagte konnte seitens der Staatsanwaltschaft nicht festgestellt werden."

Als ob so etwas überhaupt möglich sein kann, wenn jemand stirbt! Ich muss doch fahrlässig gehandelt haben, denn ich habe ihn schließlich umgebracht. Ich habe ihn einfach überfahren! Was spielt es für eine Rolle, dass meine Ampel grün war? Was spielt es für eine Rolle, dass er einfach rübergegangen ist, ohne zu schauen und dass die Fußgängerampel rot war? Ich hätte besser aufpassen müssen!

Nach wie vor höre ich die Anfeindungen der Familie, höre das Aufschluchzen der Mutter, die mich als Mörderin beschimpft. Wie Recht sie doch hat!

Mein Vater hat mich damals schnell aus dem Gerichtssaal gezogen und nach Hause gefahren. Zuhause herrschte eine gedrückte Stimmung, trotz des Urteils.

„Wir können zufrieden sein", meinte Ansgar zu mir und Meli, seine Frau, drückte mich sanft.

„Ich koche jetzt erstmal einen Kaffee", hatte Anna damals gesagt und war entschlossen aufgestanden. Doch vorher hatte auch sie mich noch ganz fest an sich gedrückt.

„Zumindest hast du jetzt die Verhandlung hinter dir, Katja", hatte sie mir leise zugeflüstert und war dann in die Küche gegangen.

„Hinter mir", echoten die Worte in meinem Inneren.

Ich würde nie etwas hinter mir haben, denn schließlich bleibt dieser Mensch tot!

Irgendwann war ich dann auf den Dachboden gegangen. Ich blickte mich um, doch mehr weiß ich nicht mehr, bis ich in der Klinik aufgewacht bin.

Ich stehe auf und trinke ein Glas Wasser. Trotz der Schlaflosigkeit versuche ich die Schlaftabletten, die mir die Klinik mitgegeben hat, zu meiden. Das wäre nur künstlicher Schlaf und den kann ich nicht gebrauchen, denn schließlich verdiene ich die Schlaflosigkeit und die

Albträume. Ich finde, dass ich irgendwie Buße tun muss, auch wenn das

diesen Menschen nie wieder zurückbringen wird.

Es erstaunt mich schon, dass meine Familie so zu mir hält, natürlich außer

meiner Mutter. Aber ich weiß gar nicht, was sie darüber denkt, sie hat nie

mit mir darüber geredet oder mich in der Klinik besucht. Sie ist kein Teil

meines Lebens und ich bin anscheinend auch keiner ihres Lebens.

Ich würde nicht zu mir halten, denke ich, während ich mich anziehe. Dann

stiefele ich nach unten und mache mir eine Tasse Tee. Kaffee trinke ich

nur, wenn Anna oder Ari ihn gekocht haben, sonst schmeckt er mir

einfach nicht, obwohl ich mir von Anna habe zeigen lassen, wie man ihn

kocht. Aber für mich allein ist das zu viel Aufwand und bis die anderen

aufstehen, wäre er kalt.

Es ist drei Uhr morgens, leider kann ich erst um sieben Uhr ins Büro. Ich

habe versucht, joggen zu gehen, aber das ist einfach nichts für mich. Ich

bekomme diese schnelle Bein-Arme-Kopf Koordination nicht hin und bin

bei meinem ersten Versuch fünfmal hingefallen. Ich brauche hier wohl

nicht zu erwähnen, dass ich völlig unsportlich bin.

Also schreibe ich Gedichte in mein Tagebuch, um die Zeit

rumzubekommen. Seitenweise fülle ich das Buch mit dramatischen und

traurigen Phrasierungen. Es ist bereits mein zehntes Tagebuch, dass ich vollkritzele. Das Erste konnte ich sogar noch mit Geschichten füllen, doch jetzt fallen mir nur noch kurze, abgehackte Sachen ein. Ich habe überlegt, ob ich anfange, Balladen oder vielleicht auch Lieder zu schreiben, aber leider bin ich völlig unmusikalisch. Mein Bruder Max dagegen spielt einfach fantastisch Klavier. Deshalb musste er auch immer Weihnachtslieder vorspielen und zum Glück hat auch das mit dem Tod meiner Großmutter aufgehört, wie er mir einmal erzählt hat. Ich habe zum Glück gar nicht erst damit anfangen müssen, mein Vater hat vollstes Verständnis für meine nicht vorhandene Musikalität. Er findet auch meine Unsportlichkeit nicht weiter tragisch, denn schließlich habe ich beide Fächer weder für mein Abitur noch für mein Studium gebraucht.

Um sechs Uhr atme ich auf, schnappe mir meine Sachen, gehe raus zum Bus und fahre zur Arbeit.

„Guten Morgen, Frau Winter", begrüßt mich mein Chef um neun Uhr und kommt gut gelaunt durch das Vorzimmer gelaufen.

Er hat übrigens auch so ein duales Studium hier absolviert und hat mit nur 32 bereits eine ganze Abteilung unter sich.

Eigentlich sieht er nicht schlecht aus: Blonde kurze Haare, ozeanblaue Augen und eine sportliche Figur, die in Anzughosen einfach super aussieht.

Ok, zugegeben, ich schwärme ein wenig für ihn. Aber ich weiß ja, dass das niemals wahr werden wird. Und eigentlich weiß ich auch gar nichts über ihn, außer, wie er seinen Kaffee trinkt. Er ist nicht verheiratet, das weiß ich wohl, aber bestimmt hat er eine Freundin. Solche Typen haben doch immer eine Freundin.

Es gibt etliche Paare hier in der Firma. Das duale Studium scheint auch eine Art Heiratsvermittlung zu sein und manche Beziehungen sind sogar bleibend, wie man dann feststellt, wenn die Frauen in Elternzeit gehen.

„Frau Winter, bitte tippen Sie mir diese Briefe ab."

„Natürlich, sofort Herr Rose", sage ich und schnappe mir die Briefe.

Im Tippen bin ich richtig schnell geworden, seit ich diesen Job habe.

Später werde ich mich noch mit Bunny treffen, meine beste Freundin seit der Schulzeit. Leider hat sie nur wenig Zeit für mich. Schon während des Studiums hat sie ihren Mann kennengelernt, er war mit seiner Promotion beschäftigt und hat jetzt einen Job als Teamleiter in einer Firma für Gasleitungssysteme.

Also hat Bunny erstmal Kind Nummer eins während der Masterarbeit

bekommen, dann das Referendariat absolviert und währenddessen Kind

Nummer zwei bekommen.

Wahnsinn! Benita, so heißt Bunny eigentlich, ist genau so alt wie ich, hat

aber irgendwie alles geschafft und arbeitet jetzt als Lehrerein an derselben

Schule wie Ari, Max Frau.

Und ich darf Briefe abtippen, denke ich enttäuscht.

Mein Vater hat mir vor zwei Jahren diesen Job beschafft. Als ich aus der

Klinik kam, wusste ich einfach nichts mit mir anzufangen und er hatte

wohl Angst, dass ich wieder in der Klinik landen würde.

Einen falschen Nachnamen in der Firma zu verwenden, war übrigens

meine Idee, denn ich heiße gar nicht Winter, sondern Sommer. Selbst

wenn der Nachname Sommer ein häufiger Name ist, wollte ich auf gar

keinen Fall auch nur irgendwie mit meinem Vater in Verbindung gebracht

werden. Ich habe das damals vorgeschlagen und er hat tatsächlich

niemandem gesagt, dass ich seine Tochter bin, auch nicht dem Mitarbeiter,

dem er mich damals aufs Auge gedrückt hat, ein älterer Mann, der bald in

Rente ging. Allerdings war das jemand, für den Assistentinnen eben

Sekretärinnen sind und als solche hat er mich auch behandelt. Ich glaube

allerdings nicht, dass dies die Intention meines Vaters war, als er mich in die Projektabteilung gesetzt hat, denn ich bekomme beinahe ein Traineegehalt für das, was ich hier tue.

Ich beschwere mich nicht, was soll ich meinem Vater sagen? Und was käme danach? Ich habe schleunigst gelernt, ganz schnell zu tippen. Die Recherche Arbeit macht mir schon Spaß, ist aber natürlich keine wirkliche Herausforderung.

Nach einem Jahr kam dann Herr Rose und hat mir einfach weiterhin diese Aufgaben übertragen.

Das Ausdrucken der wöchentlichen Präsentationen ist etwas Neues, was er jede Woche Montag für die Teamgespräche eingeführt hat, denn dadurch hat er einen wöchentlichen Stand der aktuellen Arbeit, ohne an jedem Teamgespräch auch wirklich teilnehmen zu müssen. Dass ich die Folien teilweise korrigiere oder umschreibe, ist bislang niemandem aufgefallen. Muss es auch nicht, denn es ist die einzige Abwechslung, die dieser öde Job mir bietet.

Ich liebe übrigens den Nachnamen meines Chefs: Rose.

Wenn wir heiraten würden, würde ich Katja Sommer-Rose heißen. Klänge das nicht traumhaft?

4. KAPITEL

Philip

Ich atme auf, als Frau Winter endlich das Büro verlässt. Jetzt kann ich mich gleich viel besser konzentrieren, denn in nur einer halben Stunde ist ein Meeting, das ich noch vorbereiten muss.

Vielleicht gehe ich danach noch ins Fitnessstudio, überlege ich, während ich auf die PowerPoint Präsentation schaue. Dank meines Bruders komme ich billiger dort rein. Jonas hat glücklicherweise seinen Job dort nicht gekündigt, Mann braucht ein zweites Standbein, pflegt er zu sagen. Dabei hat er so viel Ähnlichkeit mit meinem Vater, dass es beinah erschreckend ist.

Ich habe mich schon oft gefragt, wieso die beiden so schlecht miteinander auskommen. Vielleicht gerade, weil sie sich so ähnlich sind.

Ich ähnele eher meiner Mutter, denn ich habe gerne meine Ruhe und ecke nur ungern an. Auch die blonden Haare und die blauen Augen habe ich von ihrer Seite der Familie.

Eigentlich würde ich sogar gerne eine Freundin haben, die etwas bodenständiger ist. Eine, mit der ich einfach mal spazieren gehen kann, ohne dass sie Angst hat, ihre Schuhe zu ruinieren. Die viele Feierei ist schließlich nur eine Ablenkung für meine Einsamkeit. Obwohl ich mit meinem Bruder zusammenlebe, habe ich einfach keine Ahnung, was ich mit mir anfangen soll. Jonas ist ständig unterwegs, ob tagsüber im Studio oder nachts im Club. Er sagt immer, dass er keine Zeit für Frauen hat. Vielleicht sollte ich anfangen, in Jonas Club zu arbeiten, denke ich seufzend und marschiere zu meinem Meeting, für das ich nur mäßig vorbereitet bin.

Was Frau Winter wohl in ihrer Freizeit macht, denke ich plötzlich, schiebe den Gedanken jedoch zur Seite und versuche, mich aufs Meeting zu konzentrieren. Danach schreibe ich schnell das Protokoll.

Vielleicht sollte Frau Winter das zukünftig übernehmen, denke ich plötzlich. Aber dann kannst du dich noch schlechter konzentrieren, seufzt meine innere Stimme.

Nach der Arbeit fahre ich tatsächlich noch ins Fitnessstudio. Zum Glück habe ich meine Sportsachen immer im Wagen. Manchmal gehe ich morgens noch Joggen, aber dafür muss ich so früh aufstehen und das ist gar nicht mein Ding, denn ich bin abends einfach fitter als morgens. Nach einem zehn Kilometer Lauf auf dem Laufband, fühle ich mich zumindest etwas entspannter.

„Hallo Philip!"

„Hallo Lydia!"

Erfreut schaue ich sie an, denn ihr schlanker, durchtrainierter Körper ist eine Augenweide.

„Du bist schon lange nicht mehr vorbeigekommen", mault sie.

„Ich hatte viel zu tun."

Wie ich das bedauere, stöhne ich innerlich, wenn ich an das letzte Mal mit uns denke und was schon viel zu lange her ist.

„Nun, du weißt ja, wo du mich finden kannst", flötet sie und geht in Richtung Damenduschen.

Oh man, denke ich und gehe widerwillig zu den Herrenduschen.

Vielleicht nutze ich demnächst das Angebot mal wieder. Generell ist es schon eine Weile her, seit ich Sex hatte. Nach Melanie waren ein paar Eskapaden und natürlich auch mit Lydia ein paar Male. Aber auch diese Frauen sind einfach nichts für eine Beziehung, wie sie mir vorschwebt. Vielleicht frage ich Frau Winter doch mal auf ein Date, ganz unverbindlich. Äh, dann solltest du sie aber nicht unbedingt mit Frau Winter ansprechen, höhnt meine innere Stimme verächtlich.

Katja, denke ich versonnen und ziehe mich um.

5. KAPITEL

Katja

„Hallo Bunny!"

„Hallo Katja", ruft mir Bunny entgegen mit Johann auf dem Arm und Felicitas an der Hand.

Jetzt ist Feli auch bald schon vier Jahre alt, denke ich kopfschüttelnd.

„Schön, dass du da bist, Katja. Komm doch rein."

Ich stiefele der ganzen Bande ins Haus hinterher, das ganz idyllisch in der Nähe eines Walds gelegen ist, die Gegend ist wirklich wunderschön.

„Wir brauchen noch einen Augenblick", ruft Benita und packt alles Mögliche in eine Einkaufstasche.

Dann drückt sie mir Jan in den Arm.

„Ich gehe eben den Bollerwagen aus dem Auto holen."

Und schon ist sie weggeflitzt.

„Hallo Jan." Sanft drücke ich den Einjährigen an mich, mit großen blauen Augen schaut er mich an.

„Hallo Katja!" Vergnügt strahlt mich Feli an. Sie sieht genauso aus wie Bunny in dem Alter: goldblonde Locken und grüne Augen. Ich sähe gerne so aus. Meine roten Haare verleihen mir etwas von einer Hexe, finde ich.

„Kommt ihr?"

Kaum haben wir Bunny gehört, marschieren wir auch schon schnurstracks nach draußen. Es liegt einfach an Bunny, Menschen tun das, was sie sagt. Gottseidank ist sie Lehrerin geworden. Nicht auszudenken, was sie als Politikerin oder Managerin alles anstellen könnte! Dabei ist sie kein bisschen herrschsüchtig. Sie besitzt einfach eine natürliche Autorität, ähnlich wie Ari. Die beiden sind sich auch sehr ähnlich in ihrer Art. Langsam laufen wir in Richtung Spielplatz, während ich Feli und Jan im Bollerwagen hinter mir herziehe.

„Was macht die Arbeit, Katja?", fragt Bunny beiläufig, denn sie weiß, dass ich nicht gerne darüber rede.

„Ach, es geht. Heute waren mal wieder haufenweise Fehler in den Folien."

„Hast du sie korrigiert?" Amüsiert schaut mich Bunny an.

„Ja, das Meiste."

„Dir ist schon klar, dass die anderen Leute das sehr viel besser bezahlt bekommen als du, oder?" Dabei spüre ich ihren missbilligenden Seitenblick.

„Ja, ich weiß", knurre ich.

„Und wenn du doch mal mit deinem Vater darüber sprichst?"

„Was soll das bringen. Die Abteilung ist ja ganz ok. Wer weiß, wie die

nächste Abteilung ist und ich bin ja gar nicht in irgendeinem Projekt drin.

Ich habe nie mit meinem Studium etwas angefangen und jetzt sind die

Kenntnisse alle weg."

Natürlich versuche ich locker zu klingen, doch ich spüre die Bitterkeit in

mir aufsteigen und muss mich räuspern.

„Blödsinn! Man muss sich doch immer einarbeiten, egal wieviel

Erfahrung man vorher gesammelt hat."

„Und bestimmt denken dann alle, dass ich das nur wegen meines Vaters

bekommen habe."

„Hast du doch dann auch."

„Ja und dann bekomme ich keine faire Chance."

„Wieso eigentlich? Die wissen doch gar nicht, dass du seine Tochter bist,

Frau Winter." Dabei betont sie meinen falschen Nachnamen, den

tatsächlich, außer der HR-Abteilung, in der Firma niemand kennt. Und die

hat meinem Vater versprochen, dicht zu halten.

Erst habe ich befürchtet, dass der neue Job zu schwierig für mich sein

wird, denn ich bin davon ausgegangen, dass mein Chef wusste, dass ich

BWL studiert habe. Vielleicht wusste er das auch, aber es hat ihn nicht interessiert. Herrn Rose interessiert es leider auch nicht, was mich schon mehr stört. Ich wäre ihm schon gerne etwas ebenbürtiger.

„Was denkst du, Katja? Vielleicht an Herrn Rose-Sommer?"

„Oh, man Bunny", schimpfe ich. „Wieso habe ich dir das überhaupt erzählt?"

„Na, weil ich deine beste Freundin bin!"

Das stimmt. Und auch Bunny hat immer zu mir gehalten. Als ich Besuch empfangen durfte, hat sie mich jeden Tag in der Klinik besucht.

„Wie geht es dir sonst, Katja?", fragt mich Bunny leise, während Feli aus dem Wagen rausklettert und zum Spielplatz läuft. Bunny schnappt sich Jan und setzt ihn in den Sand, schüttet eine Tüte Sandspielzeug vor ihm aus, geht zurück und setzt sich zu mir auf die Bank.

„Ach, es gibt gute und schlechte Tage."

Ich erzähle lieber nicht, dass ich jede Nacht nur höchstens drei Stunden schlafe, weil die Albträume wieder schlimmer werden.

„Gehst du denn noch zu Sara?"

„Schon seit Monaten nicht mehr. Das Gequatsche bringt doch nichts."

Das ist mir schon in der Klinik auf die Nerven gegangen. Ich war froh, als ich endlich entlassen wurde und nicht mehr permanent erzählen musste, wie es in mir drin aussieht.

„Hat es wirklich nichts gebracht?" Stirnrunzelnd schaut mich Bunny an.

„Ich glaube nicht." Nachdenklich zucke ich mit den Schultern.

„Gut. Dann erzähl mir mehr von Herrn Sommer-Rose!" Ich muss lachen.

„Ach, da gibt es doch nichts zu erzählen, Bunny. Er weiß doch gar nicht, dass ich existiere. Also, ich meine, außerhalb meines Schreibtischs und seines Büros."

„Ist der eigentlich in festen Händen?"

Das Thema scheint sie äußerst zu interessieren.

„Ich habe keine Ahnung. Aber bestimmt ist er mit so einer Schickse zusammen!"

„Wieso Schickse?"

„Ja, bestimmt so eine aufgedonnerte Blondine mit langen Beinen, die er gut auf Geschäftsessen mitnehmen kann."

Innerlich stöhne ich bei dem Gedanken auf, während ich mir Philip mit so jemandem vorstelle.

„Du hast doch auch lange Beine", prustet Bunny los.

Ein Grund, wieso Bunny und ich uns schon immer gut verstanden haben, ist, dass wir schon immer wie die jeweils andere aussehen wollten. Bunny ist keine 1,60 m groß, ist zierlich und hat goldblonde Locken und dazu grüne Augen. Ich dagegen habe lange rote Haare, viel zu lange Beine, die ich nicht koordinieren kann und braune Augen. Mal ehrlich. Hätte ich nicht wenigstens grüne Augen haben können! Trotzdem beneidet mich Bunny um mein rotes Haar und meine langen Beine.

„Ja, aber die kann bestimmt laufen wie ein Model. Und zieht sich auch dementsprechend an."

„Na ja, das könntest du ja auch tun." Kritisch schaut sie dabei auf meinen Schlabberpulli und beschämt folge ich ihrem Blick.

„Könnte ich, aber zu den roten Haaren sieht einfach nie etwas gut aus", jammere ich.

„Das kommt auf die Farbe und den Schnitt an. Lila würde ich jetzt nicht empfehlen, aber es gibt ja auch noch andere Farben."

„Irgendwie habe ich wohl meinen Stil noch nicht gefunden."
Bunny hat recht. Wieso sollte mich ein Mann in solchen Klamotten auch nur beachten.

„Eigentlich hat mir dein Stil während der Schule ganz gut gefallen", meint Bunny und flitzt plötzlich zur Sandkiste, weil Jan Sand abbekommen hat. Mit einem brüllenden Jan auf dem Arm kommt sie wieder zurückgelaufen.

„Alles in Ordnung?"

Wie schnell Bunny reagiert hat, bevor ich auch nur mitbekommen habe, dass etwas los war!

„Halb so wild. Heute Abend gehen beide in die Wanne", lacht sie vergnügt.

Ich bewundere Bunny, keine Ahnung, wann sie so selbstbewusst geworden ist. Als Bernd mit Sara zusammengekommen ist, dachte ich, dass eine Welt für sie zusammenbrechen würde, sie hat wochenlang geheult. Doch dann hat sie sich irgendwie gefangen.

Irgendwann haben wir angefangen, mit Jungs auszugehen. Wir haben uns aufgebrezelt und sind in die Disco gegangen. Mit siebzehn hatten wir beide unseren ersten Freund, wollten aber irgendwie noch nicht so weit gehen, deshalb waren beide Beziehungen binnen einer Woche Geschichte. Bunny und ich haben es mit Fassung getragen, es war schließlich nicht die große Liebe. Auf der Uni wurde es besser, die Jungs waren schon etwas älter und Bunnys nächste Beziehung dauerte ein halbes Jahr. Ich war sogar ein Jahr mit jemandem zusammen, also so „mit Allem", aber trotzdem war es eher ein Laufenlassen, als eine innige Beziehung, auch wenn ich keine Vorstellung von einer festen Beziehung habe. Mein Gefühl hat nicht gestimmt, nach mehr kann ich mich nicht orientieren. Zeitweise habe ich überlegt, ob ich vielleicht lesbisch bin und begonnen, mir Frauen in

Magazinen anzuschauen. Aber irgendwie hatte ich auch keine Lust darauf, mit einer Frau intim zu werden.

Dann hat Bunny TonTon kennengelernt, eigentlich heißt er Anton Willington. Ich glaube, es war Liebe auf den ersten Blick für die Beiden. Ich gönne es ihnen und Bunny wirkt immer sehr glücklich, wenn sie über TonTon redet.

Langsam packen wir alles ein und laufen zu Bunnys Haus.

„Willst du nicht noch zum Abendbrot bleiben, Katja?"

Ich schlüpfe in meine Jacke. Für den Spaziergang hatte ich sie dagelassen, denn tagsüber war es schön warm. Ein sonniger Apriltag, ganz untypisch für die Jahreszeit. Jetzt, wo die Sonne allmählich verschwindet, ist es jedoch sofort kalt.

„Nein, danke Bunny. Kommst du nächsten Samstag vorbei?"

„Ich muss schauen, ob TonTon Zeit hat. Ich würde gerne ohne die Kinder kommen", seufzt sie.

„Das wäre nicht schlecht. Wir könnten uns mal wieder aufbrezeln."

„Au ja!", quietscht Bunny und meine Ohren klingeln.

Wir verabschieden uns und ich marschiere zur Bushaltestelle. Nur wenige Minuten später kommt der Bus und ich steige ein. Während der Fahrt schaue ich auf die Straße, ohne wirklich etwas wahrzunehmen. Am

Bahnhof warte ich auf den nächsten Bus, als jemand mich anstößt.

6. KAPITEL

Philip

„Oh Entschuldigung!"

„Nichts passiert", murmelt die Dame. Ich blicke nur flüchtig auf und erstarre.

„Oh, guten Tag Frau Winter." Erschrocken schaut sie in meine Richtung, wahrscheinlich hat sie mich gar nicht erkannt, so ohne Schreibtisch und Computer.

„Hallo Herr Rose. Was machen Sie denn hier?" Sie wirkt erstaunt, ich wüsste gerne, was sie von unserer zufälligen Begegnung hält.

„Ich fahre nach Hause." Das klingt so lahm, aber auf die Schnelle ist mir einfach nichts Witziges eingefallen.

„Soll ich Sie mitnehmen?"

Die Worte sind raus, bevor ich auch nur nachdenken kann. Stirnrunzelnd blickt sie mich an und ich befürchte schon, dass sie nein sagt.

„Oh, Danke! Das ist sehr nett von Ihnen." Ich sehe ein zartes Lächeln, jedoch macht sie keinerlei Anstalten, weiterzulaufen.

„Und? Kommen Sie mit?", frage ich amüsiert.

Endlich folgt sie mir. Leider hinter mir, so dass ich sie nicht beobachten kann.

„Wo haben Sie denn geparkt?" Suchend blickt sie sich um.

„Ach, gar nicht weit von hier."

Schmunzelnd zeige ich auf meinen VW Golf, der bereits vor uns steht. Gespannt mustere ich sie, als ich ihr das Auto zeige und tatsächlich wirkt sie leicht enttäuscht. Schade. Also doch eine Goldgräberin.

„Ich hoffe, Sie sind nicht enttäuscht, dass es nur ein Golf ist."

„Wieso?" Stirnrunzelnd schaut sie mich an.

„Na ja, es gibt ja Frauen, die stehen eher auf Markenmodelle."

Ich öffne ihr die Tür.

„Ich kenne mich gar nicht gut genug dafür aus," lacht sie und steigt ein.

„Keine Sorge, diese Frauen kennen sich auch nicht mit Autos aus."

„Haben Sie irgendwie schlechte Erfahrungen gemacht?" Fragend schaut sie mich an.

„Wie kommen Sie denn darauf?" Irgendwie amüsiert mich unser Gespräch.

„Och, ich weiß auch nicht." Grinsend blickt sie mich an und ihr Gesicht sieht wunderschön dabei aus. Die langen, roten Haare rahmen es dabei ein, ich muss schlucken.

„Die letzte Frau, mit der ich zusammen war, hat immer an mir rumgemeckert. Dass meine Hemden nicht von Armani sind, meine Schuhe nicht von Gucci und dass mein Auto nicht aus Bayern oder besser noch aus Italien stammt", näsele ich.

„Was für eine Schickse." Sofort schlägt sie sich die Hand vor den Mund.

„Tut mir leid."

„Das muss Ihnen doch nicht leidtun."

Langsam fahre ich los. Ein anderes Auto will unbedingt meinen Parkplatz haben und macht Lichtzeichen.

„Ich wollte das nicht so ausdrücken."

Ihre Verlegenheit berührt mich und auch, wie wenig selbstbewusst sie trotz dieses Körpers zu sein scheint. Es ist Wahnsinn, was andere Frauen in Kauf nehmen würden, um nur halb so gut wie Katja auszusehen.

„Also ich würde es ganz genau so ausdrücken", erwidere ich und mache eine Vollbremsung, weil die Ampel rot ist. Aus meinen Augenwinkeln nehme ich wahr, dass sie zusammenzuckt, gehe aber nicht weiter darauf ein. Als die Ampel auf Grün umspringt, fällt mir auf, dass ich sie noch gar nicht gefragt habe, wo sie wohnt.

„Wo wohnen Sie überhaupt?"

„Da vorne müssen Sie links abbiegen, dann erstmal geradeaus. Und ist

Sie noch Ihre Freundin?"

Unwillkürlich muss ich lachen. Ich genieße einfach ihre Gegenwart und

wünschte, ich müsste sie viel weiter wegbringen, Timbuktu oder so. Oder

sie einfach zu mir bringen, denke ich sehnsüchtig, schiebe diesen

Gedanken jedoch ganz schnell wieder fort.

„Natürlich nicht. Irgendwie weiß ich gar nicht, wieso ich mit ihr

zusammen war."

„Wegen der Selbstbestätigung vielleicht?"

Der Trockene Tonfall klingt allerdings gleich sehr viel selbstbewusster als

ihre schüchterne Attitüde vermuten lässt. Vielleicht hat sie nur einfach

nicht gelernt, selbstbewusst rüberzukommen, ist es aber eigentlich

instinktiv.

„Vielleicht." Irgendwie werde ich verlegen. „Allerdings waren meine

Sachen ja nie gut genug für sie. Wenn ich nach Mallorca fliegen wollte,

wollte sie eher an die französische Riviera."

„Das konnte ja nicht gut gehen," pflichtet sie mir bei.

Ich schaue sie von der Seite an und möchte ihr sagen, wie wunderschön

ich sie finde, verkneife es mir jedoch.

„Da haben Sie recht", sage ich stattdessen und ärgere mich über meine Feigheit.

„Lustig, dass Sie das erzählen." Dabei lächelt sie plötzlich. Die Sonne geht auf, denke ich und habe Mühe, mich auf den Verkehr zu konzentrieren.

„Theo, der Freund meines Vaters, hat genau dasselbe über seine drei Exfrauen erzählt. Alles konnte immer nicht teuer genug für sie sein. Jetzt ist er mit einer Lehrerin verheiratet und die beiden fahren einen Passat und machen Urlaub auf Ibiza."

Ich höre ihr einfach nur zu. Mir ist egal, was sie erzählt, ich möchte einfach nur ihre Stimme hören.

„Äh, da vorne nach rechts und dann sofort links."

Wieder mache ich eine Vollbremsung und lege mich in die Kurve. Frau Winter hält sich am Kleiderhaken fest.

„Fahre ich Ihnen zu stürmisch?"

„Äh, nein."

„Nicht gerade überzeugend", foppe ich sie und biege in eine kleine Straße mit sehr großen Häusern ein.

„Hier wohnen Sie?" Erstaunt blicke ich auf die riesigen Villen.

„Ich wohne noch bei meinen Eltern." Ich kann hören, dass ihr das unangenehm ist.

„Das macht doch nichts", grinse ich und komme mir blöd dabei vor, dass ich überhaupt etwas dazu sage.

Ich parke vor einem riesigen, weißen Haus mit leuchtenden, roten Blumen davor. Schnell flitze ich um das Auto herum und öffne ihr die Tür.

„Haben Sie mir gerade die Tür geöffnet?", fragt sie überrascht und steigt aus. Dabei strauchelt sie plötzlich und ich kann sie noch gerade eben mit meinem Arm auffangen.

„Hoppla, Frau Winter!"

Ich halte sie fest, das Gefühl dabei ist einfach unbeschreiblich.

„Tut mir leid." Verlegen versucht sie sich aus meinem Arm zu befreien.

„Das muss Ihnen nicht leidtun."

Einen Augenblick schweigen wir uns an.

„Da wären wir."

„Vielen Dank, Herr Rose."

Sie reicht mir eine schmale Hand zum Abschied.

„Sehr gerne, Frau Winter. Jederzeit wieder!"

Ich schaue sie dabei an, doch sie blickt bereits in eine andere Richtung und ist fort, bevor ich noch etwas sagen kann.

Enttäuscht steige ich in mein Auto und fahre nach Hause.

7. KAPITEL

Katja

Vor lauter Aufregung ist mir übel und ich schwanke nach Hause.

„Hallo Katja!", sagt Anna herzlich und nimmt mich in den Arm. „Wie war es bei Bunny?"

„Es war schön. Feli ist riesig!"

„Ja, das ist in diesem Alter so. Möchtest du noch etwas essen?" Ich strahle sie einfach nur an.

„Wieso frage ich überhaupt", grinst Anna.

In Windeseile hat sie den Eintopf vom Mittagessen aufgewärmt, ein paar Scheiben Brot in den Toaster geworfen und schon sitze ich vor einer Schale Erbsensuppe mit warmen Brotscheiben. Natürlich hat Anna das Brot selbst gebacken.

„Danke Anna."

Dann probiere ich den ersten Löffel.

„Das schmeckt einfach himmlisch."

„Danke Katja. Hat dich TonTon gerade nach Hause gebracht? Hat er ein neues Auto?"

War ja klar, dass ihr das gleich aufgefallen ist.

„Äh nein, das war mein Chef."

„Du lässt dich von deinem Chef nach Hause fahren?" Ihre Irritation ist kaum zu überhören.

„Er hat es angeboten, als ich auf den Bus gewartet habe." Das ganze Gespräch ist mir peinlich und ich wünschte, ich hätte einfach behauptet, dass mich TonTon nach Hause gebracht hat. „Hätte ich ablehnen sollen?"

„Vielleicht." Anna schaut mich prüfend an.

„Aber das hätte auch albern ausgesehen. Er ist doch auch nur ein Mensch." Eigentlich möchte ich mich nicht rechtfertigen, schließlich bin ich erwachsen!

„Katja, ich wollte dich doch nicht angreifen. Ich war nur erstaunt. Ihr habt doch nicht etwa…."

„Was?" Fragend schaue ich Anna an, ich habe wirklich keine Ahnung, was sie meint.

„Na, er hat dich nicht ausgenutzt, oder?"
Ich schaue sie immer noch verständnislos an, als Max und Papa reinkommen.

„Hallo ihr beiden. Die Erbsensuppe ist schon warm", informiert Anna die Beiden und schiebt wieder vier Scheiben Brot in den Toaster, bevor sie auch nur etwas sagen können. Da die beiden das bereits kennen, schmunzeln sie einfach nur und setzen sich.

„Hallo Katja", sagt Max und gibt mir einen Nasenstüber. Brüder!

„Hallo Katja", schmunzelt mein Vater.

„Eigentlich wollte ich Papa nur absetzen", beginnt Max, aber Anna stellt ihm einfach eine Schale Suppe hin. Da er das, wie gesagt, bereits kennt, fängt er einfach an, zu essen.

„Wer hat dich ausgenutzt?", fragt Max kauend und schaut mich strafend an. Klar, als ob das meine Schuld ist, wenn mich jemand ausnutzt.

„Niemand!"

„Ausgenutzt?", fragt Papa sofort und blickt mich alarmiert an.

„Niemand hat mich ausgenutzt!"

„Worüber habt ihr denn gesprochen?", hakt Max nach.

Manchmal können große Brüder doch etwas lästig sein.

„Über gar nichts", murmele ich und schaufele Suppe in mich rein.

„Herr Rose hat Katja nach Hause gefahren und das fand ich komisch", erklärt Anna. Verräterin!

„Was?", regt sich Papa auf. „Dein Chef hat dich nach Hause gefahren? Hat er dir etwas getan? Soll ich ihn feuern?"

„Wieso bist du überhaupt mitgefahren?" Wie immer behält Max einen kühlen Kopf.

„Uff, ich habe Herrn Rose am Bahnhof getroffen, als ich auf den Bus gewartet habe. Er hat angeboten, mich nach Hause zu fahren und ich habe angenommen, weil der Bus erst in zwanzig Minuten gekommen wäre."

„Und wieso hat er das angeboten?", fragt Papa schneidend.

„Wahrscheinlich wollte er einfach nur nett sein."

Ich bin so sauer, dabei stopfe ich mir das Brot rein, umsatt zu werden. So angenehm ist das übrigens nicht, wenn man ständig Hunger hat. Die Kosten sind enorm (sagt mein Vater) und es beschäftigt einen einfach den ganzen Tag, denn ich muss essen. Wenn ich nicht esse, wird mir sofort schummerig. Ich habe auch immer eine Notfallbanane oder irgendwas anderes bei mir.

Meinem ersten Freund war das peinlich, wenn ich eine Familienpizza bestellt habe. Er hat dann immer nur eine Kleinigkeit bestellt, damit es so aussieht, als ob wir uns die Pizza teilen. Na ja, vielleicht wollte er auch einfach nicht so viel Geld ausgeben und das obwohl ich mein Essen immer selbst bezahlt habe. Dank des Boutiquenjobs hatte ich während des Studiums keine Geldsorgen und auch jetzt brauche ich vielleicht ein Drittel meines Gehalts. 500€ gebe ich Anna und meinem Vater im Monat und das war schon ein harter Kampf, denn mein Vater wollte natürlich gar

kein Geld von mir annehmen. Schließlich hat ihn Anna dazu überredet

und jetzt legen sie das Geld auf ein Sparbuch mit meinem Namen an.

Damit können wir alle leben und ich fühle mich besser dadurch.

8. KAPITEL

Philip

Ich fahre durch die Dunkelheit und denke an Frau Winter. Vielleicht sollte ich wirklich mal mit ihr ausgehen, denke ich zum hundertsten Mal in dieser Woche. Schließlich weiß doch keiner was daraus wird.

Aber kann ich sie als ihr Chef das einfach fragen? Sähe das nicht sehr unprofessionell aus?

Zuhause ist es ebenfalls dunkel und einsam. Mein Bruder wird wahrscheinlich erst spät heimkommen. Ich packe meinen Laptop aus und arbeite, bis mir vor Müdigkeit die Augen zu fallen. Ich gehe kalt duschen und schaue etwas fern.

„Hallo Philip. Du bist noch auf? Geh lieber schnell ins Bett, sonst kriegst du nicht genügend Schönheitsschlaf", feixt mein Bruder.

Ich werfe mit einem Sofakissen nach ihm, aber er duckt sich schnell beiseite.

„Was macht der Club?"

„Läuft", sagt er kurz und geht in die Küche.

„Etwas nicht in Ordnung?"

„Doch schon."

Er trinkt das Wasser direkt aus der Flasche, was ich persönlich nicht ausstehen kann.

„Wenn du nicht reden willst."

„Es ist nichts. Ich frage mich nur, ob das immer so weiter gehen wird", lamentiert mein Bruder und ich verstehe nur Bahnhof.

„Was denn genau?"

„Na, das mit den Frauen." Das klingt so, als ob ich schon wissen müsste, was er meint, was aber nicht der Fall ist.

„Du hast doch keine Probleme mit Frauen, oder?"

„Doch mit einer."

Unruhig stapft er dabei rum und trinkt immer wieder aus der Flasche. Später werde ich sie markieren, denke ich angewidert.

„Und wieso ist das ein Problem?"

Soweit ich weiß, ist das Einzige, mit dem mein Bruder noch nie Probleme hatte, eine Frau anzuquatschen.

„Ich spiele nicht in ihrer Liga."

„Welche Liga?"

„Na ja, du denkst, dass deine Tippse nicht in deiner Liga spielt. Und genauso spiele ich nicht in Tessas Liga."

„Ich bin mir nicht so sicher, in welcher Liga Frau Winter spielt. Ihre Eltern leben in einem riesigen Kasten."

„Vielleicht geerbt. Frag sie doch mal."

Anscheinend ist er froh, dass wir jetzt über mich reden.

„Aber da ist immer noch die Sache mit dem Chef und der Sekretärin."

„Wieso? Es gibt zahlreiche Pornos, die das Gegenteil beweisen." Sofort habe ich Bilder im Kopf!

„Das ist aber kein Porno, sondern mein Job!" Vergeblich versuche ich, die Bilder aus meinem Kopf zu bekommen. „Und was würde Papa sagen, wenn ich mit ihr ankäme."

„Das interessiert dich doch nicht wirklich, oder?" Jonas mustert mich erstaunt dabei.

„Ich habe halt keine Lust, dass er wieder so blöde Fragen stellt." Das klingt auch für mich reichlich lahm und stimmt mich nachdenklich.

„Wieso? Du brauchst sie doch nicht mit nach Hause zu bringen, Brüderchen."

„Was wäre das denn für eine Beziehung?"

„Man", sagt Jonas und schlägt sich die Hand vor die Stirn. „Geh doch erstmal mit der Puppe aus! Du musst sie doch nicht gleich heiraten. Und außerdem bist du erwachsen, Philip. Du brauchst nicht seine Zustimmung, wen du treffen darfst."

„Das nicht", sage ich spitz. „Aber in seiner Firma zu arbeiten, birgt halt Kompromisse."

„Hast du dir in letzter Zeit mal zugehört?"

„Wieso?"

„Och, nur so. Weil du gerade gesagt hast, dass du aus Kompromissgründen eine Frau nicht treffen würdest und das nur wegen dieses Typs."

Mein Bruder tituliert unseren Vater nur sehr selten als „Vater", meistens redet er von „Ihm" oder „Er".

„Das wollte ich damit gar nicht sagen."

„Hast du aber", erwidert mein Bruder trocken und lässt mich damit stehen.

Grübelnd erhebe ich mich und gehe ins Bett. Ob mein Bruder Recht hat? Würde ich meinem Vater zu Liebe tatsächlich auf eine Frau verzichten? So habe ich darüber noch gar nicht nachgedacht. Es dauert lange, bis ich endlich Schlaf finde und nur kurze Zeit später klingelt bereits der Wecker.

9. KAPITEL

Katja

Mit einem Ruck wache ich auf und schaue auf meine Uhr. Es ist fünf Uhr morgens! Erstaunt starre ich an die Decke. Ich kann mich nicht daran erinnern, was ich geträumt habe. Ich glaube, das letzte Mal habe ich so tief geschlafen, als ich eine von den Schlaftabletten geschluckt habe, die die Klinik mir gegeben hat. Mittlerweile habe ich sie weggeschmissen. Sara hat mir Gott sei Dank nie so etwas verschrieben, sie meinte, es sei nicht gut, in den natürlichen Schlafrhythmus einzugreifen, denn der Körper müsse die ganzen Ereignisse erstmal verarbeiten. Da das auch eher meiner Auffassung entspricht, habe ich das beherzigt.

Was ist anders?

Ich habe mich mit Herrn Rose unterhalten, denke ich mit klopfendem Herzen, während ich aufstehe. Wenn das der Grund wäre, dann wäre das eine Katastrophe, denn ich kann mich ja schließlich nicht jeden Tag in sein Auto einladen.

Grübelnd gehe ich nach unten und koche mir einen Tee. Während ich mein Müsli in mich reinlöffele, denke ich an gestern Abend zurück. Es darf nicht sein, sagt meine innere Stimme. Schließlich ist er dein Chef.

Ein Chef mit zwei tiefblauen Ozeanen und kleinen Grübchen, wenn er lacht. Ich schaue auf die Uhr und stelle fest, dass es bereits fünf Minuten nach sechs ist! Schnell rase ich nach draußen und verpasse natürlich prompt meinen Bus. Also zwanzig Minuten warten und wieder viel zu viel Zeit, um nachzudenken. Ich will mich nicht in meinen Chef verlieben. Hast du schon, seufzt meine innere Stimme melodramatisch.

„Guten Morgen, Frau Winter", sagt Herr Rose freundlich.
Die Sonne geht auf, denkt mein verrücktes, klopfendes Herz.
„Guten Morgen, Herr Rose."
Glücklicherweise verdeckt mein Monitor mich etwas, während ich spüre, wie mir die Hitze in die Wangen steigt.
„Nochmal vielen Dank fürs nach Hause bringen."
„Wie gesagt. Jederzeit gerne wieder", lächelt er und marschiert in sein Büro. Kurz darauf höre ich ihn telefonieren.
Ich mache die Unterschriftenmappe fertig, überprüfe die Termine und buche die Räume dafür. Wenn ich Zeit habe, bastele ich weiter an meiner Exceldatei. Sie soll eine Art Entscheidungsbaum darstellen, um Projekte schneller abschätzen zu können. Die Idee ist mir vor zwei Wochen gekommen, nachdem ich in einer Präsentation eine lange schwülstige

Herleitung gesehen habe, wieso man sich für dieses Projekt entschieden hat. Da konnte ich nichts korrigieren, da musste mein Chef durch und sich den gesamten Sermon selbst durchlesen. Hat er aber wahrscheinlich nicht, weil er keine Zeit dazu hat. Für die Mitarbeitergespräche wird er jedoch spätestens reinschauen. Das weiß ich, weil er mich vor einem halben Jahr gebeten hat, die Präsentationen nach Mitarbeiter und Team erneut zu sammeln und ihm gebündelt zu zuschicken, um sie für die Jahresendbeurteilungsgespräche parat zu haben. Zum Glück musste ich nicht wieder alles ausdrucken. Wahrscheinlich sortiert er seine Ausdrucke gemäß meiner Mailaufstellung.

Ich könnte gar nicht sagen, ob Herr Rose ein guter Chef ist, denn ich sehe ihn selten mit einem Mitarbeiter, weil er meistens direkt zu ihnen geht. Wenn externe Kunden kommen, ist er höflich reserviert. Aber gestern im Auto war er so fröhlich und so…, ich kann es einfach nicht beschreiben. Wir reden ansonsten nicht so viel, denn, wie gesagt, er ist meistens eher unterwegs als am Schreibtisch.

Ich fiebere dem Samstag entgegen! Bunny hat mir geschrieben, dass TonTon grünes Licht gegeben hat und ich suche einen Nachtclub raus. Dann rufe ich Ari an.

„Hallo Katja."

Ich mag Ari, sie hat eine ganz ruhige, sanfte Stimme, aber mit einer natürlichen Autorität wie Bunny.

„Hallo Ari. Würdest du mit mir einkaufen gehen?"

„Na klar. Sobald Max zu Hause ist, können wir gehen. Soll ich dich abholen?"

„Ja gerne!"

Ari würde schon das Passende für mich finden, ohne mich zu sehr zu verkleiden, aber ich möchte unbedingt mal wieder etwas aufgehübschter aussehen. Schließlich kommen wir sonst noch unwahrscheinlicher in diesen Club rein.

Um achtzehn Uhr steht Ari vor der Haustür.

„Hallo Ari! Ich hole nur schnell meine Tasche!" Ich flitze zur Garderobe.

„Wie heißt er denn?", fragt mich Ari sofort als ich im Wagen sitze.

„Wie heißt wer?"

„Na der, weswegen du eine neue Garderobe brauchst."

„Ach, ich will mit Bunny in so einen angesagten Club und ich glaube nicht, dass ich da mit einem Schlabberpulli reinkomme."

„Verstehe", lacht Ari und fragt nicht weiter, was ebenfalls eine angenehme Eigenschaft an ihr ist.

Nach einer halben Stunde sind wir am Einkaufszentrum. Irgendwie mag ich einkaufen gehen nicht besonders. Die Klamotten, die ich jetzt trage, habe ich im Internet gekauft, deshalb sitzen sie auch alle nicht besonders gut und sind zu weit oder zu kurz.

„Also. An was hast du denn gedacht?" Neugierig mustert mich Ari.

„Ich habe keine Ahnung."

„Welche Farbe magst du denn?" Dabei zeigt sie auf ein Kleid im Leoparden Muster.

„Äh, so etwas dann doch eher nicht." Ich kann mir mich in so etwas nicht einmal vorstellen!

Wir schlendern weiter und plötzlich sehe ich ein weißes Kleid. Es ist irgendwie um die Puppe drapiert, die Falten gehen in Silhouetten um sie herum. Ich bleibe stehen und bestaune das kurze Kleid. Es hat keinen Ausschnitt, sondern endet um die rechte Schulter, die linke Schulter ist frei.

„Lass uns reingehen", meint Ari und zieht mich in den Laden.

Ich probiere das Kleid an und es sitzt wie angegossen.

„Oh, vielleicht solltest du dir mal wieder die Beine rasieren", raunzt mir Ari leise zu und ich werde rot. Um meine Beine habe ich mich schon lange nicht mehr gekümmert.

„Ja, das glaube ich auch", murmele ich verlegen.

„Wie wäre es mit diesen Schuhen dazu?", fragt eine eifrige Verkäuferin und zeigt mir ein paar weiße Stilettos mit ähnlichen Steinen an den Riemchen wie bei dem Kleid. Ich werde eher hin stolpern, wenn ich die anhabe, denke ich bestürzt. Aber Ari schnappt sich sofort die Schuhe.

„Schlüpf mal rein, Katja."

Und dann betrachte ich meine 1,72 m auf Stelzen und mich in einem Wahnsinnskleid. Ich schaue schon nicht schlecht aus.

„Soll ich das Kleid nehmen?" Schüchtern schaue ich Ari an.

„Ja."

„Und jetzt brauchst du nur noch Schminke", sagt Ari entschlossen, nachdem wir den Laden wieder verlassen haben, also steuern wir den nächsten Laden an.

Abends sehe ich mir meine Ausbeute an: Lippenstift, Makeup, Eyeliner. Dann habe ich noch einen Damenrasierer gekauft und Ari hat mir einen Frisörtermin aufgeschwatzt.

„Ist am Mittwoch, um halb sieben. Falls Max schon da ist, hole ich dich ab."

Pünktlich um sechs Uhr abends steht Ari am Mittwoch wieder vor der Tür und fährt mich zum Frisör.

„Ich hoffe, ich nerve dich nicht zu sehr, Ari", sage ich verlegen, als ich auf dem Frisörstuhl hocke.

Ari schmeißt sich sofort auf einen anderen Stuhl und grinst mich an.

„Oh bitte. Das ist ganz mein Vergnügen, deinem Makeover beizuwohnen!"

„Was ist denn bitte ein Makeover?"

Eine Frisörin stiefelt auf uns zu.

„Hallo Ari. Ist sie das?", fragt sie mit einem Lächeln, während sie auf mich zeigt. Moment mal!

„Äh Ari, was hast du ihr erzählt?"

„Nichts. Nur, dass du dich mal etwas rausputzen möchtest und dass dein letzter Haarschnitt bereits Jahre zurückliegt."

Jahre? Also wirklich! Wann war ich doch gleich beim Frisör? Ok, ich habe keine Ahnung, das muss ich zugeben.

„Da sollte eine ganze Menge runter", sagt die Frisörin vergnügt und dreht und wendet meine roten Zotteln. „Wie wäre es schulterlang und vielleicht eine Dauerwelle?"

„Dauerwellen stehen mir nicht", fange ich an.

„Das klingt super, Mirja", unterbricht mich Ari und ich lasse Mirja
machen.

Die Haare werden gewaschen, geschnitten und dann werde ich unter die
Trockenhaube gesetzt.

„Hier haben wir ein Glanzshampoo, damit kommt die Farbe noch besser
raus."

„Welche Farbe?" Ari lacht.

„Das ist ihre richtige Haarfarbe, Mirja."

„Was? Wirklich? Ich habe Kundinnen, die würden dafür töten, diese
Farbe als natürliche Haarfarbe zu haben. Wahnsinn!" Ich werde rot und
räuspere mich.

„Das kann ich mir nicht vorstellen. Rot hat doch was von einer Hexe."
Mirja und Ari sehen sich nur kopfschüttelnd an.

„Oh Bitte, rote Haare sind der Knaller. Ich beneide dich und Hanna so
sehr um diese Haarfarbe. Ich habe mal versucht, meine Haare zu färben."

„Da kann ich mich noch gut dran erinnern", kichere ich.
Das kann ich wirklich. Ari hatte blonde und rote Töne im Haar, denn
irgendwie hatten ihre Haare die Farbe nur teilweise angenommen.

„Wie auch immer. Das sollte dir doch schon zeigen, dass du besondere
Haare hast, Katja."

Ich will etwas erwidern, aber mir bleiben die Worte im Hals stecken, als ich in den Spiegel schaue: In sanften Wellen fallen meine roten Haare um mein Gesicht. Sie sind jetzt deutlich kürzer als vorher. Irgendwie wirke ich erwachsener damit und auch beinah … hübsch?

„Du siehst fantastisch aus, Katja! Wann geht ihr in den Club?"

„Am Samstag."

Entgeistert schaue ich immer noch mein Spiegelbild an. Das kann doch nicht sein, das kann doch nicht ich sein!

„Wie wäre es, wenn wir noch etwas einkaufen gehen?", fragt Ari, als wir wieder draußen stehen.

„Was möchtest du denn einkaufen?"

„Ach, dies und das", sagt Ari unbestimmt und steigt ins Auto.

Wir fahren wieder ins Einkaufszentrum und Ari steuert direkt den nächsten Laden an.

„Guck mal die Jeans!"

„Ist die nicht ein bisschen lang?"

„Stimmt. Vielleicht passt sie ja dir?".

„So etwas kann ich doch nicht tragen."

„Wieso?"

„Weil meine Beine dann noch mehr wie Storchenbeine aussehen."

„Aber du trägst doch jetzt auch Jeans?" Stirnrunzelnd blickt Ari auf meine Schlabberjeans, die mindestens eine Nummer zu groß ist.

„Ja, aber die sitzen nicht so eng."

„Weißt du was. Du könntest sie doch einfach mal anprobieren. Vielleicht sieht das mit der neuen Frisur ganz anders aus."

Und schon schiebt sie mich samt Jeans in die Umkleidekabine. Oh nein, denke ich und ziehe meine abgewetzte Jeans aus. Ich schlüpfe in die Hose und trete wieder raus. Dann betrachte ich mich nachdenklich im Spiegel.

„Na ja."

„Vielleicht musst du das Ganze mit einem engeren T-Shirt zusammen ansehen. Ich meine, nur damit wir sehen, wie die Jeans wirkt." Und damit drückt sie mir auch schon ein schwarzes T-Shirt in die Hand.

Also ziehe ich den verwaschenen, viel zu großen Pullover aus und streife mir das schwarze T-Shirt über.

„Tada", sage ich wenig enthusiastisch und schaue Ari an. Sie schiebt mich vor den nächsten Spiegel.

„Oh Gott, Katja! Du siehst super aus!"

Also schaue ich in den Spiegel und muss irgendwie Ari Recht geben, auch wenn ich meinen Augen immer noch nicht trauen kann. Im Spiegel sehe ich jemand völlig Fremdes mir, nichts davon scheint mir vertraut, außer vielleicht meiner blassen Hautfarbe.

„Ok. Jetzt haben wir es ja gesehen", beginne ich, werde aber von Ari sofort unterbrochen.

„Nimm die Sachen doch mit, Katja. Das sieht doch toll aus."

„Aber ich habe mir doch erst dieses teure Kleid gekauft. Und die Schuhe."

„Ja, das stimmt natürlich. Aber vielleicht könntest du auch fürs Büro mal wieder etwas Neues gebrauchen."

„Aber das sind keine bürotauglichen Klamotten."

„Was ziehst du denn sonst so im Büro an?"

„Na ja, das was ich anhabe." Dabei zeige ich auf meine ausgezogenen Sachen in der Kabine.

„Ich glaube, dass das T-Shirt eine echte Verbesserung wäre." Ich muss schlucken.

Und dann ziehe ich die Sachen aus, gehe zur Kasse und bezahle sie.

„Vielleicht sollte ich auch noch ein paar Blusen kaufen", überlege ich.

„Der Pulli ist ziemlich warm."

„Wir können ja schauen, ob wir etwas finden", sagt Ari locker.

Zuhause stelle ich lächelnd die Tüten ab. Anna war übrigens begeistert von meiner neuen Frisur. Schnell hänge ich die drei neuen Blusen in den Schrank, falte das schwarze T-Shirt zu den anderen T-Shirts, die mir alle zu groß sind und hänge die Jeanshose über den Stuhl, damit ich morgen nicht vergesse, sie anzuziehen.

10. KAPITEL

Philip

„Guten M..., Frau Winter?" Verdattert schaue ich meine Assistentin an

bzw. die Person, die auf ihrem Stuhl sitzt.

„Guten Morgen, Herr Rose?" Fragend blickt sie mich an.

Ich muss mich zwingen, an ihr vorbeizugehen und kann mal wieder nur

den Kopf über mich selbst schütteln.

Schnell setze ich mich an meinen Schreibtisch, aber es ist wirklich

furchtbar. Sie hat vorher schon fantastisch ausgesehen, aber mit der neuen

Frisur sieht sie noch toller aus. Der Schlabberpulli hat ihre Kurven nur

erahnen lassen, die Bluse jedoch bringt alles noch besser zur Geltung und

mich noch mehr in Wallung. Zeitweise schaue ich um die Ecke und hoffe,

dass sie es nicht bemerkt.

Plötzlich klopft es sachte an meiner Tür. Frau Winter steht in einer

hautengen Jeans und den Unterschriftenmappen in der Tür. Oh Gott, ich

möchte dich jetzt hier sofort auf meinem Schreibtisch nehmen!

„Hallo Herr Rose. Hier sind die Verträge zur Ansicht und die Anrufe in

Ihrer Abwesenheit."

„Ja, äh, Danke Frau Winter?"

Tja, meine Artikulation ist völlig im Eimer. Zum Glück legt sie mir nur die Sachen auf den Schreibtisch und geht schnell wieder aus dem Büro.

Ich kann mich heute überhaupt nicht konzentrieren, ich sehe nur diese hautenge Jeans vor mir mit den ellenlangen Beinen darin. Ich mache heute früh Feierabend, denn selbst, nachdem sie gegangen ist, schweifen meine Gedanken ständig ab.

Zuhause rufe ich meine besten Freunde an, zwei Paare, die ich bereits seit der Uni kenne. Emi hat an derselben Uni studiert wie ich, die Ausbildung aber in einer anderen Firma gemacht. Ihr Mann Richard ist Lehrer für Mathe und Physik. Bei Fanny und Gunnar ist es umgekehrt, Fanny ist Lehrerin für Deutsch und Latein und Gunnar hat, wie Emi und ich, das duale Studium in einer Firma absolviert. Wir haben uns, wie gesagt, an der privaten Uni kennengelernt, an der wir BWL studiert haben und Fanny und Richard waren an der LMU. Beide Paare sind mittlerweile verheiratet, Fanny und Gunnar haben sogar schon zwei Kinder.

Ich habe keine Ahnung, ob ich Kinder haben will, denn keine meiner Beziehungen ist so tief gegangen, dass dieses Thema überhaupt zur Sprache gekommen wäre.

„Hi ihr", sage ich zu meinem Monitor. Über Skype können wir alle gleichzeitig miteinander reden. „Wie sieht es bei euch nächsten Samstag aus?"

„Babysitter ist bestellt", berichtet Fanny vergnügt.

„Ja gerne", quietscht Emi und man könnte gar nicht glauben, dass sie für eine riesengroße Abteilung im Finanzbereich verantwortlich ist.

„Dann sehen wir uns um elf vor dem Club!", fasse ich zusammen und wir schließen unseren Chat.

Ich lehne mich zurück und versuche etwas Fern zu sehen, aber meine Gedanken hängen bei Frau Winter. Plötzlich höre ich den Schlüssel in der Tür.

„Hi Jonas."

„Hi, du bist schon zu Hause?", wundert sich mein Bruder.

„Ach, ich konnte mich nicht konzentrieren."

„Wegen der Rothaarigen? Wieso legst du sie nicht endlich flach?"

„So Eine ist das nicht!"

Zu seiner Verteidigung sollte ich dazu sagen, dass ich meinem Bruder nur in Jonassprache vermittelt habe, was ich für sie empfinde. So etwas wie „Geile Tussi" oder so ähnlich. Er pfeift durch die Zähne.

„Ach so. Ja, dann, geh doch einfach mit ihr aus."

„Wenn das so einfach wäre.".

„Und leg sie dann flach."

Brüder sind so was von überflüssig, denke ich grimmig und gehe kalt

duschen.

11. KAPITEL

Katja

„Katja?!", fragt mich Bunny ungläubig, als ich ihr die Tür am Samstagabend öffne.

Ich trage das neue, weiße Kleid, die Schuhe habe ich allerdings noch nicht an, aber in den letzten Tagen habe ich zumindest etwas geübt, darin zu laufen.

„Du siehst ja fantastisch aus", strahlt mich Bunny an.

„Danke Bunny, du auch."

Bunny sieht, wie immer, entzückend aus. Ihr schwarzes, kurzes Kleid hat grüne Applikationen, die gut zu ihren grünen Augen passen. Sie braucht wirklich nicht viel, um toll auszusehen. Aber heute sehe ich vielleicht auch nicht so schlecht aus, hoffe ich und schlüpfe in die High Heels.

„Wow! Ich habe dich noch nie in solchen Schuhen gesehen!"

„Ist auch das erste Mal, dass ich so hohe Schuhe trage", stöhne ich und versuche, hinter Bunny her zu laufen, ohne mich gleich auf die Nase zu legen. Wie soll ich denn in solchen Dingern auch noch tanzen, denke ich angsterfüllt. Wir steigen in Bunnys kleines Auto, mit dem normalerweise

TonTon zur Arbeit fährt. Schon dass es ihm reicht, mit einem solchen Auto gesehen zu werden, macht ihn mir sehr sympathisch.

„So. Wo geht es hin?"

Ich gebe Bunny die Adresse des Clubs und in zwanzig Minuten sind wir auch schon da. Als ich die lange Schlange sehe, schwindet meine Hoffnung auf einen schönen Abend sofort.

„Vielleicht sollten wir woanders hingehen", schlage ich vor, während Bunny sich in eine kleine Parklücke zwängt. Habe ich erwähnt, dass sie auch noch einparken kann? Meine Minderwertigkeitskomplexe kennen bei ihr einfach keine Grenzen.

„Ach was. Es ist doch recht warm und wir können uns unterhalten. In einem Café würden wir doch auch nichts anderes tun", sagt Bunny fröhlich und steigt mit ihren 12 cm Highheels aus dem Auto als ob sie Turnschuhe tragen würde. Sehr viel weniger lässig bugsiere ich mich aus dem kleinen Wagen und stakse hinter ihr her. Interessanterweise stolpere ich nicht ganz so viel mit den hohen Dingern. Diese Höhe scheint mir ein besseres Gleichgewicht zu verleihen. Oh nein! Muss ich jetzt immer so unbequeme Schuhe tragen? Meine Füße tun jetzt schon weh.

Und dann stehen wir in der Schlange, mit etwa 50 anderen, aufgebrezelten Leuten.

„Wahnsinn," staunt Bunny.

„Was denn?"

„Na, dein Aussehen!" Sie mustert mich von Kopf bis Fuß. „Wann genau hast du das gemacht? Ich meine, du siehst immer toll aus, aber heute übertriffst du dich selbst."

Ich merke, wie ich zu glühen anfange und mache eine wegwerfende Handbewegung, um nicht zu zeigen, wie geschmeichelt ich bin.

„Oh Bunny, sag das nicht. Ich war nur etwas einkaufen mit Ari und am Mittwoch war ich noch beim Frisör."

Mir sind Komplimente unangenehm, denn ich weiß nie etwas darauf zu erwidern. Soll man sich bedanken, es runterspielen? Man käme doch sehr arrogant rüber, wenn man nicht verlegen ist. Also berichte ich erstmal von Herrn Roses Reaktion am Donnerstag. Bunny lacht so laut, dass sich die ganze Schlange zu uns umdreht und uns anstarrt. Wie peinlich.

„Schhh, Bunny! Das muss doch nicht jeder hören!"

„Wieso denn nicht? Vielleicht steht der Typ ja doch auf dich."

„Also wenn er jetzt plötzlich auf mich steht, dann sind das doch nur Äußerlichkeiten. Dann hat das nichts mit mir zu tun." Plötzlich macht sich Enttäuschung in mir breit, obwohl mir das gerade erst klar geworden ist.

„Stimmt. Vielleicht hast du recht."

Ich muss schlucken, denn je länger ich darüber nachdenke, desto enttäuschter werde ich.

„Allerdings hat er mir erzählt, dass er genug von Frauen hat, die nur aufs Materielle scharf sind."

„Wann genau hat er dir denn das erzählt?"

„Na, als er mich nach Hause gefahren hat." Bunny sieht mich mit offenem Mund an.

„Wann bitte hat dich Herr Rose nach Hause gefahren, Katja? Und wieso hast du mir davon noch gar nichts erzählt?" Entrüstet starrt mich Bunny an und sofort fange ich an, mich schuldig zu fühlen. Auch darin hat sie Ähnlichkeit mit Ari.

„Als ich von dir nach Hause gefahren bin, habe ich ihn zufällig an Bahnhof getroffen und er hat angeboten, mich nach Hause zu fahren."

„Aber er wollte keine Gegenleistung von dir, oder?" Streng schaut mich Bunny dabei an. Was ist das nur mit den Leuten. Kann denn niemand mehr etwas Nettes tun, ohne dabei Hintergedanken zu haben?

„Nein, natürlich nicht, Bunny. Komisch, meine Familie hat genauso reagiert."

„Kein Wunder", schnaubt Bunny und schüttelt ihre Locken.

„Merkwürdig ist das schon, so ein Angebot. Und wieso hat er dir erzählt, dass er genug von solchen Leuten hat?"

„Er hat gefragt, ob ich sein Auto komisch finde und hat dabei erzählt, dass seine Ex immer nur teure Sachen haben wollte."

„Seine Ex. So, so." Bunny grinst mich an.

„Ist das so komisch?"

„Komisch nicht, nein, aber jetzt wissen wir, dass er Single ist."

„Er ist immer noch mein Chef", seufze ich, weil ich an seine beiden tiefblauen Ozeane denke.

„Na und?"

„Na ja, würdest du denn mit deinem Direktor etwas anfangen?"

„Na gut, vielleicht nicht."

„Frau Winter?"

12. KAPITEL

Philip

Das kann doch nicht wahr sein! Wie viele Clubs gibt es bitte in München.

Und da muss sie ausgerechnet in diesem sein! Sie dreht sich zu mir um.

Ich kann sehen, dass sie zusammenzuckt.

„Hallo Herr Rose."

Neben ihr steht eine zierliche Blondine.

„Wollen Sie in den Club?" Was für eine überflüssige Frage. Die beiden

nicken.

„Ja dann, schließen Sie sich doch uns einfach an."

Die beiden schauen mich erstaunt an und setzen sich ein paar Minuten

später in Gang. Wobei die Zierliche die sehr viel größere Frau Winter

hinter sich herzieht, wie ich amüsiert feststelle.

„Hallo Philip! Mal wieder da?", begrüßt mich Martosz am Einlass und

zieht dabei die Kordel bei Seite. Dabei mustert er uns alle der Reihe nach

und schiebt uns durch.

„Nette Truppe hast du heute dabei, Philip. Viel Spaß euch!" Während er

mich anzüglich anschaut, schiebt er mir ein Kondom in die Anzugtasche.

„Man kann ja nie wissen", sagt er und zeigt auf die beiden Damen.

„Äh, Danke?" Irritiert folge ich den anderen.

„Danke, Herr Rose", sagt Frau Winter höflich. Ich grinse sie schief an.

„Gerne, Frau Winter. Aber vielleicht könnten wir uns in einer solchen Umgebung besser duzen? Ich finde, sonst klingt das zu sehr nach Rollenspiel."

Sie schaut mich fragend an, sagt jedoch nur:

„Ok. Ich heiße Katja."

„Philip", grinse ich und schiebe sie in Richtung Tanzfläche.

„Ich tanze nicht", ruft sie, aber ich höre nicht auf sie, sondern ziehe sie mit. Wir wirbeln herum und die Leute machen uns sogar Platz. Ich genieße die Berührungen und bin selbst erstaunt, wie gut wir harmonieren.

„Ich glaube...ich kann...nicht...mehr", ächzt sie plötzlich.

„Ok, dann lass uns an die Bar gehen", rufe ich gegen den Lärm an. Suchend schaut sie sich um.

„Suchst du wen? Bist du mit jemandem verabredet?"

Sofort spüre ich einen Anflug von Eifersucht. Vielleicht wollte sie ihren Freund hier treffen.

„Ich suche nach meiner Freundin. Die, die gerade mit uns reingegangen ist."

„Die steht da vorne bei meinen Freunden", sage ich und zeige auf die Bar.

„Wieso kommst du eigentlich so hier rein?"

„Meinem Bruder gehört der Laden."

Ich wende mich an den Barkeeper.

„Hi Andy! Machst du uns bitte 7 Cola? Oder möchtet ihr etwas anderes?", und schaue fragend in die Runde.

„Nein, nein", sagt Katjas Freundin schnell. Ich lache und bekomme sofort die Gläser mit Cola hingestellt. Nicht übel, denke ich.

„Deinem Bruder also", sagt Frau Winter, äh Katja.

„Genau", nicke ich. „Er hat diesen Laden nach seinem BWL-Studium gekauft. Er meinte, das sei mehr sein Ding. Für meinen Vater war das eher eine Kriegserklärung."

„Wieso?", fragt Katja erstaunt und schaut sich dabei um.

„Weil mein Vater einfach andere Vorstellungen von einem Kaufmann hat. Dabei braucht man durchaus wirtschaftliche Kenntnisse, um so einen Laden zu betreiben."

„Ganz bestimmt sogar", sagt sie zu meiner Überraschung, aber ich gehe nicht weiter darauf ein.

„Wollen wir wieder tanzen?", frage ich sie und schaue sie herausfordernd an.

„Ist das ok, Bunny?", fragt sie ihre Freundin, die sich bereits die ganze Zeit angeregt mit Fanny unterhalten hat.

„Na klar! Los, geh nur! Fanny und ich reden gerade über Brotrezepte." Lachend ziehe ich Katja wieder auf die Tanzfläche. Irgendwie wirkt sie nachdenklich.

„Was hast du?", frage ich und tanze etwas weniger ausgelassen, dafür aber mit mehr Körperkontakt. Ich genieße die Bewegungen mit ihr.

„Ich war nur überrascht, dass die spärlich bekleidete Dame über Brot redet."

Darüber muss ich so laut lachen, dass sich alle zu uns umdrehen.

„Du darfst dich nicht zu sehr von Äußerlichkeiten ablenken lassen, Katja. Fanny hat zwei Kinder, denen sie Butterbrote machen muss."

„Das hätte ich nicht gedacht."

„Sie sieht sonst auch nicht so aus wie heute", erkläre ich ihr.

Wenn man allerdings nur die hauchdünnen Kleidchen sieht, die Fanny und Emi heute anhaben, käme einem das sicherlich merkwürdig vor, da muss ich Katja zustimmen.

„Emi übrigens auch nicht", grinse ich und lasse sie einmal drehen. Das kam dann wohl doch zu überraschend, denn sie strauchelt.

„Hoppla!" Ich kann sie gerade noch auffangen. Déjà-vu, denke ich amüsiert.

„Alles in Ordnung?"

Plötzlich ist Katjas Gesicht schmerzverzerrt.

„Ich glaube, mein Knöchel hat nachgegeben", stöhnt sie und belastet ganz vorsichtig ihren Fuß.

„Lass uns zu den Toiletten gehen. Wenn du es sofort kühlst, wird es vielleicht besser."

Ich versuche sie stützen, mit den Schuhen heute ist sie beinah so groß wie ich. Vorsichtig hinkt sie an meinem Arm zu den Toiletten. Wir setzen uns auf eine kleine Bank, die in der Mitte steht. Die Toilette ist zum Glück unisex.

„Zeig mal her, tut das weh?" Sanft berühre ich ihren Knöchel und obwohl ich sicherlich nicht auf Füße stehe, prickelt meine Hand sofort, als ich ihren Fuß berühre.

„Es geht", sagt sie gepresst.

Ich hole etwas Papier, feuchte es an und lege es auf ihren Knöchel.

„Besser?" Sie nickt.

Dabei sieht sie so zerbrechlich aus, dass es mir den Atem raubt. Ich setze mich wieder neben sie auf die Bank und schaue sie an. In ihrem Blick liegt etwas Trauriges, aber auch…Verlangen? Vielleicht irre ich mich, denke ich und rutsche noch etwas näher an sie ran. Fast erwarte ich, dass sie wegrutscht, aber immer noch sieht sie mich unverwandt an. Als sie versucht, den Blick abzuwenden, nehme ich ihr Kinn in meine Hand und drehe ihr Gesicht wieder in meine Richtung. Ich schaue in ihre haselnussbraunen Augen, nehme ihr Gesicht in beide Hände und warte immer noch darauf, dass sie mich wegschiebt. Ich vergesse, dass ich ihr Chef bin oder dass mein Vater ganz bestimmt jemand anderes für mich im Sinn hat. Ich komme ihr immer näher. Sie sieht mich erstaunt an. Und dann küsse ich sie.

13. KAPITEL

Katja

Der Kuss fühlt sich wie eine Explosion auf meinen Lippen an. Als er

immer näher herangerutscht ist, wusste ich erst nicht, was ich tun soll.

Aber, seit seine Lippen auf meinen liegen, habe ich aufgehört, zu denken.

Ich presse mich gegen ihn. Er schlingt seine Arme um mich, und zieht

mich noch näher an sich heran. In meinem Kopf ist viel zu wenig Luft. Ich

fange an, nach Atem zu ringen. Bereitwillig lasse ich mich von ihm auf

eine der Toiletten ziehen.

Hinter der Tür fängt er an, mein Kleid hochzuschieben. Er presst mich an

eine der Wände und fängt an, meine Brüste durch das Kleid hindurch zu

streicheln. Spätestens jetzt höre ich endgültig auf nachzudenken. Ich öffne

seine Anzughose und sie rutscht nach unten. Er steigt grinsend aus den

Sachen und ich sehe, dass er mehr als bereit ist. Er schiebt meine

Strumpfhose und meinen Slip nach unten und fängt an, seine Hand

zwischen meinen Beinen zu reiben. Ich kann nicht anders, ich fange an zu

stöhnen. Er küsst mich wieder, was mein Stöhnen zum Glück etwas

abdämpft. Dann nimmt er ein Kondom aus seiner Jackettasche und zieht

sie aus. In dem Moment frage ich mich nicht, wieso er so etwas in seiner

Tasche hat, sondern schaue ihm zu, wie er es aufstülpt. Dann presst er sich wieder gegen mich und schiebt mich die Wand nach oben. Ich umklammere ihn mit meinen Beinen, dann lässt er mich sanft nach unten rutschen und ohne Widerstand gleitet er in mich hinein. Er schiebt mich nach und nach unten. Das ist alles so intensiv, dass ich mich an ihm festkrallen muss, um nicht nach unten zu fallen. In mir fühlt sich alles heiß an und ich möchte am liebsten laut schreien. Noch nie hat sich Sex für mich so angefühlt. Dann komme ich und stöhne in seinen Mund. Mein ganzer Körper verkrampft sich und ich presse mich an ihn. Er macht weiter, lässt mich wieder und wieder kommen bis ich nicht mehr kann. Als er merkt, dass meine Beine nachgeben, beginnt er, mich stärker gegen die Wand zu pressen. Nur kurze Zeit später presst er sich hart gegen mich und stöhnt. Dann lässt er mich langsam runtergleiten.

Ich blicke ihn an, doch sein Blick geht woanders hin. Er entsorgt das Kondom, zieht sich schnell an und verschwindet aus der Tür. Ich ziehe mir meine Sachen wieder an, setze mich aufs Klo und fange an zu weinen.

Irgendwann sagt jemand leise:

„Katja?"

„Hier", krächze ich und schließe auf.

Bunny kommt rein und schaut mich entsetzt an.

„Katja, was ist passiert?"

Ich kann nichts sagen, sondern weine einfach nur weiter. Bunny streichelt meinen Rücken und wartet, bis ich mich wieder etwas beruhigt habe.

„Was ist passiert?", flüstert Bunny wieder.

„Wir hatten…", schluchze ich.

„Verdammt. Echt?", fragt Bunny verblüfft. Ich nicke und schäme mich total.

„Mit Philip?", wispert Bunny, obwohl das offensichtlich ist.

„Ja", sage ich und wische mir über die Augen. Bestimmt habe ich jetzt überall Wimperntusche.

„Ja ok, aber was ist das Problem?"

„Dass er ohne ein Wort zu sagen abgerauscht ist."

„Also doch", sagt Bunny sauer. „Ich hatte so eine Befürchtung, als ich ihn ohne dich gesehen habe, aber ich habe einfach gehofft, dass er nicht so offensichtlich mit dir rausmarschieren wollte."

„Ich glaube, er wollte einfach nur weg", sage ich enttäuscht und stehe auf. Da mein Fuß immer noch weh tut, muss ich mich auf Bunny stützen, damit ich zum Waschbecken komme.

„Was hast du mit deinem Fuß gemacht?"

„Ungeschicklichkeit."

Ärgerlich schaue ich in den Spiegel. Ich sehe viel schlimmer aus als ich gedacht habe. Die gesamte Schminke ist völlig verschmiert.

„Hier." Bunny reicht mir ein Wattepad.

„Du bist ja gut vorbereitet", sage ich trocken und reibe mir die ganze Schminke aus dem Gesicht.

„Frau muss auf alles vorbereitet sein", erwidert sie ernst und spritzt etwas Creme auf ein neues Wattepad. Dankbar nehme ich es und reibe die letzten Reste dieses Abends von meinem Gesicht und sehe wieder normal aus. Dann ziehe ich meine Schuhe aus, damit ich wenigstens etwas kleiner bin und stütze mich wieder auf Bunny und hinke mit ihr raus. Wir gehen direkt zum Ausgang.

„Oh nein", ruft der bullige Typ. „Was ist passiert?"

„Ungeschicklichkeit", wiederhole ich. Er grinst nur und winkt uns zu.

„Bis bald ihr beiden. Wenn ihr mal wieder reinwollt, dann fragt nur nach Martosz."

„Danke", sagt Bunny trocken. „Aber ich denke nicht, dass wir nochmal herkommen werden."

„Hat es euch denn nicht gefallen? Sagt es mir ruhig, ich leite es an JR weiter."

Bunny prustet los und vergisst ganz, dass wir eigentlich gehen wollen.

„Wer?"

„JR, Jonas Rose, das ist der Besitzer des Clubs. Ehrlich Mädels, wenn euch jemand angemacht hat, zeigt mir den Typen und er fliegt raus!"

„Ich befürchte, so einfach ist das nicht", sage ich traurig und drehe mich um.

„Wenn ich es dir doch sage", sagt er, aber Bunny und ich gehen einfach und lassen ihn stehen.

„Absacker?", fragt Bunny im Auto. „Es ist erst eins!"

„Na gut."

Eigentlich habe ich keine Lust dazu. Lieber würde ich duschen und den ganzen Abend komplett wegwaschen.

„Auf uns", ruft Bunny und hebt ihr Cocktailglas. Natürlich einen Driver, aber wenigstens mit Schirmchen. Wir prosten uns zu und ich spüle meine Wut mit einer Virgin Colada runter. Mir ist absolut nicht nach Alkohol. Manche Leute wollen ihren Schmerz ertränken, ich will den Schmerz fühlen. Und ja, es tut weh.

„Er hatte ein Kondom dabei."

„Aber das war doch auch besser so, oder nimmst du die Pille?"

„Das heißt, dass er vorbereitet war."

Taubheit macht sich in mir breit und Scham.

„Aha?" Ich sehe Bunnys Unverständnis und schlucke.

„Na ja, wenn jemand griffbereit ein Kondom dabeihat, heißt das doch, dass er darauf aus war, oder?"

„Ja, irgendwie schon. Aber letztendlich wolltest du doch auch, oder?"

„Ja", sage ich und spüre die Hitze in meinen Wangen aufsteigen. „Aber er wollte heute anscheinend eine flachlegen, ich kam da einfach nur gelegen."

„Vielleicht", meint Bunny und rührt in ihrem Cocktail rum. „Aber du wolltest ihn, oder?"

„Ja", sage ich und werde wieder rot. „Ich wollte ihn. Vorher gab es einen Moment zwischen uns. Einen Moment, in dem er mich traurig angesehen hat und ich dachte, dass er gleich geht. Und das wäre auch besser gewesen." Dabei laufen mir wieder die Tränen herunter, verdammt.

„Du hättest auch aufhören können." Danke, wenig hilfreich.

„Du hast Recht", schniefe ich. „Ich habe nur nicht mit dieser Kälte hinterher gerechnet. Nachdem wir fertig waren, hat er mich nicht einmal angesehen. Er ist einfach abgehauen."

„Zugegeben, das war schon etwas platt. Aber würdest du es wieder tun?"

„Ja."

„Dann hat es sich doch gelohnt!"

Um vier Uhr morgens setzt mich Bunny bei mir zu Hause ab.

„Du kannst auch gerne bei uns schlafen."

„Das ist nett von dir, Bunny. Aber ich brauche etwas Ruhe." Ich zwinkere ihr zu.

Klar, mit einer Vierjährigen und einem Einjährigen gibt es nicht viel Ruhe.

„Ich hoffe, du kannst morgen etwas schlafen?", frage ich mitfühlend.

„Ach, TonTon hat mir versprochen mit den Kindern zu seiner Mutter zu fahren. Wir hätten also eine Weile sturmfrei. Aber das ist schon ok, Katja. Wir schreiben uns, ja?"

„Danke Bunny. Ja, das machen wir."

14. KAPITEL

Philip

„Da bist du ja!", sagt Emi und schaut mich prüfend an.

„Wo sind denn Bunny und Katja?", fragt Fanny und schaut sich suchend um.

Ja, wo sind die beiden? Ich schaue mich um, sehe jedoch beide nicht mehr.

Vielleicht hätte ich nicht einfach so gehen sollen, vielleicht hätte ich etwas zu ihr sagen sollen. Aber was hätte ich sagen sollen?

Der Sex mit ihr war einfach unbeschreiblich, ich fühle ein Pochen in mir.

Vielleicht ist es auch besser, dass sie gegangen ist, trotzdem fühlt es sich jetzt erst recht nach einem Quickie an.

„Ist etwas passiert?", fragt jetzt Richard und schaut mich prüfend an.

„Du hast doch nicht etwa…", sagt Emi plötzlich und schlägt sich die Hand vor den Mund.

„Und wenn?", sage ich verärgert, weil mich plötzlich 4 strafende Augenpaare anstarren.

„Ihr habt was?", schimpft Fanny.

„Und wieso ist sie jetzt weg?", fragt Gunnar und sieht mich ebenfalls inquisitorisch an.

Wo bin ich denn hier gelandet, bei Gericht?

„Ich weiß gar nicht, was ihr wollt!"

„Na, wieso ist sie denn dann gegangen?", will Richard wissen.

„Was hast du denn zu ihr gesagt?", fragt Emi neugierig.

„Gar nichts", sage ich unwirsch.

„Wie, gar nichts", sagt Fanny.

„Na, gar nichts. Was soll man denn auch noch lange rumquatschen. Macht ihr das etwa danach?" Herausfordernd schaue ich alle der Reihe nach an.

„Äh, nein", gibt Gunnar zu.

„Aber man geht doch nicht einfach weg. Was soll sie denn jetzt von dir denken?", schilt Emi mich.

„Na das Richtige. Dass ich ein Arschloch bin!"

„Ja, das kannst du laut sagen", schimpft Gunnar.

„Ich fühle mich schon schlecht genug, da brauche ich nicht noch eure Moralpredigten."

„Hier hat niemand gepredigt", sagt Fanny sauer.

„Nein, aber was würdest du denn sagen, wenn dass jemand mit uns machen würde?" Herausfordernd schauen Emi und Fanny mich jetzt an.

„Na, erstmal würde ich fragen, ob es für euch auch nur ein One-Night-Stand war."

„Und", fragt Gunnar, „war es nur ein One-Night-Stand für dich?" Erwartungsvoll schauen mich jetzt die beiden Paare an, die mal meine besten Freunde gewesen sind.

„Nein. Ja. Ich denke schon."

„Wieso? Woher kennst du sie eigentlich? Hast du sie jetzt gerade erst kennengelernt?", fragt Richard und irgendwie schwingt so etwas wie Ehrfurcht mit.

„Sie ist meine Sekretärin." Gunnar pfeift durch die Zähne.

„Ah. Aber handelt so etwas normalerweise nicht davon, dass man das auf einem Schreibtisch tut?"

„Ja", kichert Emi plötzlich los.

„Genau. Der Mann pflügt den Schreibtisch leer und dann geht es rund", prustet jetzt auch Fanny los.

„Wo bin ich denn hier gelandet?", frage ich und schaue die kichernden Frauen ratlos an.

„Ich habe keine Ahnung", sagt Richard verstört und auch Gunnar sieht Fanny mit anderen Augen an. Etwas zu lüstern für meinen Geschmack.

„Aber dann wird das am Montag doch erst recht unangenehm werden",

meint Fanny plötzlich und ich bekomme plötzlich Seitenstechen. Was habe

ich nur gemacht. Genau das hatte ich vermeiden wollen und jetzt, wo ich

einfach abgehauen bin, habe ich es tausendmal schlimmer gemacht. Ich

hätte mit ihr sprechen sollen. Vielleicht hätte ich ihr auch sagen sollen, was

ich tatsächlich für sie empfinde. Das hätte sie doch nur erschreckt, sagt

meine innere Stimme, allerdings ungewöhnlich sanft. Ich schaue auf die

Uhr, es ist gerade mal ein Uhr morgens.

„Ich denke, ich gehe. Ich habe für heute genug."

„Ja, das glaube ich", sagen Emi und Fanny ernst.

„Samstag in zwei Wochen bei euch, Gunnar?" Gunnar schlägt ein.

„Klar!"

„Tut mir leid, dass wir uns schon wieder bei uns treffen müssen, aber es

ist unheimlich schwer, Babysitter zu kriegen. Unsere Babysitterin hat drei

Familien, die sie versorgt", stöhnt Fanny und umarmt mich zum

Abschied.

„Bring das mit Katja wieder in Ordnung", rät Emi und drückt mich

ebenfalls.

Erleichtert darüber, dass ich anscheinend doch noch einen Freundeskreis

besitze, mache ich mich auf in Richtung Ausgang. Jonas ist nirgends zu sehen. Der Club ist gerappelt voll. Als ich draußen bin, hole ich erstmal

tief Luft.

„Hey Philip", sagt Martosz und winkt mir zu. „Was war denn los? Die

beiden Mädchen, mit denen du da warst, waren ja völlig verstört. Hast du

den Mistkerl gesehen, der sie angemacht hat?" Mir wird abwechselnd heiß

und kalt.

„Wieso? Nein. Was war denn los?", tue ich ahnungslos.

„Die eine hat geheult und die andere hat gesagt, dass sie wohl nicht

mehr wiederkommen werden. Nenn mir den oder die Typen und ich

erteile ihnen Hausverbot!"

„Nein, ich habe keine Ahnung", lüge ich ihn an.

Dann laufe ich zu meinem Auto und fahre nach Hause. Zuhause dusche

ich lange, um den Abend von mir abzuwaschen und um mein schlechtes

Gewissen zu überhören. Doch irgendwann muss ich wieder raus und setze

mich vor den Fernseher.

„Hallo Philip", sagt Jonas erstaunt, als er zur Tür reinkommt. „Du bist

schon zu Hause? Die Fans und die Ems sind noch da und feiern was das

Zeug hält", informiert er mich.

Er nennt die beiden Paare immer nur so, weil er sie natürlich auf die

Frauen reduziert. Was für ein Macho.

„Dasselbe könnte ich dich auch fragen."

„Ach, sie war da."

„Und hast du sie gefragt?"

„Nein."

„Ich habe sie übrigens flachgelegt", informiere ich ihn und Jonas stößt einen Pfiff aus.

„Und wie war es?"

„Unbeschreiblich."

„Und jetzt? Seid ihr zusammen?"

„Ich bin einfach abgehauen."

Bei dieser Erwähnung meldet sich mein verdrängtes Gewissen postwendend zurück.

„Wieso? War es nur ein Quickie? Wollte sie nicht mehr?" Verblüfft schaut mich Jonas an und ich verstehe nur Bahnhof, denn er ist doch der Meister der Quickies.

„Das weiß ich nicht. Ich bin einfach gegangen und sie anscheinend auch."

„Natürlich, wenn du einfach abgehauen bist. Hätte sie dir vielleicht nachlaufen sollen?", fragt Jonas ernst und tippt sich an die Stirn.

Der Frauenversteher, ja klar.

„Du musst es ja wissen."

„Nein, ich weiß es nicht, deswegen will Tessa wahrscheinlich auch nichts von mir."

„Wieso bist du dir denn da so sicher?"

„Weil sie eine Freundin hat und die hat mir erzählt, dass sie was zum Heiraten sucht."

„Ok, dann ist sie wohl nichts für dich."

„Sollte man meinen, aber zumindest mit ihr ausgehen würde ich gerne."

„Wieso?"

„Weil sie einfach toll ist."

Bei dem schwärmenden Unterton horche ich auf. Den hat es ja ganz schön erwischt.

„Dann frag sie einfach und leg sie flach. Dann will sie eh nie wieder etwas von dir wissen."

„Ja Danke", sagt mein Bruder sarkastisch und verschwindet ins Bad. Unsere Warmwasserrechnung wird dieses Jahr so gering wie noch nie ausfallen, denke ich grimmig. Bei den vielen kalten Duschen in letzter Zeit.

15. KAPITEL

Katja

„Guten Morgen", nuschelt Herr Rose kurz und stiefelt an mir vorbei.

Ich sage nichts, wozu auch, denn er sitzt bereits an seinem Schreibtisch.

Seufzend stehe ich auf und bringe ihm eine Tasse Kaffee zusammen mit

der Unterschriftenmappe.

„Die Präsentation schicke ich Ihnen gleich", sage ich höflich und gehe

schnell aus dem Büro.

Die Kälte, die von ihm ausgeht, ist entnervend. Womit hat er eigentlich ein

solches Problem? War es ihm peinlich? Oder bereut er es vielleicht sogar?

Während ich Briefe abtippe und die Folien sortiere, rollen Tränen mein

Gesicht herunter. Verflucht! Zum Glück ist Herr Rose unterwegs, also

schleiche ich mich zu den Toiletten, um mein Gesicht zu waschen. Mein

Spiegelbild ist seit Samstag nicht besser geworden, dunkle Schatten liegen

unter meinen Augen.

„Hallo Frau Winter."

„Hallo Frau Kant."

Ich versuche meine Stimme fest klingen lassen. Sie mustert mich prüfend

und geht dann wieder raus. Hoffentlich erzählt sie jetzt nicht überall rum, dass ich geheult habe, denke ich beschämt und laufe zurück an meinen

Platz.

Die Träume sind wieder da, das war ja zu erwarten. Kaum kann ich mich

nicht mehr mit etwas Schönem ablenken, fangen sofort die Albträume

wieder an. Um zwei Uhr morgens bin ich dann aufgestanden und habe

mich an den Küchentisch gesetzt. Nicht mal etwas schreiben konnte ich,

ich habe einfach nur vor mich hingestarrt.

Über den Club habe ich wenig zuhause erzählt. Ari und Max waren mit

ihren Kindern am Sonntag da und wir waren viel draußen. Natürlich

wollte Ari wissen, wie es war, aber ich habe schnell abgewunken.

„Nicht jetzt", meinte ich und zum Glück hat sie nicht weiter nachgefragt.

Abends war ich allein in meiner Wohnung und habe den ganzen Abend in

mein Tagebuch geschrieben.

Bunny hat recht. Wenn ich es wieder tun würde, dann war es doch gut so.

Und wir haben uns schließlich vorher keine Liebe füreinander

geschworen, wir haben einfach unseren Instinkten nachgegeben. Aber

dann könnte er ja auch normal mit mir umgehen und muss nicht die

Eiszeit ausrufen, schreibe ich als letzten Satz hinein.

Und dann gehe ich schlafen.

Ich sitze im Auto. Ich höre ein Lied im Radio und singe lauthals mit. Die Ampel springt auf grün und ich fahre geradeaus weiter. Dann sehe ich plötzlich einen Mann an der Straße stehen und denke mir nichts dabei. Doch als ich weiterfahre, läuft er auf die Straße und ich überfahre ihn. Quietschend komme ich zum Stehen. Ich kann einfach nicht fassen, was passiert ist. Weitere Autos bleiben stehen, Leute kommen angerannt. Ich steige aus dem Auto und gehe langsam nach vorne. Vor meinem Auto liegt ein Mensch, er ist blutüberströmt und regt sich nicht.

„Hat schon jemand die Polizei verständigt?", kreischt eine alte Frau. Ich sehe mehrere Leute mit Handys hantieren. Ich kann keinen klaren Gedanken fassen.

Schweißgebadet wache ich auf und ringe nach Atem.

Die Woche dümpelt so vor sich hin mit sehr wenig Schlaf, teilweise sind es nur zwei Stunden, bis ich schweißgebadet aufwache und nicht weiterschlafen kann.

„Guten Morgen, Katja", sagt Anna liebevoll und gießt mir Kaffee ein. Es ist Samstag und wir sind wie immer die ersten am Frühstückstisch. Davon abgesehen, dass ich bereits seit zwei Uhr morgens hier sitze.

„Ach, hier ist noch ein Brief für dich, Katja. Er kam gestern, aber ich habe vergessen, ihn dir zu geben." Verlegen händigt sie mir ein weißes Kuvert aus. Den Absender kenne ich nicht. Nachdenklich reiße ich den Brief auf und erstarre.

Liebe Frau Sommer,

ich hoffe, Sie finden die Anrede nicht zu herzlich, ich habe sie ein dutzend Mal umgeschrieben, aber irgendwie wusste ich nicht, wie ich Sie anreden soll.

Ich bin die Mutter von Jens. Jens ist der Mann, den sie damals... Ich weiß immer noch nicht, wie ich die richtigen Worte dafür finden soll.

Mein Sohn hatte schwere Depressionen. Ich weiß, dass ich Sie schlimm beschimpft habe, damals im Gerichtssaal. Ich möchte mich dafür hiermit in aller Form bei Ihnen entschuldigen. Jens hatte Probleme und erst heute, nach vielen Sitzungen beim Therapeuten, ist mir klar geworden, dass Sie keine Schuld trifft. Jens wollte sterben und Sie waren zur falschen Zeit am falschen Ort. Mir ist wichtig, dass Sie das wissen. Ich weiß, dass es bereits drei Jahre her ist und ich hoffe, dass Sie trotzdem das Ganze verarbeiten konnten. Trotzdem wende ich mich an Sie und hoffe, dass Sie mir vergeben, so lange damit gewartet zu haben.

Viele Grüße, Ihre Marianne Laubbaum

„Katja mein Schatz. Was ist denn los?", fragt mich Anna wieder und wieder, aber ich kann ihr nicht antworten. Auch mein Vater ist mittlerweile aufgestanden und redet mit mir. Ich höre, was sie sagen, aber ich kann nichts antworten. In mir ist es völlig leer.

„Sollen wir vielleicht Sara anrufen?"

„Ich rufe Ari an", sagt mein Vater.

„Ari, hallo. Ich bin es. Sag mal, weißt du, ob Sara da ist?"

„Katja hatte einen Zusammenbruch, wir kommen nicht an Sie ran, aber ich will sie nicht wieder in die Klinik bringen."

„Ja, Danke Ari! Bis später"

„Katja, Schatz. Was ist das für ein Brief?", fragt mein Vater vorsichtig. Ich umklammere den Brief, immer wieder drücke ich ihn zusammen und falte ihn wieder auseinander.

„Katja? Darf ich bitte den Brief haben?"

Saras Stimme lässt mich aufschnappen und ich schaue sie an als ob ich aus einem Traum erwache, einem Albtraum.

„Hallo Katja", sagt sie sanft und sieht mich unverwandt an. „Ich würde gerne wissen, was in dem Brief steht. Kannst du ihn mir bitte geben?"

Sie greift nach dem Brief und ich gebe ihn ihr, sagen kann ich jedoch immer noch nichts.

„Könnt ihr bitte woanders hingehen?", fordert Sara meine Eltern auf und sie gehen sofort ins andere Zimmer.

„So Katja. Wir sind allein. Ich weiß, dass das eine unfassbare Nachricht ist. Lass uns eine der Entspannungsübungen machen, die ich dir gezeigt habe."

Bereitwillig lege ich mich auf den Boden, mitten im Esszimmer. Sara beginnt und auf einmal kann ich nur noch schreien.

„Wie geht es ihr?", flüstert mein Vater.

„Ich habe ihr etwas zur Beruhigung gespritzt."

„Ich bleibe bei ihr."

„Ruft mich bitte, wenn sie ansprechbar ist."

Das war Saras Stimme. Dann wird es ruhig und ich höre nur noch meinen Atem.

Ich wache aus einem traumlosen Schlaf auf und schaue mich um. Auf dem Sofa liegt Max und schläft.

Dann ist alles wieder da, alles was gestern passiert ist. Ich reibe mir die Augen und versuche, irgendwie das Ganze zu verarbeiten.

Wieso hat mich das Ganze so umgeworfen? Völlig klar, sagt meine innere Stimme. Das war doch eine Absolution! Oder nicht?

Nein. Ist es nicht. Es gibt keine Absolution dafür, wenn man jemanden umgebracht hat. Aber eigentlich hat sie gesagt, dass ich genau das nicht getan habe, dass ich ihn nicht umgebracht habe.

„Katja. Wie geht es dir?"

Max steht plötzlich an meinem Bett und ich zucke zusammen. Er setzt sich zu mir.

„Ich weiß nicht."

Erneut spüre ich die Leere in mir aufsteigen.

„Soll ich Sara anrufen?" Ich schüttele den Kopf.

„Nein, ich glaube nicht."

„Brauchst du noch etwas?"

„Nein, danke Max", sage ich und versuche zu lächeln.

16. KAPITEL

Philip

Wieder ein Montag und wieder eine Woche mit Frau Winter. Bis auf das

Nötigste habe ich die ganze letzte Woche nicht mit Katja geredet.

Vielleicht sollte ich das heute endlich tun, denke ich und stiefele ins Büro.

Doch ihr Platz ist leer. Seltsam, ich kann mich nicht erinnern, dass Katja

auch nur einen Tag im letzten Jahr krank gewesen ist. Oder ist es etwa

wegen mir? Hat ihr die ganze Sache doch zu sehr zugesetzt? Ich rufe in

der Personalabteilung an.

„Hallo Frau Gerber. Was ist denn mit Frau Winter?"

„Hallo Herr Rose. Frau Winter ist die ganze Woche krankgeschrieben."

„Ach so, Danke. Dann weiß ich Bescheid."

Ich lege auf und starre auf meinen Bildschirm. Man sollte meinen, dass ich

mich in ihrer Abwesenheit besser konzentrieren könnte, aber weit gefehlt.

Ob sie etwas Ernstes hat? Oder ob sie einfach nur so fehlt, weil sie sich

über mich geärgert hat? Am liebsten würde ich sie anrufen, aber das sähe

nach Kontrolle aus, dabei will ich einfach nur wissen, wie es ihr geht.

Ich bringe den Tag hinter mich, die ganze Woche bin ich irgendwie nicht richtig anwesend. Da ich auch nicht weiß, mit welchen Kollegen Frau Winter verkehrt, kann ich niemanden nach ihr fragen.

Am Samstag werde ich schon früh wach und gehe joggen. Danach hole ich noch frische Brötchen, einen Blumenstrauß für Fanny und etwas Schokolade für die beiden Kinder. Ich freue mich über die Abwechslung heute. Meine Woche war eintönig, beinah schon langweilig. Lydia hat sich wieder angeboten, aber mir ist einfach nach nichts Unverbindlichem. Schon gar nicht, nachdem ich weiß, wie sich verbindlicher Sex anfühlt.

Pünktlich um sechs Uhr marschiere ich die Auffahrt entlang zu Fannys und Gunnars Haus. Es ist ein hübsches Haus mit einem gepflegten Garten, den Gunnar in seiner Freizeit in Schuss hält. Fanny hat keinen Sinn dafür, behauptet sie zumindest. Dafür kann sie einfach sensationell kochen.

„Hallo Philip!", begrüßt sie mich und drückt mich.

Keine Ahnung, wieso Frauen das andauernd tun, aber ich mache einfach mit.

„Hier, der ist für dich", sage ich artig und drücke ihr die Blumen in die Hand.

„Danke", strahlt sie mich an und nimmt mir den Blumenstrauß ab.

„Hallo Philip", ruft Anselm, der ältere der beiden Jungs.

„Hallo, ihr beiden", sage ich und händige die Schokolade aus, die ich für die beiden gekauft habe. Sie johlen vor Freude und natürlich ernte ich sofort einen strafenden Blick von Fanny.

„Hi", sagt Gunnar und reicht mir die Hand.

Die Jungs rennen schnell mit der Schokolade in ihre Zimmer, bevor Fanny sie ihnen wegnehmen kann. Ich folge den beiden in die gemütliche Wohnküche, wo bereits Emi und Richard sitzen. Ein köstlicher Duft wabert durchs ganze Haus.

„Das duftet ja fantastisch!" Mir läuft das Wasser im Mund zusammen.

„Das ist wahrscheinlich das Kräuterbrot."

Fanny zeigt auf den Tisch. Verschiedene Dips und frisch gebackenes Brot stehen bereits dort zusammen mit selbstgemachter Limonade. Wahnsinn.

„Hallo ihr beiden!", sage ich und winke, aber trotzdem steht Emi auf und drückt mich. War ja klar!

Ich wechsele ein Augenrollen mit den Männern. Richard schüttelt mir die Hand und gemeinsam setzen wir uns.

„Möchte jemand Wein?", fragt Gunnar und entkorkt eine Flasche.

„Für mich nicht, Danke."

„Du kannst doch hier übernachten", sagt Fanny und gießt mir ein Glas ein.

„Danke Fanny. Sehr gerne", antworte ich überrumpelt und lasse mir den herrlichen Rotwein schmecken.

Es wird ein gemütlicher Abend mit fantastischem Essen. Die beiden Racker lassen sich nicht mehr blicken.

„Die haben die ganze Schokolade aufgefuttert und schlafen bereits", berichtet Gunnar und kommt die Treppe runter.

„Wie war es denn jetzt die letzten beiden Wochen mit euch beiden?", will Emi auf einmal wissen. Verdammt!

„Katja war die letzte Woche gar nicht da."

„Also habt ihr euch seit dem Club gar nicht mehr gesehen?", fragt Fanny stirnrunzelnd.

„Äh doch, die Woche davor."

Mir ist das ganze Thema unangenehm, aber natürlich interessiert das hier niemanden.

„Und du hast immer noch nichts zu ihr gesagt", stellt Richard fest.

„Äh nein. Was soll ich schon zu ihr sagen. Schließlich arbeitet sie für mich."

Während ich das sage, fühle ich mich einfach nur armselig und an den Blicken kann ich sehen, dass meine Freunde das auch so sehen.

„Mensch Philip. Rede mit ihr. Du kannst das doch nicht einfach dabei belassen", schimpft Fanny.

„Das wird langsam langweilig. Wie läuft es denn bei euch so? Oder habt ihr kein eigenes Leben, über das wir hier ablästern können."

Streng schaue ich in die Runde und ernte ein schuldbewusstes Grinsen.

Dachte ich es mir doch, denke ich zufrieden.

„Am liebsten würde ich die Schule wechseln", stöhnt Fanny. „Der Direktor ist so ein Arsch. Mit Teilzeitkräften kann er einfach nichts anfangen. Teilweise komme ich für eine Stunde in die Schule."

„Ich höre mich mal um", bietet Richard an.

„Ich frage mal Theo, seine Frau ist ja auch Lehrerin", meint Emi.

Um zwei liege ich in dem gemütlichen Gästebett und kann immer noch nicht schlafen. Die ganze Woche konnte ich nicht einschlafen und auch heute finde ich einfach keine Ruhe.

Ich sitze in einem Boot. Alles ist kitschig grün, die Vögel zwitschern. Dann nehme ich beide Hände von Katja in meine und küsse sie sanft. Dabei schaue ich sie an.

Ihre roten Haare leuchten in der Sonne und sie strahlt mich an. Dann küssen wir

uns wieder und ich sage:

   „Ich liebe dich, Katja."

Mit einem Ruck wache ich auf. Es ist hell und die Vögel zwitschern. Der

Traum ist noch ganz lebendig vor meinen Augen. Kann das sein, frage ich

mich verzweifelt. Das kann doch nicht sein!

17. KAPITEL

Katja

„Guten Morgen", sagt Herr Rose mit seiner neuen, kalten Stimme und gibt mir wieder dieses unangenehme Gefühl, etwas falsch gemacht zu haben. Eine Woche war ich nicht da, aber auch diese Woche scheint er mich weiterhin von oben herab zu behandeln, dabei liegt das Ganze jetzt bereits zwei Wochen zurück.

„Guten Morgen." Ich bezweifele, dass meine Antwort gehört hat, denn er sitzt bereits in seinem Büro.

Allmählich werde ich ärgerlich. Anfangs habe ich noch gedacht, dass das so sein müsste, aber wieso soll das bitte meine Schuld sein? Wenn ich hier die Schlampe bin, was ist er denn dann bitte? Wutentbrannt stehe ich auf.

Seit dem Brief habe ich wieder etwas mehr zu mir selbst finden können. Ich „spüre" mich wieder mehr, was natürlich seltsam klingt. Die Welt scheint wieder mehr zu mir durchzudringen und ich möchte auch wieder mehr ein Teil dieser Welt sein.

Als ersten Schritt bin ich zu meinem Vater gegangen.

„Äh Papa, können wir mal reden?"

„Natürlich Katja. Geht es dir nicht gut? Soll ich Sara anrufen?" Ich musste beinah lachen über sein besorgtes Gesicht.

„Nein, nein. Mir geht es gut, Papa! Ich wollte nur über die Arbeit mit dir reden."

„Über die Arbeit?" Er runzelte die Stirn. „Solltest du das nicht lieber mit deinem Chef machen?"

„Äh nein, ich glaube das hätte wenig Sinn. Denn er sieht nur eine Sekretärin in mir."

„Wieso eine Sekretärin?"

Und dann habe ich ihm von meinen letzten zwei Jahren erzählt. Ich habe nichts ausgelassen, beispielsweise, dass ich es erstmal genossen habe, nicht zu schwierige Aufgaben zu haben, dass ich dann irgendwann aber nicht mehr wusste, wie ich es ändern soll. Mein Vater hat mir schweigend zugehört.

„Ja und irgendwie hat mich dieser Brief aufgeweckt. Ich fühle mich ganz bestimmt nicht weniger schuldig, aber ich finde, ich muss weitergehen. Und ich will diesen Job nicht mehr machen."

Mein Vater schaute mich immer noch leicht entsetzt an.

„Ok Katja, ich muss mal schauen. Das Problem ist allerdings, dass dir jetzt sämtliche Kenntnisse fehlen, von denen ich dachte, dass du sie bereits hättest. Mir war gar nicht klar, dass Olaf dich als Sekretärin verwendet hat. Ich habe dich doch als seine Assistentin eingestellt."

„Ich glaube, das war das Problem. Sein Verständnis einer Assistentin ist halt, dass man Briefe tippt. Bei Herrn Rose habe ich ja wenigstens Präsentationen zusammengefasst und auch teilweise korrigiert." Mein Vater hat nur gegrinst.

„Aber du hast ihm nicht gesagt, dass du sie auch korrigiert hast, stimmts?"

Ich schüttelte den Kopf und mein Vater lachte zufrieden.

„Dachte ich mir. Das Ganze tut mir so leid, Katja. Ich schaue mal, ob ich dich jemand anderes überlassen kann, jemand, der wirklich an deinen Fähigkeiten interessiert ist. Es ist gut, dass du einen anderen Namen gewählt hast, dann sieht es nicht zu sehr nach Vetternwirtschaft aus."

„Wohl eher Vaterwirtschaft", meinte ich trocken und wir mussten beide grinsen.

Seit diesem Gespräch ist eine große Last von mir abgefallen. Ich fühle mich federleicht und habe eine enorme Energie in mir. Natürlich kann mein Vater mir nichts versprechen, aber er will sich auf alle Fälle umhören. Und das ist schon mal eine Perspektive. Am Wochenende werde ich Bewerbungen schreiben, mir ist jedoch klar, dass schon durch die Lücke in meinem Lebenslauf geringe Chancen bestehen, eine Stelle zu bekommen. Und natürlich meine mangelnde Berufserfahrung in Themen, die meinem Studium entsprechen. Aber was solls, ich muss es versuchen. Schließlich kann ich keine Zusage bekommen, wenn ich mich nicht bewerbe.

Natürlich Bunnys Worte, nicht meine. Ich bin so unglaublich froh darüber, Bunny und meine Familie zu haben.

Ich stehe also auf und marschiere in Philips Büro, zwar klopfe ich an, trete aber sofort ein. Philip sieht mich mit gerunzelter Stirn an.

„Frau Winter? Haben wir einen Termin?"

Ich schließe die Tür und lehne mich dagegen. Ich brauche Halt.

„Was soll das?", frage ich mit mühsam unterdrückter Wut. Natürlich schaut mich Philip nur verblüfft an.

„Du meidest mich seit diesem Abend, redest nur das Nötigste mit mir. Du gibst mir das Gefühl, etwas falsch gemacht zu haben!"

Jetzt schaut Philip eher betreten. Er kann mich nicht einmal ansehen.

„Sieh` mich gefälligst an, wenn ich mit dir spreche!", fauche ich ihn an.

Er zuckt zusammen. Upps, das ist dann wohl doch heftiger rausgekommen, als beabsichtigt.

„Wie redest du denn mit mir?"

„Wie ich mit dir rede?! Wie soll ich denn mit dir reden? Und nein, ich habe nicht geglaubt, dass wir gleich das Aufgebot bestellen werden, aber wieso meidest du mich seitdem völlig und hast diesen kalten Unterton?"

Ich ringe nach Luft. Es ist, als ob ich seit Stunden nicht geatmet hätte. Philip wird immer blasser.

„Es tut mir leid", flüstert er leise, es klingt wie ein Hauch.

„Was genau?", frage ich beißend und habe Angst was jetzt wohl kommt. Bereut er es?

„Alles." Er schaut immer noch weg.

„Warum hast du es dann gemacht? Wolltest du nur deinen Spaß? Das ist ok, aber dann brauchst du mir nicht die kalte Schulter zu zeigen."

„Spaß?", echot er meine Worte und schaut mich erschrocken an. „War es nur das für dich?" Ich stutze. Was soll denn das jetzt?

„Wieso fragst du mich das?"

Irgendwie nervt mich das ganze Gespräch. Wenn er wenigstens zugeben würde, dass ihm das Ganze nichts bedeutet hat. Was aber immer noch nicht sein kühles Verhalten erklärt.

„Du wolltest doch Sex an diesem Abend, oder?"

Vielleicht komme ich mit der direkten Art bei ihm weiter, denke ich resigniert.

„Was? Wie kommst du denn da drauf?"

Entsetzt schaut er mich an und auch ein wenig empört. Na, der hat ja Nerven!

„Du hattest ein Kondom in deiner Jackettasche", erinnere ich ihn.

„Wo hätte ich es denn sonst aufbewahren sollen?"

„Ich weiß nicht. Vielleicht zu Hause, in deinem Nachttischchen. Und wieso bist du direkt abgehauen? Was sollte das alles?"

„Es tut mir leid."

„Das sagtest du schon."

„Nein wirklich. Ich…. Keine Ahnung. Mir wurde erst hinterher bewusst, was wir da gemacht haben."

„Erst so spät? Dann solltest du dich vielleicht etwas mehr anstrengen dabei."

„Hat es dir nicht gefallen?"

Oh man, Kerle. Ich muss grinsen, ich kann einfach nicht anders.

„Nein." Er zuckt zusammen. „Das jetzt nicht", grinse ich ihn an, obwohl ich das gar nicht will. Plötzlich muss er auch grinsen und steht auf.

„Das mit uns kann nicht funktionieren", sagt er und schaut mich ernst an. Dann küsst er mich und ich sehe nur noch Sterne.

18. KAPITEL

Philip

Und dann schubst sie mich weg.

„Was soll das denn?", schnauzt sie mich an.

„Ich äh … ."

„Du glaubst, dass das mit uns nicht funktionieren kann und dann küsst du mich?" Fassungslos schaut sie mich an. Ich hole tief Luft.

„Ich bin dein Chef und du bist meine Sekretärin. Das ist so ein albernes Klischee."

„Ach so, der feine Herr ist sich also zu schade für jemanden wie mich." Was?

„So habe ich das gar nicht gemeint. Nur, dass das halt für Gesprächsstoff in der Firma sorgen wird."

„Wir hätten es ja nicht an die große Glocke zu hängen brauchen. Aber ich denke, das Gespräch ist damit beendet." Mit diesen Worten dreht sie sich um und geht aus meinem Büro, dabei strauchelt sie plötzlich, ich kann gerade noch zu ihr laufen und sie auffangen.

„Katja? Was ist los?", frage ich alarmiert. Was, wenn sie schwanger ist? Mein Magen krampft sich zusammen.

Doch sie befreit sich schnell aus meinem Arm. Schade, sie hätte ruhig noch etwas länger darin bleiben dürfen, doch schon ist sie weg. Ich höre nur noch, wie sie die Tür schließt. Ich trete ins Vorzimmer, doch sie ist bereits gegangen.

Seufzend setze ich mich wieder an meinen Schreibtisch. Die ganze Sache hat einen langatmigen Zug an sich, aber eigentlich hat sie mich gar nicht so sehr missverstanden, befürchte ich. Mein Vater wird doch nur denken, dass sie reich heiraten will, um versorgt zu sein. Und völlig davon abgesehen, wird sie mich nie wieder in Reichweite lassen, damit ich es ihr erklären kann. Das Beste wäre einfach, wenn sie für jemand anderes in der Firma arbeiten könnte, dann könnten wir einfach von vorne beginnen. Wir wären nur noch Kollegen. Und wenn es dann etwas Ernsthaftes werden würde, vielleicht würde sich die Sache sogar mit meinem Vater klären lassen.

Eigentlich weiß ich gar nicht, wieso mir seine Meinung so wichtig ist. Tatsächlich habe ich immer versucht, es ihm recht zu machen. Mein Bruder hat sich zwar immer alles rausgenommen, aber letztendlich hat er es dadurch auch immer schwerer gehabt mit unseren Eltern. Hätte er meinen Weg eingeschlagen, hätte er jetzt auch einen besser bezahlten Job. Ich habe keine Ahnung, wie er den Kredit für den Club bekommen hat, aber von seinem Fitnesstrainergehalt bestimmt nicht. Die ewigen Spannungen zwischen meinem Vater und meinem Bruder haben mich immer dazu angespornt, mich anzupassen, damit meine Eltern mit mir nicht auch noch Schwierigkeiten haben wie sie mit Jonas hatten.

Na, das ist ja großzügig von dir, höhnt meine innere Stimme. Die Frage ist schon, wieso ich das mache. Ein Dankeschön werde ich wohl nicht dafür bekommen, schon gar nicht von meinem Vater.

Ich schaue auf die Uhr. Es ist bereits fünf Uhr nachmittags. In letzter Zeit bin ich nicht gerade produktiv, seufze ich, packe ein und fahre zum Fitnessstudio.

Im Fitnessstudio laufe ich heute 15 Kilometer, auf den morgigen Muskelkater freue ich mich jetzt schon!

Dann nehme ich eine heiße Dusche. Ich sollte mal wieder Urlaub nehmen, denn dieser ganze Trott nervt mich. Vielleicht an den Gardasee, mal schauen, ob Jonas auch Lust dazu hat, denke ich, während ich zu Hause mal wieder einen Parkplatz suche. Das ist der Nachteil, wenn man direkt in der Innenstadt wohnt.

Zuhause angekommen, schließe ich die Tür auf.

„Hallo Philip!" Neben Jonas steht eine zierliche Brünette in der Küche.

„Hallo Jonas. Hallo?" Ich blicke fragend in ihre Richtung.

„Hi, ich bin Theresa, aber die meisten nennen mich Tessa."

„Hallo Tessa", sage ich und versuche meine Überraschung zu verstecken. Ob das wohl die Tessa ist? Jonas grinst über beide Ohren und sieht irgendwie glücklich aus.

„Willst du mit uns essen, Philip?"

Tessa zeigt auf einen Salat, der auf dem Tisch steht.

„Klar, gerne." Dabei versuche ich, mir mein Erstaunen nicht allzu sehr anmerken zu lassen.

Wir essen, wir plaudern. Ich kann mich nicht daran erinnern, dass mein Bruder oder ich mal mit einer Frau hier zusammen gegessen haben, zumindest nicht alle zusammen.

Die beiden gehen früh schlafen, das ist leider nicht zu überhören. Ich stopfe mir Ohropax rein und versuche noch etwas zu arbeiten. Um zwölf lege ich mich ins Bett und versuche einzuschlafen.

19. KAPITEL

Katja

„Er hat was zu dir gesagt?", schimpft Bunny, während sie Jan mit irgendwas Breiigem füttert.

„Er meinte, dass sei so ein albernes Klischee", wiederhole ich und fühle immer noch diesen bitteren Geschmack bei diesen Worten.

„Weiß der eigentlich, mit wem er da redet?", schnauft Bunny und säubert Jans verschmiertes Gesicht.

Es ist jedes Mal faszinierend, wie viele Dinge Bunny gleichzeitig bewerkstelligen kann, während ich einfach nur dasitze und mich selbst bemitleide.

„Und dann bist du in seine Arme gekippt", stellt sie fröhlich fest.

„Ja. Ganz schön peinlich!"

„War es gut?"

„Ja", stöhne ich.

„Oh man", seufzt sie. „Bleibst du zum Essen?"

„Nein, danke Bunny. Ich nehme den nächsten Bus. Und dann hoffe ich, dass ich vielleicht mehr Stellen finde, auf die ich mich bewerben kann. Dann habe ich wenigstens das Gefühl, dass ich etwas tue."

„Kann dein Vater dir nicht helfen? Vielleicht in Theos Firma?"

„Komisch, daran habe ich noch gar nicht gedacht."

Ich bin erstaunt, dass mir das noch nicht eingefallen ist, aber es war ja klar, dass die Topmanagerin an so etwas sofort denkt.

„Du solltest Politikerin werden, mit dir hätten wir den Weltfrieden bis spätestens Dienstag."

„Nee." Angewidert verzieht sie das Gesicht. „Dann müsste ich mich womöglich von den alten Säcken auf die Wangen küssen lassen."

„Iiih!", rufen wir beide gleichzeitig und lachen.

Es tut so gut, ein wenig mit Bunny rumzualbern. Wir umarmen uns zum Abschied und dann steh ich an der warmen Sommerluft.

Langsam gehe ich zur Bushaltestelle und warte. Plötzlich hupt es laut und ich zucke zusammen.

„Hallo Katja!", ruft Philip aus dem offenen Fenster seines Wagens.

„Was machst du hier?" Argwöhnisch schaue ich ihn an und hoffe, dass er nicht wegen mir hier ist.

„Schicksal, Babe. Soll ich dich wieder nach Hause bringen?"

„Ich glaube nicht." Dabei schaue ich in eine andere Richtung, denn jemanden ignorieren kann ich auch.

„Na gut."

Er braust davon und ich weiß nicht, ob ich erleichtert sein soll oder enttäuscht. Ich entscheide mich für Ersteres und atme erleichtert auf, als endlich der Bus kommt. Zum Glück ist er nicht voll, trotzdem setze ich mich ganz nach hinten.

„Hi." Als ich die Stimme höre, erstarre ich.

„Äh, wo kommst du denn jetzt her?", stammele ich und blicke in Philips blaue Ozeane. Er grinst ein schiefes Lächeln. Oh Gott, wie süß!

„Och, ich dachte, ich fahre mal mit dem Bus. Wohin geht es denn?" Interessiert schaut er nach draußen, als wir losfahren. Der Bus hat an Fahrt aufgenommen und braust durch die Straßen von München.

„Zum Bahnhof." Ich weiß nicht, was ich davon halten soll.

„Sehr gut. Wir könnten dort etwas essen gehen. Was meinst du?", fragt er mich, als ob wir uns stundenlang unterhalten hätten und es völlig logisch sei, dass wir jetzt etwas zusammen essen gehen.

„Wieso?" Dieser Typ ist mir ein Rätsel.

„Weil ich Hunger habe." Er zuckt mit den Schultern.

„Wieso du auf einmal mit mir Essen gehen willst, nachdem du mich die letzten Wochen wie der Eiskönig behandelt hast", präzisiere ich meine Frage.

„Ja, das stimmt und es tut mir leid." Jetzt schaut er mich direkt an und

mein Herz hüpft dabei und ich werde sofort sauer auf mich selbst. Ich

werde doch nicht wieder auf diesen Typen reinfallen, denke ich besorgt.

„Also. Wie wäre es, wenn wir nochmal von vorne beginnen", schlägt

Philip vor, als wir in dem gemütlichen, italienischen Restaurant Platz

nehmen, das ich nur allzu gut kenne, denn es ist das gemeinsame

Stammlokal meines Vaters und Theo bzw. von Anna, Meli und Ansgar,

Melis Mann. München hat dutzendweise italienische Restaurants, aber ich

lande anscheinend immer im selben Lokal.

„Ich gehe ganz gerne hierhin, natürlich keine Linie Cousine", fügt er

arrogant hinzu. „Warst du schon mal hier?"

„Ja." Ich ärgere mich immer noch darüber, dass ich mich hierzu habe

überreden lassen. „Wieso sind wir hier?"

„Das sagte ich doch schon. Weil ich Hunger habe. Wieso bist du

mitgekommen?", fragt er zurück und ich werde rot vor Wut.

„Ich habe keine Ahnung!"

Philip studiert die Karte eingehend, ich brauche das nicht, denn ich nehme

immer die Penne mit Pilzen und Speck.

„Guten Tag. Möchten Sie einen Blick auf unsere Weinkarte werfen?"

Der mittelalte Kellner schaut uns abschätzig an.

„Ja, das möchten wir."

Erfreut bringt uns der Kellner die Karte, denn wahrscheinlich hat er bei so jungen Leuten gedacht, dass wir nur Pizza essen werden.

„Ich nehme eine Flasche von dem Brunello di Montalcino", sagt Philip nach einem kurzen Blick auf die Weinkarte. War ja klar, dass er die teuerste Flasche auf der Karte bestellt.

„Willst du mich etwa beeindrucken?" Ich rolle mit den Augen.

„Hat es funktioniert?"

„Natürlich nicht. Ich trinke nämlich keinen Rotwein."

Sein verdutztes Gesicht bringt mich beinah zum Lachen. Wieder setzt er sein schiefes Grinsen auf.

„Ich hätte dich wohl vorher fragen sollen, ob du Wein trinken möchtest."

„Hättest du. Musst du nicht Auto fahren?"

„Nö, bin mit dem Bus hier."

„Ich weiß. Aber was machst du mit deinem Auto? Wo hast du das überhaupt so schnell abstellen können?"

„Ah. Du interessierst dich also doch für mich", strahlt er mich an. Äh, was?

„Wie kommst du denn darauf? Und du schuldest mir immer noch eine Erklärung für den Eiskönig", sage ich strafend, schaffe es aber einfach nicht mehr, so frostig rüberzukommen. Philip scheint das auch zu merken, denn er lehnt sich entspannt zurück.

„Meine Eltern wohnen dort." Aha.

„Na, so ein Zufall."

„Ja, nicht wahr? Was hast du denn dort gemacht. Hast du jemanden besucht?" Neugierig schaut er mich an.

Ich überlege, ob ich ihm von meinem Freund erzählen soll, einem, der boxt, aber dann fällt mir auf, dass ich ihn betrogen hätte, wenn das stimmen würde.

„Meine Freundin lebt dort mit ihrer Familie."

„Vielleicht kenne ich sie ja sogar, ich bin dort aufgewachsen."

„Das glaube ich nicht. Sie leben erst seit zwei Jahren dort."

„Ach so. Ja", sagt er und Stille tritt ein.

Der Kellner bringt uns den sündhaft teuren Wein und lässt Philip probieren.

„Ausgezeichnet", sagt er erfreut und ich frage mich, ob er das so meint, weil er etwas von Wein versteht oder weil er mich immer noch beeindrucken will.

„Du erinnerst mich irgendwie an den Freund meines Vaters", sage ich kopfschüttelnd.

„Wieso?" Er genießt sichtlich seinen Rotwein.

„Weil Theo auch immer nur die teuersten Sachen bestellt. Zum Glück erdet ihn seine jetzige Frau. Seine vierte Frau, übrigens", füge ich trocken hinzu. „Die ersten drei haben ihn wohl dazu erzogen und jetzt kann er es sich nicht mehr abgewöhnen."

„Da ist vielleicht etwas dran." Plötzlich höre ich etwas Unsicheres in seiner Stimme mitschwingen.

„Und wieso macht ihr Männer das immer?" Irgendwie sehe ich das Problem nicht.

„Ach, keine Ahnung."

Da ist die Distanz wieder, so als ob er etwas vor mir verbirgt. Von mir aus, ist schließlich seine Privatsache, denke ich ärgerlich. Aber wirke ich auch so kühl und distanziert, wenn ich etwas zurückhalte? Ich muss das dringend Bunny fragen.

„So, hier wäre das Entrecote. Als Tagesbeilage gibt es heute Herzoginnenkartoffeln und Brokkoli mit gerösteten Mandelblättchen", kündigt der Ober Philips Essen an. Bei mir sagt er nichts, sondern stellt einfach den Teller mit den Nudeln ab.

„Guten Appetit. Wenn ich noch etwas für Sie tun kann, sagen Sie mir bitte Bescheid", empfiehlt er sich höflich, schaut dabei jedoch nur Philip an.

„Guten Appetit", sage ich schnell und haue rein.

Ich brauche wohl nicht zu erwähnen, dass ich mal wieder völlig ausgehungert bin, obwohl ich natürlich mehrere Stücke Kuchen bei Bunny verdrückt habe. Philip schaut mir fasziniert zu, während ich meine Nudeln inhaliere.

„Hätte ich gewusst, dass du solch einen Hunger hast, hätte ich dich an die Pommesbude eingeladen. Das wäre schneller gegangen."

Vorsichtig schneidet er sein Fleisch an, begutachtet es und kostet ein winziges Stück. Das ist der Nachteil, wenn man ständig Hunger hat. Nur selten bin ich in der Lage, etwas langsam genug zu essen, um es auch zu genießen.

„Tut mir leid", sage ich betreten und bemühe mich, etwas langsamer zu essen.

„Mir tut es leid. Ich wusste nicht, dass du so hungrig bist. Ehrlich gestanden habe ich noch nie eine hungrige Frau gesehen."

Sein Gesichtsausdruck hat etwas Komisches an sich und wieder muss ich mich zusammenreißen, um nicht laut loszulachen.

„Die Frauen, mit denen ich ausgegangen bin, haben höchstens einen kleinen Salat bestellt."

„Ich dachte, deine Frauen standen immer auf so einen erlesenen Kram." Philip schmunzelt und kaut auf seinem Fleisch rum.

„Dazu haben Sie natürlich immer noch einen Champagnercocktail getrunken." Er grinst und seine Augen strahlen wie ein hell erleuchteter Ozean.

„Ich wäre sofort betrunken", sage ich ernst und schaufele mir die nächste Fuhre rein.

„Wirklich?", fragt er und zieht die Augenbrauen hoch. „Das würde ich nur zu gerne sehen."

„Nee, glaube ich nicht. Ich werde dann nämlich immer ganz schnell müde."

„Ach so."

Ich muss lachen, als ich sein enttäuschtes Gesicht sehe. Männer sind doch alle gleich!

„Ja, ja. Wir Männer sind doch alle gleich."

„Möchtest du noch einen Nachtisch?" Verschmitzt schaut er mich an.

„Nein, Danke." Schließlich möchte ich nicht noch verfressener

rüberkommen als ohnehin schon.

„Schade", lächelt er vergnügt. „Mehr für mich."

Dann bestellt eine Portion Tiramisu. Mir läuft das Wasser im Munde

zusammen.

„Willst du probieren?", und hält mir verführerisch den Löffel hin. Ok,

denke ich und lasse mir bereitwillig den Löffel in den Mund schieben.

Lecker denke ich sehnsüchtig.

„Na? Wie war`s?"

„Ganz ok, denke ich."

Verärgert lehnt er sich zurück und mampft sein Tiramisu in sich rein.

„Habe ich was Falsches gesagt?"

Seine Emotionen gehen dermaßen rauf und runter, dass mir ganz

schwindelig davon wird. Und ich dachte, ich wäre diejenige mit dem

Psychoproblem.

„Nein. Ja. Keine Ahnung. Ich weiß nicht, was ich erwartet habe."

„Dann solltest du erstmal wissen, was du möchtest."

„Vielleicht."

„Oder du kritisierst weiterhin andere dafür, das ist bestimmt einfacher."

Jetzt wirkt er doch ein klein wenig betreten. Irgendwie wirkt er wie ein kleiner Junge auf mich, denke ich amüsiert. Mal hü, mal hott. Mir schwirrt der Kopf und ich trinke einen großen Schluck Wasser. Übrigens trinke ich sehr gerne Rotwein, aber mit den Beruhigungsmitteln, die ich gerade nehme, würde er sich nicht so gut vertragen, befürchte ich. Die Beruhigungsmittel hat mir Sara verschrieben, ich gehe jetzt wieder einmal die Woche zu ihr. Ich will nicht, dass es wieder eskaliert und ich in der Klinik lande. Nicht jetzt, wo ich dringend einen neuen Job brauche. Auch Theo will sich für mich umhören, das hat er mir versprochen, aber extern bei ihm unterzukommen, ist fast auswegloser als innerhalb der Firma meines Vaters. Hier wird aber das Problem sein, endlich einen meiner Qualifikation entsprechenden Job zu bekommen, ohne, dass der Teamleiter bei Philip anruft und nachfragt, wie denn meine Performance so war, denn dann weiß er sofort, dass ich weit unter Absolventenniveau gearbeitet habe.

Ich seufze leise. Philip erzählt gerade von seinem letzten Skiurlaub, doch ich höre kaum zu. Mich interessiert das einfach nicht, wie schnell er durch den Tiefschnee gezischt ist.

„Hörst du mir überhaupt zu?"

Ich schnappe aus meinen Gedanken und schaue ihn gelangweilt an.

„Du hast erzählt, dass du den Tiefschnee gebändigt hast", wiederhole ich

seinen letzten Satz.

„Ich habe dich wohl sehr gelangweilt."

Eingeschnappt trinkt er sein zweites Glas Rotwein, die Flasche ist beinah

leer.

„Etwa so wie mein Musiklehrer, wenn er über Beethoven gesprochen

hat."

Philip wird erst rot und dann muss er doch lächeln. Wenn er lächelt wirkt

er jünger und überhaupt nicht wie der arrogante Schnösel.

„Tut mir leid."

„Muss es nicht. Ich glaube, es ist auch schon spät." Erschrocken blicke

ich auf meine Uhr. Es ist bereits elf. Mir ist gar nicht aufgefallen, dass

längst alle Gäste fort sind und die Kellner einfach nur zu höflich waren,

uns zu verabschieden. Philip winkt und erleichtert kommt der Ober zu

uns.

„Ich hoffe, es war alles zu Ihrer Zufriedenheit?"

Wir nicken, obwohl er natürlich wieder nur Philip dabei angesehen hat.

Komisch, ich gehe mit meiner Familie mindestens zwei Mal im Monat hier

essen und Theo und mein Vater trinken literweise Rotwein. Aber halt

nicht so einen teuren.

„Du bist ja schon wieder völlig abwesend", schimpft Philip und hilft mir in meine Jacke. Dann gehen wir gemeinsam zur Bushaltestelle. Da ich hundemüde bin, sage ich die ganze Zeit kein Wort. Schweigend wartet er mit mir zusammen auf den Bus, steigt jedoch nicht ein.

„Wie kommst du denn jetzt nach Hause?"

„Ich habe es nicht weit."

Damit geht er. Die Türen schließen sich hinter mir und ich fahre durch die Nacht.

20. KAPITEL

Philip

Da habe ich mich ja mal wieder völlig danebenbenommen, fluche ich leise vor mich hin, während ich nach Hause laufe. Erst die Sache mit dem Rotwein. Klar habe ich gemerkt, dass sie Rotwein getrunken hätte, wenn ich sie gefragt hätte, ich habe sie nur einfach total überrumpelt damit und auch noch den teuersten auf der Karte bestellt. Dabei weiß ich doch mittlerweile, dass Katja nicht eine dieser Frauen ist, die man damit beeindrucken kann. Ganz im Gegenteil, damit verschafft man sich nur Minuspunkte, befürchte ich. Vielleicht gehe ich wirklich das nächste Mal mit ihr an die Pommesbude, denke ich grimmig, während ich die Tür aufsperre.

Ich könnte immer noch nicht sagen, was mich an Katja so anzieht, aber ich mag einfach alles an ihr, auch wenn das abgedroschen klingt. Auch heute wieder war ich einfach nur fasziniert von ihr. Was wohl nicht auf Gegenseitigkeit beruht, befürchte ich. Aber vielleicht wäre es auch schon einfacher, wenn sie nicht mehr meine Mitarbeiterin wäre.

„Hallo Philip. Ist das nicht ein bisschen spät für dich?", zieht mich Jonas auf.

„Und ist das nicht sehr früh für dich, Brüderchen?", kontere ich.

„Ja das stimmt."

„Du hast noch gar nicht erzählt, wie das mit dir und Tessa gekommen ist." Ich schmeiße mich in den Sessel gegenüber und lege die Beine auf den Couchtisch.

„Ich habe keine Ahnung."

„Wieso, wie seid ihr denn dann hier gelandet?"

„Sie hat mich im Club besucht, keine Ahnung warum und ist dann noch zu uns mitgekommen."

Er zuckt mit den Schultern, aber grinst dabei.

„Und jetzt?" Ich finde die Frau merkwürdig.

„Schauen wir mal." Er macht Anstalten, in Richtung Schlafzimmer zu laufen.

„Du gehst schon schlafen?"

„Ich habe einen guten Grund."

Nur wenig später höre ich den guten Grund. Merkwürdig, hatte Jonas nicht erzählt, dass sie wen zum Heiraten sucht? Wieso schmeißt sie sich jetzt doch an meinen Bruder ran.

Vielleicht hat sie eine falsche Vorstellung von einem Clubbesitzer, oder sie hat erfahren, dass unsere Eltern Geld haben. Wieso denke ich eigentlich über jede Frau, dass sie auf Geld aus ist?

Ich liege in meinem Bett, zwar mit Ohropax, kann aber mal wieder nicht schlafen, weil ich nur Katjas bezauberndes Lächeln vor mir sehe. Ihr Lächeln, ihre Haare und ihre Stimme, wenn sie mich aufzieht oder sich über mich lustig macht.

Ich habe noch nie solche Gefühle für eine Frau gehabt. Ich nehme mir vor, dass ich Katja näher kennenlernen möchte. Es weiß doch niemand, was daraus wird. Vielleicht sind wir gar nicht kompatibel. Bei diesem Gedanken wird mir allerdings heiß und kalt, denn ich denke sofort an den Club und wie fantastisch sich Katja angefühlt hat. Wenn Martosz mir nicht das Kondom zugesteckt hätte, wäre es gar nicht dazu gekommen.

Eigenartig, diese Zufälle. Mit einem Lächeln schlafe ich endlich ein.

Ich renne und renne, aber ich weiß gar nicht, wohin ich will. Plötzlich sehe ich das Meer und renne darauf zu. Fische glitzern darin, die wie mein Vater aussehen. Und plötzlich steht Katja da mit einem Kescher.

„Hier. Damit kannst du sie fangen", lächelt sie und reicht mir den Kescher.

Im nächsten Augenblick steht mein Vater vor mir und schubst Katja in das wogende Meer. Ich versuche hinterher zu rennen, aber sie ist bereits untergegangen.

21. KAPITEL

Katja

Ich schließe die Tür auf. Anna und Papa sind sogar noch wach.

„Hallo ihr beiden. Wieso schlaft ihr denn noch nicht?"

„Ach, irgendwie war es so gemütlich", sagt mein Vater und schaut Anna zärtlich an. Auf dem Tisch stehen zwei Rotweingläser.

„Hattest du einen schönen Abend bei Bunny?", fragt Anna. Ich nicke.

„Erst ja. Dann wollte ich nach Hause fahren und habe Philip getroffen."

„Was wollte der denn schon wieder", meckert mein Vater, doch Anna lächelt nur.

„Und hattet ihr einen schönen Abend?", fragt sie sanft. Anna ist einfach toll!

„Ja, den hatten wir." Ich werde sogar etwas rot, obwohl es doch nur ein Essen war. Mein Vater räuspert sich und nimmt Anna in den Arm.

„Wir wollten dir noch etwas sagen, Katja." Erstaunt schaue ich von dem Einen zum anderen.

„Ist etwas passiert?" Die beiden lachen.

„Nein, nein", sagt Anna schnell.

„Also ich, also wir", fängt mein Vater an.

Anna stupst meinen Vater ungeduldig in die Seite.

„Jetzt rück schon damit raus, Ralf!"

„Anna und ich werden heiraten", sagt mein Vater endlich und strahlt dabei über beide Backen.

„Na endlich!" Freudestrahlend drücke ich Anna.

„Stimmt," seufzt Anna.

Mein Vater schaut sie erstaunt an.

„Wieso? Ich dachte, du wolltest nicht wieder heiraten. Ich hätte dich schon längst gefragt, aber ich dachte du willst nicht."

Mein Vater schaut so empört aus, dass Anna und ich einfach lachen müssen.

„Ja, natürlich, erstmal. Du hast damals sofort davon angefangen zu reden und das ging mir dann doch zu schnell."

„Genau."

„Ja, aber das ist jetzt 23 Jahre her", sagt Anna leicht strafend, lächelt aber zum Glück immer noch dabei.

„Oh", sagt mein Vater und schaut betreten. „Wieso hast du denn nichts gesagt?"

„Na ja, ich dachte nicht, dass dein nächster Antrag so lange auf sich warten lassen würde."

Beide strahlen und ich fühle die Wärme, die von den beiden ausgeht und die meine Kindheit endlich irgendwie erträglicher gemacht hat. Besonders durch Anna, denke ich versonnen.

„Herzlichen Glückwunsch. Wann werdet ihr denn heiraten?"

„Ach, ich dachte an September", sagen beide gleichzeitig und wir lachen alle.

Ich freue mich so für die beiden. Ich lächele immer noch als ich nach oben steige und schlafen gehen.

„Guten Morgen, Frau Winter", begrüßt mich Philip kurz und geht an mir vorbei.

Alles beim Alten, denke ich enttäuscht und schaue auf meinen Monitor.

Gestern sind noch Max und seine Familie und auch Meli mit ihrem Mann vorbeigekommen und wir haben auf Ralfs Heiratsantrag angestoßen.

„Na endlich", meinte Meli und schaute meinen Vater strafend an. Mein Vater hat es mit Fassung getragen. Max und Ari haben nur gegrinst.

„Eure Großeltern sind dann endlich verheiratet", meinten die beiden grinsend zu Hanna und Theo.

Es war schön, aber irgendwie fühlte ich mich traurig dabei. Zum Glück gehe ich heute noch zu Sara. Ich bin froh, dass ich wieder zu ihr gehe. Ja, ich weiß, dass ich anfangs geglaubt habe, dass ich das nicht brauche. Seit meinem Zusammenbruch jedoch hilft es mir einfach, denn irgendwie scheint jeder zu glauben, dass mit diesem Brief alles gut ist. Weil jetzt erwiesen ist, dass ich nicht schuld bin, doch leider ändert das rein gar nichts, denn schließlich hatte mich damals schon das Gericht für unschuldig befunden. Für mich hat sich doch gar nichts geändert.

„Das wird es auch erstmal nicht", meinte Sara zu mir. „Du wirst irgendwann besser damit zurechtkommen, aber es wird sich niemals einfach auflösen, sondern nur erträglicher werden."

Ich bin ihr dankbar dafür, dass sie das versteht. Nach außen versuche ich mich locker zu geben, doch nur bei Sara kann ich so sein, wie ich mich wirklich fühle. Von Philip habe ich ihr noch gar nicht erzählt. Philip, der mich auf Abstand hält, um mich dann wieder an sich ranzulassen. Für etwa fünf Minuten, um mich dann wieder mit noch größerer Wucht von sich wegzustoßen.

Plötzlich bekomme ich eine Mail von Theo an meine dienstliche Adresse zugeschickt. Neugierig lese ich sie sofort.

Hallo Katja,

ich habe mit ein paar Teamleitern gesprochen und ihnen deinen Lebenslauf

gezeigt. Bitte sei morgen um 16 Uhr für ein Interview bei uns. Melde dich an der

Pforte, ich hole dich dann ab.

Viele Grüße, Theo

Mein Herz klopft vor lauter Aufregung! Ein Interview. Der gute alte Theo

hat Wort gehalten und tatsächlich mit seinen Kollegen gesprochen.

Ich schaue auf die Uhr. Es ist bereits drei, mein Termin bei Sara ist um

vier. Schnell packe ich alles ein. Außer dienstliche Sachen haben Philip

und ich kein Wort miteinander gewechselt. Auch gut, denke ich und flitze

los.

„Hallo Sara!", rufe ich und trete in ihr Behandlungszimmer. Das trifft es

eigentlich gar nicht. Die Vorhänge sind hell und haben bunte Blumen, ein

Sofa steht irgendwo rum. Manchmal hält Sara darauf ein Schläfchen, hat

sie mir erzählt. Am Fenster steht ein Schreibtisch mit zwei Stühlen. Ich

setze mich auf einen der beiden.

„Wie geht es dir, Katja? Kommst du gut mit den Tabletten zurecht?"

„Es geht. Ich bin ständig müde. Und in letzter Zeit fühle ich mich auch ständig so traurig."

„Vielleicht sollten wir etwas anderes versuchen", sagt sie nachdenklich.

„Eigentlich möchte ich gar nichts nehmen."

„Ok, dann versuchen wir es ohne, vielleicht ist das der Grund, aber wir müssen das weiter beobachten. Ab morgen nimmst für diese Woche morgens und abends nur noch eine Tablette. Nächste Woche dann nur noch eine abends. Wie läuft es mit dem Schlafen?"

„Es war nur eine Nacht mal gut." Ja, nach dem Abend mit Philip.

„Ja, das war der Abend mit…", fange ich an und dann erzähle ich Sara von Philip, also alles.

„Du scheinst dich also zu öffnen, Katja." Ihre Herzlichkeit berührt mich.

„Vielleicht. Eigentlich will ich das gar nicht."

Und während ich das sage, spüre ich, wie sehr ich Philip vermisse. Wie sehr ich mich in seine Arme schmiegen möchte. Sara lächelt mich aufmunternd an.

„Du brauchst ihn ja nicht gleich zu heiraten", grinst sie und wir schließen für heute.

Zuhause versuche ich mich auf mein Interview vorzubereiten. Die Firma

ist ähnlich groß wie die Firma, für die mein Vater arbeitet. Ich versuche

einfach so viel wie möglich in der kurzen Zeit in mich reinzulesen.

Schwierig ist auch, dass es nicht um eine konkrete Stelle geht. Wieder gehe

ich spät schlafen und vergesse prompt, die Tablette zu nehmen.

2 2 . K A P I T E L

Philip

„Guten Morgen, Frau Winter", sage ich kurz, weil ich immer noch nicht weiß, wie ich mich ihr nähern soll.

Wie mich das an nervt. Wütend tippe ich in meinen Computer.

„Guten Morgen, Herr Rose. Hier die Mappe, Ihre Termine. War`s das?"

Ich schaue sie verwirrt an.

„Sind Sie irgendwie sauer auf mich?"

„Nein, Herr Rose."

Merklich wutentbrannt marschiert sie aus dem Zimmer.

„Einen Augenblick bitte!", rufe ich und laufe ihr nach.

„Ja?" Dabei schaut sie mich frostig an und mir wird kalt.

„Wir haben heute Nachmittag noch eine Besprechung. Ich hätte Sie gerne fürs Protokoll dabei."

Vielleicht können wir ja danach wieder essen gehen, möchte ich am liebsten noch dazu sagen.

„Wann und wo ist der Termin?" Ihr Ton nervt mich.

„16 Uhr, seien Sie bitte pünktlich", sage ich überflüssigerweise und weiß genau, dass sie das provoziert.

„Tut mir leid, Herr Rose, aber da kann ich leider nicht."

Dann setzt sie sich und lässt mich mitten im Raum stehen. Ok, an dieser Konversation sieht man deutlich, wieso man nichts mit einem Mitarbeiter anfangen sollte. Aber eigentlich haben wir ja noch nichts miteinander angefangen. Allerdings reicht das Angefangene völlig aus, um mich in Rage zu versetzen.

„Äh, Frau Winter. Das war keine Bitte."

„Herr Rose. Wenn das so wichtig ist, wieso haben Sie mir den Termin dann nicht eher geschickt? Es tut mir leid, aber ich habe da eine wichtige Verpflichtung, die ich nicht absagen kann."

„Tja, das werde ich mir dann wohl merken." Sauer verschwinde ich in meinem Büro.

Und schon wieder habe ich mich völlig danebenbenommen! Irgendwann höre ich nur die Tür und weiß, dass sie fort ist. Ich habe keine Ahnung, wieso ich mich in ihrer Gegenwart immer wie ein Volltrottel benehme. Nach dem Meeting schreibe ich schnell das Protokoll. Danach gehe ich seufzend zum Auto. Was für einen Termin sie wohl hat? Eifersucht keimt in mir auf. Vielleicht trifft sie sich mit jemandem. Jemand, den sie gernhat. Jemand, der sie nicht ständig von oben herab behandelt.

Ich fahre zum Club. Da es früh ist, sind natürlich noch keine Gäste da.

Mein Bruder steht an der Bar und geht eine Liste durch.

„Hey. Du hier?"

Ich nicke nur und schaue mich neugierig um. Der Club wirkt so ohne spärlich bekleidete Frauen beinah wie ein Restaurant oder ein edles Café.

„Ist Tessa auch hier?" Jonas sieht mich erstaunt an.

„Nein, sie hat noch Dienst. Eventuell kommt sie später vorbei, das wusste sie noch nicht."

„Was für einen Dienst tut sie denn?"

„Sie arbeitet im Krankenhaus."

„Ben. Geh auch noch Mal die Liste durch und mach die Bestellung fertig. Ich zeichne sie dann ab." Jonas ist gerade mit dem Barkeeper beschäftigt, ich bewundere ihn dafür, dass er offensichtlich mehrere Dinge auf einmal tun kann.

„Sie ist also Krankenschwester?"

„Nö, Ärztin. Sie macht gerade ihren Facharzt."

„Sie ist Ärztin?" Ich bin völlig verblüfft, weiß aber eigentlich nicht, wieso mich das so erstaunt.

„Ja. Wieso wundert dich das so?" Stirnrunzelnd inspiziert er dabei die Lichter an der Decke.

„Keine Ahnung. Ich frage mich nur, was sie von dir will."

„Ich habe keine Ahnung", erwidert Jonas und lässt mich stehen.

Jonas und eine Ärztin. Was mein Vater wohl von einer Ärztin halten wird.

Wahrscheinlich besser als eine Tippse, denke ich kopfschüttelnd und fahre allein zum Fitnessstudio, da Jonas ja anscheinend zu tun hat.

Ich wundere mich, wie eintönig mein Leben verläuft, während ich auf das Display schaue und renne, was das Zeug hält.

23. KAPITEL

Katja

Ich fahre mit dem Bus zu Theos Firma und versuche, nicht mehr an das Gespräch mit Philip zu denken, sondern mich ganz auf das bevorstehende Interview zu konzentrieren. Angekommen, suche ich erstmal die Toiletten auf und ziehe mich um. Im Anzug ins Büro zu gehen wollte ich dann doch nicht. Philip soll schließlich nicht mitkriegen, dass ich mich woanders bewerbe.

Ein Blick auf die Uhr zeigt, dass es gerade mal viertel vor vier ist. Vor dem Klospiegel bürste ich mir noch einmal meine Haare. Meine neue Frisur gefällt mir, die Haare sehen nicht mehr aus wie verkochter Spinat. Die Glanzspülung macht aus dem Rot sogar einen angenehmen Mahagoniton. Dann atme ich tief durch und melde mich beim Pförtner und nur wenige Minuten später kommt Theo angewetzt.

„Hallo Katja! Ich hoffe, du musstest nicht all zulange warten!"

„Nein, ich bin gerade erst gekommen", beruhige ich Theo und reiche ihm die Hand, die er feste drückt.

„Wie war es?", bestürmt mich Bunny sofort mit Jan auf dem Arm.

„Lass mich erstmal reinkommen und den Kuchen abstellen", lache ich.

„Kuchen!", schreit Feli begeistert und stürzt sich auf die Packung.

„Felicitas", schimpft Bunny und schuldbewusst zieht Feli die Fingerchen weg.

Ich lache und entferne schnell das Papier, denn natürlich sterbe ich mal wieder vor Hunger und kann Felis Reaktion absolut nachvollziehen.

„Danke schön, Katja", ruft Bunny begeistert und setzt Jan in seinen Kinderstuhl.

Schnell lege ich der strahlenden Feli ein Plunderstückchen auf den Teller. Als ich mich setze, hat sie bereits die Hälfte verputzt.

„Möchtest du einen Kaffee dazu?"

„Oh ja, sehr gerne." Egal, denke ich, dabei ist es bereits sieben Uhr abends.

Bunny schenkt mir ein, schnappt sich ein Stück Bienenstich und schneidet ihn in kleine Stücke, bevor sie den Kuchen zu Jan schiebt. Dann stopft sie sich schnell selbst ein kleines Stückchen in den Mund.

„Also, wie war es?", fragt sie mit vollem Mund.

„Es war ganz nett."

„Nett? Ich brauche mehr Details!"

„Kriegst du ja, sobald du mich ausreden lässt", seufze ich und spüle meinen Kuchen mit Kaffee runter.

„Theo war allerdings nicht dabei. Er arbeitet in der Projektabteilung, hat allerdings dort nichts frei. Es waren der Geschäftsführer für den Finanzbereich da und eine Dame von der Personalabteilung. Es ging um eine Traineestelle in der Firma, eventuell im Finanzwesen."

Während ich wieder an das Gespräch denke, hüpft mein Herz. Natürlich habe ich nicht viel Hoffnung, aber zum ersten Mal seit zwei Jahren habe ich das Gefühl, dass es aufwärts geht. Vielleicht kommen noch mehrere Interviews, vielleicht finde ich demnächst etwas. Das Ganze macht mich wahnsinnig aufgeregt und ich genieße es.

„Und wäre das was für dich?", unterbricht Bunny meinen Gedankenfluss.

„Controlling wäre sicher etwas für mich", sage ich vage, denn genau das habe ich mich die ganze Zeit während des Interviews auch schon gefragt. Ich und Finanzen, keine Ahnung, aber alles ist besser als weiterhin Tippse für Philip Rose zu sein!

„Alles wird besser sein, als weiterhin die Tippse für PR zu sein", schnaubt Bunny verächtlich.

„Du sagst es", seufze ich.

„Benimmt er sich denn?"

„Er nennt mich weiterhin Frau Winter. Heute sollte ich dann mal einfach so um 16 Uhr an einem Termin teilnehmen, um ihm sein Protokoll zu schreiben."

Ich werde immer noch sauer, wenn ich an sein unverschämtes Verhalten denke.

„Oh man, das soll er schön selbst machen!"

„Als ich meinte, dass ich keine Zeit habe, meinte er, dass sei keine Bitte. Als ob ich seine persönliche Sklavin sei!"

„So, so. Versuchen wir es jetzt also mit Autorität", sagt Bunny sarkastisch. „Das zeigt, dass er ein Problem hat."

„Ich befürchte auch, aber er könnte ja einfach mit mir reden", sage ich achselzuckend und schnappe mir noch mehr Kuchen, zum Glück habe ich reichlich gekauft. „Ich bin das Ganze so leid. Beim Essen war es ein einziges Auf und Ab."

Bunny nickt. Ich hatte ihr bereits am Telefon von dem Abend erzählt.

„Interessant, dass er hier direkt um die Ecke wohnt", erinnert sich Bunny plötzlich.

„Ich glaube, er wohnt dort, also bei seinen Eltern, aber sicher bin ich mir

da nicht. Nur, wie sollte er sonst so viel Geld haben?" Verdient man als

Abteilungsleiter wirklich so viel?

„Na ja, als Abteilungsleiter wird er schon nicht so wenig verdienen",

schmunzelt Bunny, die wahrscheinlich wegen ihres Mannes besser über

solche Gehälter Bescheid weiß.

„Wann wollen sie sich denn bei dir melden?"

„So in den nächsten zwei Wochen, falls etwas draus wird."

Ich schlucke verlegen. Bei dem Gespräch habe ich mich wohl gefühlt und

mit dem Controlling würde ich ja vielleicht fertig werden. Nur endlich

keine Briefe mehr tippen müssen, das wäre schön.

„Und würdest du es machen?" Aufmerksam schaut mich Bunny an und

ich kann sie direkt anschauen.

„Ja."

Denn ich will es wirklich, egal was. Ich kann nicht länger auf diesem

Niveau arbeiten und schon gar nicht für Philip mit seinem ewigen „Frau

Winter".

„Aber bei Theo wirst du mit deinem echten Namen arbeiten, oder?",

grinst Bunny.

„Ja natürlich. Ich weiß auch gar nicht mehr, wieso ich das damals gemacht habe. Mit meinem richtigen Namen bräuchte ich vor Philip wenigstens keine Scharade aufzuführen."

„Willst du denn eine Beziehung mit Philip?" Bei der Frage zucke ich zusammen.

„Äh, ich befürchte selbst, wenn, dass Herr Rose absolut kein Interesse daran hat."

Wieso auch, ich bin schließlich nicht seine Liga, denke ich enttäuscht.

„Na ja, aber wenn du woanders arbeitest, ist er ja nicht mehr dein Chef."

„Ja, aber er wird weiterhin ein Arsch sein", erinnere ich Bunny.

„Auch wahr, aber vielleicht macht er das nur, weil er dein Chef ist. Vielleicht würde er sich sonst ganz anders verhalten."

„Glaube ich nicht. Der Mann ist eine einzige, emotionale Achterbahnfahrt."

Irgendwann kommt auch TonTon nach Hause, schiebt sich sofort ein Stück Kuchen in den Mund, bringt Felicitas ins Bett und trägt den schlafenden Jan gleich mit rauf. Um zehn bringt mich Bunny nach Hause.

„Wann werden deine Eltern heiraten?"

„Einen genauen Termin haben sie noch nicht. Mal schauen, ob Meli wieder Annas Trauzeugin wird oder ob sie diesmal Claudia und Theo nehmen."

„Kann man denn zwei Mal dieselbe Trauzeugin nehmen?"

„Ich denke schon, ich glaube nicht, dass es da ein Limit gibt."

24. KAPITEL

Philip

„Guten Morgen Frau … .“

Das Wort bleibt mir im Hals stecken, denn mein Blick fällt auf Katjas Schreibtisch. Ihr Platz ist leer. Also nicht in dem Sinne von, dass sie gerade nicht arbeitet, sondern er ist völlig leergeräumt. Das macht doch aber gar keinen Sinn. Ich renne zu meinem Schreibtisch und fahre den Rechner hoch. Dann rufe ich in der Personalabteilung an.

„Frau Gerber. Hat sich Frau Winter schon wieder krankgemeldet?“, frage ich nervös und hoffe, dass es nicht das ist, was ich befürchte.

„Frau Winter arbeitet nicht mehr hier“, sagt Frau Gerber freundlich.

In mir zerreißt etwas und ich weiß, dass ich sie verloren habe. Mein gestriges Verhalten hat ihr den Rest gegeben und sie hat einfach gekündigt.

„Moment mal. Aber Frau Winter hat doch Kündigungsfristen einzuhalten!“

Ich umklammere diesen Strohhalm und komme mir lächerlich vor.

„Dazu kann ich Ihnen keine Auskunft geben, Herr Rose. Aber mit den Urlaubsansprüchen scheint wohl alles abgegolten zu sein." Damit legt sie auf.

Ich schaue auf meinen Bildschirm, kann jedoch keinen klaren Gedanken fassen.

Sie ist tatsächlich gegangen. Wahrscheinlich hat sie irgendwie einen Aufhebungsvertrag erwirkt und das, ohne einen neuen Job zu haben. Es war ihr so wichtig, von mir wegzukommen, dass sie von heute auf morgen gekündigt hat.

Sie ist fort. Das Wort echot in meinem Inneren. Das Einzige, was ich von ihr weiß ist, wo sie wohnt. Dann rufe ich wieder in der Personalabteilung an.

„Wann bekomme ich denn wen Neues für die Stelle, Frau Gerber?"

„Die Stelle wird nicht wiederbesetzt werden", informiert sie mich, was ich mir aber bereits gedacht habe. Denn, wie gesagt, niemand hat hier eine Sekretärin. Ich denke, ich werde einen der Dualen als Junior versuchen zu übernehmen. Das entlastet mich gleich viel mehr. Meine Briefe und Termine werde ich schon selbst hinbekommen.

Der Tag verläuft absolut nervtötend. Ich habe keine Ahnung, wie ich einen Besprechungsraum buchen kann und verwechsele zwei Termine miteinander.

Wutentbrannt mache ich irgendwann Feierabend und renne wieder 15 km auf dem Laufband, besser fühle ich mich danach jedoch kein bisschen. Diesmal dusche ich kochend heiß. Plötzlich kommt Lydia in die Dusche. Ich lasse mich auf sie ein und versuche, meinen Kopf völlig abzuschalten. Ihr kleiner, drahtiger Körper wirkt nicht so zerbrechlich wie Katjas, schießt mir durch den Kopf, als ich sie auf mich setze. Ihre Haut ist sonnengebräunt und ihre Haare sind ganz lang und blond. Die Dusche läuft weiter und sie bewegt sich heftig auf mir, doch ich fühle nichts dabei, denn die ganze Szene widert mich an und ich fühle einfach nur Verachtung gegen mich aufsteigen. Irgendwann stöhnt Lydia laut auf, auf mich hat das leider keine Wirkung. Ich lasse sie los und sie steht auf.

„War etwas nicht in Ordnung, Philip?"

„Hab keinen so guten Tag heute", murmele ich und marschiere raus. Ich lasse sie einfach stehen, genau wie Katja. Das ist anscheinend meine Art, mit Frauen umzugehen.

Ich schlüpfe in meine Klamotten und fahre nach Hause. Zuhause dusche ich mich wieder, aber den Ekel vor mir selbst werde ich nicht los. Dann versuche ich zu arbeiten, kann mich aber nicht konzentrieren, denn meine Gedanken schweifen ab.

Was Katja jetzt wohl gerade tut.

Wahrscheinlich sich einen neuen Job suchen, denke ich seufzend. Um zehn Uhr werfe ich das Handtuch und gehe schlafen.

Meine Tage vergehen langsam und sind eintönig. Ich bringe die erste Woche ohne Katja hinter mich. Als die zweite Woche anbricht, freue ich mich auf das Wochenende. Diesmal sind wir bei Emi und Richard. Danach werde ich wohl mal wieder an der Reihe sein, alle einzuladen.

„Hallo Philip!" Richard reicht mir die Hand.

„Hallo Philip", quietscht Emi und drückt mich.

Das Appartement von Emi und Richard ist nicht sonderlich groß, dafür aber sehr geschmackvoll eingerichtet. An für sich verdienen beide genug für ein Haus, aber sie brauchen den Platz nicht.

„Ja und putzen müsste man das Ganze auch noch", pflegen sie zu sagen. Alles, was mit Hauswirtschaft zu tun hat, ist weder das Ding von Emi noch von Richard und nur eine Stunde später sitzen wir vor unseren bestellten Pizzen.

„Ach ja übrigens", sagt Emi kauend. „Ich habe Katja gesehen." Ich erstarre im Essen und schaue sie geschockt an.

„Wo?"

Emi grinst und spannt mich auf die Folter, eine schreckliche Frau.

„In der Firma", sagt sie endlich.

„Was macht Katja denn in deiner Firma?"

„Sie arbeitet seit einer Woche dort."

Wumm, mein Inneres fühlt sich an, als wenn eine Bombe explodiert sei. Emmi schaut mich herausfordernd an.

„Wo arbeitet sie denn?" Ich bin immer noch wie vor den Kopf geschlagen.

„Na, sie arbeitet für mich. Wir haben sie als Trainee in meiner Abteilung angestellt."

„Wieso als Trainee?" Irgendwie verstehe ich nur Bahnhof. „Braucht man dafür nicht ein Studium?"

„Hat sie doch", erwidert Emi erstaunt. „Das hat mich erst auch gewundert, Philip. Sagtest du nicht, dass sie deine Sekretärin war?"

Ich schaue sie ratlos an. Irgendwie ist das Ganze völlig unbegreiflich für mich.

„Ich wusste doch nicht, dass sie studiert hat. Ich habe ihr einfach die Aufgaben gegeben, die der letzte Chef ihr gegeben hat. Was wird sie denn bei euch machen?"

„Na, wohl keine Briefe tippen", sagt Emi trocken und schaut mich strafend an. Wieso ist denn das meine Schuld, frage ich mich schuldbewusst.

„Sie ist im Controlling und hat mal so eben ein Excelmodell überarbeitet. Sie ist echt der Wahnsinn!", schwärmt Emi los.

Excelgenie, das auch noch, stöhne ich innerlich.

„Und noch etwas ist merkwürdig", sagt Emi stirnrunzelnd. „Ich habe ihre Akte durchgeblättert. Da stand, dass sie bei dir gearbeitet hat."

„Das wusstest du doch schon", schaltet sich jetzt Fanny ein.

„Ja, aber hast du sie nicht Frau Winter genannt?"

„Ja natürlich. So heißt sie doch schließlich auch."

„Also in ihrer Akte steht, dass sie Katja Sommer heißt. Keine Ahnung, wieso sie bei euch anders geheißen hat, aber hier ist sie mit dem Namen Sommer eingestellt worden."

Ich schaue ratlos in die Runde. Nein, ich weiß auch nicht, wieso Katja verschiedene Namen angegeben hat. Aber der Name Sommer kommt mir so bekannt vor. Dabei kenne ich doch niemanden mit diesem Namen.

„Vielleicht hat sie geheiratet", mutmaßt Gunnar und mir wird heiß vor Eifersucht.

„Das wäre ja schnell gegangen. Schließlich hat sie doch erst mit mir, also ich meine. Das ist doch erst ein paar Wochen her", sage ich heftig.

„Oder sie hat ihren Zukünftigen betrogen", mutmaßt Fanny.

„Stimmt. Das könnte es auch sein", sagt Richard.

Der Abend dümpelt so vor sich hin, ich beteilige mich kaum noch an den Gesprächen und verabschiede mich früh. Zu Hause lege ich mich ins Bett und grübele.

Ob sie tatsächlich geheiratet hat? Und wie ist sie so schnell an den Job gekommen? Plötzlich fällt es mir wie Schuppen von den Augen. Jetzt weiß ich, wieso ich den Namen Sommer schon einmal gehört habe. Unser Geschäftsführer heißt ebenfalls Sommer und das würde auch die riesige Villa erklären, in der Katja wohnt. Nur wieso sie dann als Sekretärin bei uns gearbeitet hat, ist mir immer noch nicht klar. Aber das spielt auch keine Rolle. Ich weiß jetzt, wo sie arbeitet und ich werde versuchen, sie zu erobern.

Wenn sie es denn will, denke ich grimmig.

25. KAPITEL

Katja

„Ich habe einen neuen Job!", platze ich heraus.

„So schnell?", fragt Bunny erstaunt. „Die musst du ja beeindruckt haben."

„Na ja, ich glaube, es war schon sehr viel Theos Zutun", sage ich und werde rot.

„Komm erstmal rein", grinst Bunny und zieht mich ins Haus. „Also. Jetzt erstmal von Anfang!"

„Soll ich nicht erstmal den Kuchen auspacken?"

Ich bin, wie soll es auch anders sein, am Verhungern.

„Na gut", seufzt Bunny und holt die Teller raus.

„Wo sind denn Jan und Feli?"

„Die sind mit TonTon bei seiner Mutter, morgen gehe ich dann zu meiner Mutter mit den Kindern. Dann haben wir jeder mal ein paar Stündchen für uns."

„Oh. Störe ich dich? Soll ich ein andermal wiederkommen? Ich hätte wohl anrufen sollen, aber ich war so aufgeregt."

„Na, hör mal! Du kannst mich immer besuchen, ohne schriftliche Einladung. Du hast nur Glück, dass du mich erwischt hast, denn eigentlich hatte ich überlegt, joggen zu gehen."

„Du joggst?"

Meine Hochachtung vor Bunny steigt mal wieder ins Unermessliche. Es gibt einfach nichts, was Bunny nicht kann.

„Es hat ja nicht jeder so einen Stoffwechsel wie du", sagt Bunny und schaut neidisch auf mein zweites Stück Kuchen.

„Oh Bunny, das ist gar nicht so toll. Sobald ich nicht esse, kippe ich um."

„Na gut, das ist vielleicht doch nicht so angenehm. Aber jetzt endlich raus mit der Sprache. Du bist also in Theos Firma untergekommen?"

„Also Theo war zwar nicht beim Interview dabei, ist aber noch am selben Abend zu uns gekommen und hat erzählt, dass der Geschäftsführer mir die Stelle gibt. Er durfte mir das Ganze mitteilen, er hatte das extra mit HR abgeklärt. Er kam sogar mit einem Vertrag zu uns und ich konnte am nächsten Tag anfangen, also heute", schließe ich.

Bunny schaut mich sprachlos an, eine echte Rarität!

„Wie jetzt?"

„Mein Vater hat das für mich abgewickelt. Da meine Stelle deutlich unterhalb meiner Ausbildung lag und ich auch noch jede Menge

Resturlaub hatte, habe ich einfach einen Aufhebungsvertrag unterschrieben. Und dann war ich auch heute schon in der neuen Abteilung."

„Wow, zahlt sich aus, einen so einflussreichen Papa zu haben."

„Wenn man in derselben Firma arbeitet, ja."

Wenn ich nicht so glücklich über den neuen Job wäre, wäre mir das Ganze sicherlich peinlich, aber dafür habe ich keinen Platz. Nichts kann mir meine gute Stimmung vermiesen.

„Aber das ist noch nicht alles", fange ich an und Bunny bekommt wieder tellergroße Augen.

„Was denn noch?"

Sie hängt förmlich an meinen Lippen und ich genieße ihre Aufmerksamkeit. Überhaupt fühle ich mich fantastisch, seitdem ich die Traineestelle angenommen habe.

„Meine Chef Chefin kennst du übrigens."

„Eigentlich kenne ich niemanden in Theos Firma." Stirnrunzelnd denkt Bunny nach.

„Doch eine, Stichwort: Club."

„Was? Wer!?"

„Emi!"

„Aber das ist eine Freundin von Philip. Ist das nicht ein Problem für dich?" Skeptisch schaut mich Bunny an.

„Das weiß ich noch nicht, aber ich glaube nicht, dass das ein Problem mit Emi deswegen geben wird. Wahrscheinlich weiß sie gar nichts von unserem Mal im Club."

„Das kann sein. Vielleicht sind sie auch nur zufällig alle zusammen im Club gewesen. Sie müssen ja gar nicht so dicke sein."

„Genau." Allerdings habe ich ein dumpfes Gefühl dabei.

„Wie war denn dein erster Tag?"

„Anstrengend, ich wurde überall rumgeführt und habe gefühlte 100 Gesichter mit Namen wieder vergessen. Morgen bin ich in der Controlling Abteilung, keine Ahnung, ob mir das liegt."

„Wieso nicht? Du bist doch super mit Excel."

„Na ja, das was ich mir so selbst beigebracht habe. Vielleicht arbeiten die mit Datenbanken und davon habe ich gar keine Ahnung."

„Abwarten", sagt Bunny und hebt ihre Tasse. „Prost! Herzlichen Glückwunsch und auf einen guten Start für deinen neuen Job, Katja!"
Wir lassen die Tassen klirren und grinsen uns an. In mir ist alles federleicht. Die Träume haben sich allerdings verändert. Sie handeln nicht mehr von dem Unfall, sondern von Monstern. Monster mit dem Gesicht

von Philip, wie er mich umschlingt und festhält und dann Häuser

herunterwirft.

26. KAPITEL

Philip

Eigentlich komme ich immer noch nicht damit klar, dass mich Katja offensichtlich angelogen hat.

„Aber vielleicht hat sie ja ihre Gründe dafür gehabt", meint Tessa. Tessa, die Freundin meines Bruders. Ich zweifele immer noch an dieser Beziehung, weil sie einfach so merkwürdig erscheint, aber es scheint sehr gut zwischen den beiden zu laufen, vielleicht auch, weil beide ihre Arbeit als erste Priorität ansehen.

„Für eine Ärztin ist es übrigens wahnsinnig schwierig, jemanden zu finden", klärt sie mich auf, während wir die frischen Brötchen verputzen, die ich vom Joggen mitgebracht habe.

„Wieso eigentlich?", fragt mein Bruder kauend und schaut sie dabei wohlwollend an. Zugegeben, Tessa sieht nicht schlecht aus.

„Keine Ahnung. Vielleicht zum einen, weil Ärzte Ärztinnen als Bedrohung empfinden. Und zum anderen, weil es schwierig ist, überhaupt jemand anderes zu finden, der kein Arzt ist. Denn dank unserer Schichten, treffen Ärzte meistens auch nur auf Ärzte oder auf das Pflegepersonal, was natürlich gleich das nächste Klischee bedient."

„Wieso empfinden sie das als Bedrohung?", wundere ich mich.

Schließlich hat mein Vater ja gerade darauf gedrungen, dass ich mir wen

ebenbürtiges aussuche. Sie zuckt mit den Schultern.

„Vielleicht, weil sie vor der Frauenquote Angst haben. Auch

Krankenhäuser achten jetzt mehr darauf, weibliche Führungskräfte

einzustellen. Das nächste Problem ist sicherlich die Familienplanung."

Bei diesen Worten verschluckt sich mein Bruder und bekommt einen

Hustenanfall. Tessa und ich schauen uns nur an und rollen mit den

Augen. Sie schlägt sich die Hand vor die Stirn.

„Uff, Jonas. Ich spreche im Allgemeinen davon, nicht weil ich an

Familienplanung denke!"

„Wenn beide Ärzte sind, ist die Entscheidung schwierig, wer zu Hause

bleibt", erläutert sie genervt.

„Ach so", sagt er nur und wirkt sichtlich erleichtert.

„Aber wenn du keine Familienplanung willst, wieso suchst du dann

jemanden zum Heiraten?", frage ich erstaunt und mal wieder, ohne

nachzudenken.

„Wieso suche ich jemanden zum Heiraten?"

„Hat deine Freundin erzählt."

„Die, die immer mit dir im Club abhängt", sagt mein Bruder und mustert sie mit hochgezogenen Augenbrauen.

„Die ist nicht meine Freundin", sagt Tessa angewidert. „Ich kenne sie kaum, nur aus dem Club."

„Du willst also nicht heiraten?", sagt mein Bruder erstaunt, was mich überrascht.

„Das habe ich nicht gesagt", sagt sie trocken. „Und auch Heiraten heißt ja nicht gleich Kinder kriegen."

„Nicht?", sagt mein Bruder, wieder zu sehr erstaunt für meinen Geschmack und ich frage mich, was er wirklich über diese Beziehung denkt.

„Nein. Heiraten bringt steuerliche Vorteile und macht vieles einfacher."

„So habe ich das bisher noch nicht betrachtet", meint Jonas.

Ich höre interessiert dem ganzen Gespräch zu. Das alles klingt logisch, aber der Tonfall meines Bruders macht mich stutzig. Teilweise klingt er beinah…enttäuscht? Aber das kann doch gar nicht sein. Schließlich bin doch ich der Bodenständigere von uns beiden und selbst ich stelle das alles bereits in Frage, also Ehe und Kinder und so. Aber mein Bruder scheint doch recht viel darüber nachgedacht zu haben scheint mir.

„Ich muss jetzt zur Arbeit", verabschiede ich mich mit Blick auf die Uhr.

„Und dann umwirbst du sie?", spottet mein Bruder.

Tessa pufft ihn sofort in die Seite.

„Au!"

„Das ist nur der Ersatz dafür, weil Dummheit leider nicht weh tut",

pflaumt sie ihn an und bekommt sofort Sympathiepunkte bei mir.

Vielleicht braucht Jonas mal eine Frau, die ihm zeigt, wo es langgeht.

„Hör bloß nicht auf deinen Bruder", rät sie. „Mach einfach alles so wie

wir es besprochen haben."

Das dumme Gesicht meines Bruders ist zum Schießen!

„Wann habt ihr was besprochen?"

„Kann Tessa dir erzählen", sage ich kurz und flitze nach draußen, um ins

Büro zu fahren.

Glücklicherweise habe ich schnell eine Juniorstelle für Katjas Stelle

beantragen können. Auf ihrem Platz sitzt jetzt Lukas.

„Guten Morgen, Lukas."

Ja, wir duzen uns. Schließlich haben wir denselben Background. Lukas ist

jetzt in seinem ersten Jahr nach Abschluss seines dualen Studiums. Er

macht seine Sache gut, finde ich. Irgendwie ist es auch einfacher, mit

einem Kerl zu arbeiten, ich bin gleich viel weniger abgelenkt. Dabei weiß ich, dass das eine faustdicke Lüge ist. Bei keiner anderen Frau wäre ich so abgelenkt gewesen, wie bei Frau Winter. Ach nein, Sommer, denke ich und werde wieder ärgerlich. Aber was ist schon ein Name und vielleicht hatte sie tatsächlich keine Lust, dass alle wussten, wer ihr Vater ist.

Und das kann ich verstehen, denke ich, während ich mir die wöchentliche Präsentation ansehe. Seit Lukas den Job macht, sind Haufenweise Fehler drin. Ok, es sind jetzt teilweise andere Leute da, aber komisch ist das schon. Ich befürchte, ich werde mit allen Teams ein kleines Gespräch führen müssen, wenn das so weiter geht. Und ich frage mich, was bei Katja anders gewesen ist. Auch war die Aufmachung der Präsentation eine andere, wie mir plötzlich auffällt. Denn jetzt sehe ich erst, dass die Formate bei jedem Team unterschiedlich sind. Katja scheint aber alle Folien in ein bestehendes Format überschrieben zu haben. Lukas dagegen leitet mir die Präsentationen einfach nur weiter. Interessant.

„Lukas?", frage ich rüber.

„Ja Philip?"

„Kommst du mal bitte?"

„Was gibt es denn?" Er kommt immer noch nicht und ich werde langsam sauer.

„Lukas", sage ich etwas schärfer. „Ich möchte kurz mit dir sprechen, also komm bitte in mein Büro."

Er schlurft in mein Büro und schaut mich gelangweilt an. Uff, vielleicht war mein Urteil über ihn zu voreilig.

„Lukas, ich sehe gerade über die Präsentation. Ist dir eigentlich aufgefallen, dass da lauter Fehler drin sind?"

„Eigentlich nicht. Und selbst wenn, dann habe ich doch nichts damit zu tun."

„Das stimmt schon, Lukas. Aber ich erwarte von dir, dass du die Sachen querliest und mich bereits auf Fehler aufmerksam machst. Dann kann ich mit den Leuten darüber sprechen."

„Ich wusste nicht, dass ich das tun soll."

„Jetzt weißt du es, Lukas." Und schon will er wieder aus dem Büro verschwinden.

„Übrigens Lukas, ich schätze Proaktivität sehr."

Lukas hört jedoch gar nicht mehr zu, sondern sitzt bereits wieder an seinem Schreibtisch. Vielleicht ist er in einer anderen Abteilung besser aufgehoben, denke ich verärgert. Ein wenig Respekt ist schon notwendig, wenn man weiterkommen will. Ohne Arschkriecherei geht es auf diesen Jobs leider nicht, das weiß ich aus eigener Erfahrung. Seufzend stelle ich

Termin für Termin mit den einzelnen Teams ein. Ich werde ihnen Katjas

Vorlage geben, damit es wieder einheitlich wird.

Katja, denkt mein verrücktes Herz und fängt schneller an zu schlagen.

Weiß ich überhaupt, wie viel sie für mich getan hat?

Um fünf Uhr verlasse ich das Büro und besorge Blumen. Dann marschiere

ich in Emis Firma und gehe direkt auf den Pförtner zu.

„Guten Tag. Ich würde gerne diese Blumen für Frau Katja Sommer

abgeben."

Der Mann nimmt die Blumen wortlos entgegen und legt sie auf den

Empfangstresen.

„Äh, Danke", sage ich und verschwinde wieder.

27. KAPITEL

Katja

„Hallo Katja." Emi kommt näher und betrachtet meine Exceldatei.

„Hallo Emi." Stolz zeige ich ihr das Modell, dass ich gerade bearbeite.

„Ach, das verstehe ich ohnehin nicht", winkt Emi ab. „So eine

Management Position verdirbt einem das Fachwissen völlig. Bitte erklär

mir einfach high-level was du für Änderungen vorgenommen hast."

Ich fange an, ihr die Sachen zu erklären und spüre, wie die Leidenschaft in

mir wächst. Ich habe seit dem Studium keine solche Freude mehr an

meinen Aufgaben gehabt. Emi lächelt mich an.

„Dir macht das richtig Spaß Katja, oder?"

„Ja", sage ich verlegen.

„Weiter so, Katja", lächelt sie und steht auf. „Ach ja und Katja. Stell uns

doch schon mal einen Termin für in zwei Wochen ein. Ich denke, dann bist

du schon etwas mehr hier angekommen und wir besprechen deine nächste

Station."

Und schon ist sie weggedüst, wahrscheinlich zum nächsten Meeting. Ich

beneide sie nicht darum, denn ich fühle mich momentan in meinen

Datenbanken und dem Controlling äußerst wohl. Auch wenn ich gespannt bin, in welche Abteilung ich danach soll, bin ich doch sehr nervös deswegen. Besonders, weil es mir hier so gut gefällt. Mit Theo war ich auch bereits Mittagessen und er hat mir ein wenig über die personellen Strukturen erzählt. In ein paar Wochen soll ich mir auch bereits Gedanken zu einem persönlichen Entwicklungsprofil machen, hat er mir geraten, da Emi sehr darauf abfährt. Ich persönlich finde das schon sehr merkwürdig, mich nach nur so kurzer Zeit schon wieder damit zu beschäftigen, wo ich hiernach hinwill, aber wenn das so ist, dann mache ich das eben. Im Augenblick bin ich noch mit dem Kennenlernen beschäftigt und damit, Modelle aufzuräumen, die im Grunde genommen gar nicht mehr so richtig funktionieren. Abends nehme ich meinen Laptop mit und bastele stundenlang an den Verweisen herum.

Dank der Träume von Philip, schlafe ich leider nach wie vor nicht mehr wie zwei Stunden, trotz der vielen Arbeit. Sara hat mittlerweile doch ein Medikament für das Schlafen vorgeschlagen, aber so weit bin ich noch nicht. Vielleicht, so hoffe ich, wenn ich die Philip-Sache überwunden habe, dann werden vielleicht auch die Träume verschwinden, aber so richtig glauben tue ich nicht daran. Vor allem bezweifele ich, dass ich in nächster Zeit meine Gefühle für Philip einfach so verlieren werde.

Tagsüber geht es, ja, aber nachts macht mein Unterbewusstsein eben komische Sachen. Teilweise sehe ich ihn als Monster, teilweise sitzen wir einfach nur auf einer Blumenwiese. Ja ok, das ist kitschig!

Ein besonders gruseliger Traum ist, dass wir in einem kleinen Boot auf einem Fluss fahren und ich mich zu ihm beuge und sage:

„Ich liebe dich, Philip."

Spätestens danach wache ich schweißgebadet auf und bin hellwach. Ob ich Philip tatsächlich liebe, weiß ich gar nicht. Was weiß ich denn schon von ihm, außer, dass er teuren Rotwein trinkt.

„Katja", ermahnt mich mein Chef. „Wann bist du heute Morgen gekommen? Denk an die Stundenregel!"

Ich schaue auf die Uhr und sehe, dass ich ganze fünf Minuten habe, bis ich einen Regelverstoß riskiere. Hastig packe ich alles zusammen und renne nach unten. Nachdem ich mich ausgeloggt habe, atme ich auf.

„Auf Wiedersehen."

Ich winke dem Pförtner zu und mein Blick bleibt an einem bunten Strauß Blumen hängen.

„Die sehen ja schön aus. Haben Sie heute Geburtstag?"

„Nein", sagt er und schaut erstaunt auf die Blumen. „Ach, Frau

Sommer", sagt er und schlägt sich die Hand vor die Stirn. „Die sind ja für

Sie! Die hat jemand heute für Sie abgegeben."

Und schon drückt er mir den hübschen Blumenstrauß in die Arme.

„Wer hat den Strauß denn abgegeben?", frage ich erstaunt. Ich lege den

Strauß wieder auf den Tresen und ziehe eine kleine Karte heraus:

Alles ist im Fluss.

Doch Liebe gibt es nicht im Überfluss.

Die Blumen hier

sind für Dich. Von Mir.

Mehr steht da nicht. Wie ich die Karte auch drehe und wende, aber es

steht kein Name angegeben. Eigenartig. Ob mir ein neuer Kollege den Hof

macht? Nachdenklich nehme ich die Blumen und gehe langsam nach

draußen.

28. KAPITEL

Philip

Seit achtzehn Uhr stehe ich bereits vor Katjas Firma rum.

Um kurz vor sechs habe ich die Blumen abgegeben und seitdem stehe ich mir die Füße platt. Jetzt ist es bereits sieben Uhr. Geduld, denke ich, leider nicht gerade meine Stärke. Und ich weiß auch nicht, wie Katja reagieren wird.

Plötzlich sehe ich eine Frau mit einem Blumenstrauß aus der Tür laufen. Ich muss zwei Mal hinsehen, denn diese Frau hat einen kurzen, engen Rock an und trägt einen engen Trenchcoat. Sie sieht eher aus wie ein Model, aber die Haare sind unverkennbar, diesen leuchtenden Rotton würde ich immer erkennen. Ich vermisse allerdings ihre langen Haare, obwohl ihr diese Länge auch gutsteht. Schnell laufe ich auf sie zu. Sie blickt auf und sieht mich an.

„Hallo Katja", sage ich mit kratziger Stimme.

„Hallo Philip." Sie blickt auf die Blumen und wieder zu mir.

„Sind die von dir?"

„Ja und entschuldige das schlechte Gedicht."

Ich werde verlegen und auch ein wenig rot, was mir wahrscheinlich das letzte Mal in der fünften Klasse passiert ist.

„Nein, gar nicht."

Wir stehen uns gegenüber und sind beide verlegen.

„Danke."

„Gerne. Gefallen sie dir?"

„Sie sind wunderschön."

„Musst du gleich nach Hause?" Sie schüttelt den Kopf.

„Eigentlich nicht." Mir plumpsen direkt ein paar Steine vom Herzen.

„Vielleicht könnten wir ja noch etwas zusammen machen. Steht dein Auto gut? Dann könnten wir meinen Wagen nehmen."

„Ich habe gar kein Auto", sagt sie leise.

„Noch besser."

Ich wundere mich etwas über ihre Reaktion, schließlich braucht man nicht unbedingt ein Auto in München, je nach dem wo man wohnt. Zusammen mit meiner Laptoptasche, hänge ich mir auch ihre um. Dann nehme ich die Blumen in die eine Hand und greife mit der andere Hand nach ihrer. Sie blickt mich erstaunt an, zieht sie aber auch nicht weg. Und so laufen wir händchenhaltend zum Wagen. Eigentlich ist das gar nicht so kitschig, überlege ich. Ihre Hand ist weich und umschlingt meine sanft. In meinem Bauch ist ein Springbrunnen, der gluckert.

„Hast du Hunger?", fragt Katja.

„Äh ja, vielleicht. Wir könnten etwas essen gehen."

„Gerne." Ich höre ihre Erleichterung. Stimmt, Katja scheint ja zu den Frauen zu gehören, die nicht andauernd Kalorien zählen.

„Nach was wäre dir denn?"

„Keine Ahnung."

„Wie wäre es mit Pizza?"

Wir fahren zu einer Pizzeria, in der ich mal war und die zum Glück nicht weit von hier ist. Leider muss ich dafür ihre Hand loslassen.

Als wir da sind, renne ich wieder um das Auto rum und öffne ihr die Tür. Umständlich steigt sie mit dem engen Rock aus dem Auto und ich bekomme fast einen Herzinfarkt bei diesem Anblick. Ich habe, wie gesagt, Katja vom ersten Tag an toll gefunden, aber die Änderung ihres Äußeren unterstreicht einfach, wie sexy sie ist, was mir schier den Atem raubt. Ich nehme wieder ihre Hand in Beschlag und gemeinsam gehen wir hinein.

„Warst du schon einmal hier?", frage ich und schaue in die Karte: Pizza, Nudeln und Salat, ein klassischer Italiener halt.

„Nein", lächelt sie und liest sich alles durch.

Ich versuche ebenfalls, mich auf die Karte zu konzentrieren.

„Guten Tag. Möchten Sie die Weinkarte haben?" Déjà-vu, denke ich und auch Katja grinst.

„Nein, danke schön. Ich hätte gerne die Pizza Fungi. Wie groß sind Ihre Salate? Katja, hättest du gerne welchen? Dann könnten wir teilen." Diesmal entscheide ich nicht einfach, sondern möchte sie mit einbeziehen. Katja grinst.

„Nein Danke, für mich nicht. Ich hätte gerne die Pizza mit Schinken und Pilzen in Familiengröße und ein Mineralwasser."

„Familiengröße", wiederhole ich und runzele die Stirn.

„Ich habe Hunger."

„Und du magst keinen Salat." Ich lächele sie an und versuche, ihre Hand zu greifen.

„Nicht besonders, außer, wenn Anna ihn macht." Sie zieht ihre Hand nicht weg, ein Glück.

„Wer ist Anna?"

„So etwas wie meine Stiefmutter."

„Also die zweite Frau deines Vaters." Ich versuche vorsichtig, ihre Hand zu streicheln.

„Sie sind nicht verheiratet. Also noch nicht." Argwöhnisch blickt sie auf meine Hand.

„Hast du noch Geschwister?" Ich höre Katja gerne zu, besonders, wenn ich sie dabei ansehen und ihre Hand halten kann.

„Ja. Einen Bruder und eine Stiefschwester, Annas Tochter. Ari ist auch meine Schwägerin, sie und mein Bruder sind verheiratet und haben zwei Kinder."

„Wahnsinn. Das ist ja beinah eine Romanvorlage!"

„Ja vielleicht." Jetzt lege ich mir ihre Hand an meine Wange.

„Ist das ok für dich, Katja?", frage ich und hoffe, dass sie das laute Herzklopfen nicht hört.

„Ich glaube schon." Ich sehe, dass sie wieder leicht verlegen wird.

„Wieso sind wir hier, Philip?" Damit zieht sie plötzlich ihre Hand fort. Die plötzliche Kälte an meiner Hand tut beinah weh.

„Ich wollte dich sehen, Katja. Du warst plötzlich verschwunden und da wurde mir klar, dass ich dich unbedingt wiedersehen muss." Ich höre das Flehen in meiner Stimme und komme mir jetzt wirklich wie in einem schlechten Liebesfilm vor.

„Uff, das Ganze hat was von einem schlechten Liebesfilm", stöhnt Katja und schüttelt widerwillig den Kopf. Wir müssen beide lachen.

„Was ist mit der Eiszeit?" Ich spüre wieder einen Kloß in meinem Hals.

„Ach, weißt du, ich habe beschlossen, dass ich erstmal schauen will, wo es hinläuft."

„Wo was hinläuft? Sollte man das nicht immer tun?", meint sie und schaut mich herausfordernd an.

„Ja weißt du, ich bin mir nicht so sicher, ob du meine Familie mögen wirst." Innerlich haue ich mir gegen den Kopf, weil ich mit Katja gar nicht darüber reden will.

„Aha. Das bedeutet wohl, du weißt nicht, ob deine Eltern mich akzeptieren", übersetzt sie.

„Das konntest du daraus ableiten?"

„Stimmt es denn?" Durchdringend blickt sie mich an.

„Ja, zumindest befürchte ich das. Als ich mit meiner ersten Freundin nach Hause gekommen bin, hat mein Vater sie sofort gefragt, ob sie nur auf Geld aus ist." Katja lacht.

„Und? Stimmte es?" Dabei beginnt sie, ihr Monstrum von Pizza anzuschneiden. Ich bin gespannt, wie viel davon in dieser dünnen Person landen wird.

„Sie ist sofort gegangen und hat sich noch am selben Tag von mir getrennt."

„Dann war wohl etwas dran", stellt Katja sachlich fest und stopft sich ein riesiges Stück in den Mund. Oh, meine Gedanken verselbstständigen sich schon wieder und schnell widme ich mich meiner dazu im Vergleich winzigen Pizza.

„Und seitdem? Hast du seitdem niemand Neues mehr zu Hause angeschleppt?"

„Eigentlich wollte ich ganz viel über dich erfahren", mosere ich und komme mir direkt kindisch vor.

„Macht ja nichts. Kann ja noch kommen", sagt sie leichthin und mir fällt auf, wie unbeschwert sie gegenüber dem letzten Mal wirkt.

„Danach habe ich nur noch selten jemanden mit nach Hause gebracht."
Eine kleine Pause entsteht.

29. KAPITEL

Katja

Mein Herz hüpft und flattert wie verrückt. Ich muss mich zwingen, ihn

nicht anzuhimmeln. Irgendwie habe ich nicht sehr lange nachgedacht, ob

ich mitkomme. Und anscheinend hat er Gründe für sein Verhalten gehabt,

wenngleich ich diese für sehr konstruiert halte.

„Hattest du seitdem keine feste Beziehung mehr?", frage ich

stirnrunzelnd und frage mich, was das über Philip aussagt. Und übrigens

trifft das auf mich für einen recht ähnlichen Zeitraum ebenfalls zu. Also

was sagt das dann über mich aus?

„Als feste Beziehungen würde ich das nicht bezeichnen", sagt er

verlegen. Das wirkt doch sehr niedlich und ich muss lachen.

„Was findest du denn so lustig daran?" Er zieht die Augenbrauen hoch

und mustert mich verwundert.

„Gar nichts", grinse ich und widme mich weiterhin meiner riesigen

Pizza.

„Wo lässt du nur das ganze Essen?", wundert sich Philip. Eine Frage, die

ich schon ganz oft in meinem Leben gehört habe.

„Äh, keine Ahnung", nuschele ich mit einem großen Stück Pizza im Mund.

„Aha."

„Wieso?"

„Weil wir jetzt wieder über dich sprechen." Oh, man.

„Ok, was möchtest du denn wissen", sage ich ruhig, weil ich jetzt mehr als die Hälfte meiner Pizza bereits intus habe und etwas langsamer essen kann.

„Wieso hast du eigentlich diese Scharade aufgeführt, Frau Winter-Sommer?" Na, gleich mit der Tür ins Haus, seufze ich.

„Keine Ahnung. Ich hatte einfach keine Lust, dass man von mir auf meinen Vater schließt."

„Das verstehe ich." Überrascht blicke ich ihn an.

„Ja wirklich. Wenn ich die Firma meines Vaters übernehme, wird es auch erstmal blöd sein als der Sohn vom Chef dort anzufangen. Deshalb wollte ich zumindest für die Ausbildung woanders hingehen."

„Besser ist das. Deshalb habe ich auch an einer Uni ganz normal studieren wollen und nicht das Duale in der Firma meines Vaters absolvieren wollen. Und eigentlich wollte ich ganz bestimmt nicht in der Firma meines Vaters arbeiten."

„Und wieso hast du?", fragt er lächelnd, aber ich will ihm das eigentlich nicht erzählen.

„Es ist schon so spät, ich glaube ich muss jetzt langsam heim." Nervös schaue ich auf meine Uhr.

„Habe ich etwas Falsches gesagt?", fragt er irritiert und versucht wieder, meine Hand fest zu halten. Doch ich ziehe sie weg, denn ich will jetzt keine Berührung. Ich will ihm nichts von dieser Sache erzählen und dann womöglich sein Mitleid ernten. Oder noch schlimmer: Er ist völlig abgestoßen und redet nie wieder mit mir. Philip schaut mich prüfend an, zahlt und dann sind wir auch schon bei seinem Auto. Wieder sind wir die letzten, die aus dem Lokal rausgehen. Und wahrscheinlich wird es das letzte Mal sein, dass wir das tun, denke ich und fühle Tränen in mir aufsteigen. Schnell setze ich mich ins Auto. Philip startet den Motor und schweigend fahren wir zu mir.

„Wenn ich etwas gesagt habe, was dich verletzt hat, tut mir das sehr leid", sagt er leise, als wir vor dem Haus meiner Eltern stehen. Wieder versucht er meine Hand zu nehmen, diesmal lasse ich es wieder zu.

„Du hast gar nichts Falsches gesagt."

Plötzlich kann ich nur noch weinen. Philip zieht mich zu sich rüber und ich lehne mein tränennasses Gesicht an seine Schulter. Irgendwann kommen keine Tränen mehr und ich blicke in sein Gesicht, blicke in seine

ruhigen, dunkelblauen Augen, die mich besorgt mustern.

„Geht es dir besser?" Er zeigt aufs Handschuhfach. „Da müssten, glaube

ich, Taschentücher drin sein."

Ich krame darin rum und finde tatsächlich eine zerknitterte Packung.

„Ich glaube, ich muss jetzt nach Hause", stammele ich und putze mir die

Nase.

„Ok", lächelt er schief. „Schlaf gut, Katja."

„Gute Nacht", murmele ich und steige aus dem Auto. Diesmal hat er die

Autotür nicht geöffnet, vielleicht weil er nicht daran gedacht hat. Oder

vielleicht, weil er mir Privatsphäre einräumen will.

„Auf Wiedersehen, Philip", sage ich leise und schlage die Autotür zu.

Im Dunkeln marschiere ich den Weg zur Tür. Als die Tür hinter mir ins

Schloss fällt, höre ich, wie er den Motor startet und wegfährt.

Im Haus ist es still. Leise laufe ich nach oben und wasche mich nur kurz.

Es ist bereits halb eins.

Ich fühle mich wie befreit, doch verstehe ich dieses Gefühl nicht,

schließlich habe ich Philip rein gar nichts erzählt und er hat auch nicht

weiter nachgefragt. Aber trotzdem hat mich dieser Ausbruch irgendwie

innerlich aufgelöst.

Ich liege im Bett und träume wieder, dass wir auf dem See Boot fahren. Der Himmel ist kitschig blau und die Sonne scheint. Alles ist irgendwie grell grün um uns herum und die Vögel singen. Philip hat sein normales Gesicht, diesmal ist er kein Monster. Er beugt sich zu mir und küsst mich. Am nächsten Morgen wache ich auf, weil mein Wecker klingelt. Es ist sieben Uhr und ich habe die ganze Nacht tief und fest geschlafen.

30. KAPITEL

Philip

Nachdenklich fahre ich nach Hause. Zum Glück ist wenig Verkehr, denn ich bin mit meinen Gedanken beim heutigen Abend. Ich bin froh, dass Katja mitgekommen ist, gerechnet habe ich jedoch nicht damit. Das Essen mit ihr war wunderbar und nur ungern habe ich sie nach Hause gebracht. Ein klein wenig neidisch bin ich auf meinen Bruder und Tessa, besonders, weil Jonas das Ganze überhaupt nicht wollte und auch Tessa nicht gerade ein Familienmensch zu sein scheint. Trotzdem ist sie quasi bei uns eingezogen und schläft so gut wie immer bei uns oder ruht sich von der Nachtschicht aus. Aber ich habe keine Ahnung, wo Katja und ich stehen. Wahrscheinlich steht sie im Irgendwo und ich im ganz Woanders.

Natürlich habe ich gemerkt, dass sie nicht darüber reden wollte. Irgendwas muss geschehen sein, dass sie nur noch in dieser Firma auf einem Job weit von ihrem Niveau entfernt hat arbeiten können. Ich würde gerne wissen, was ihr passiert ist. Vielleicht ist es ja gar nicht so schlimm und sie dramatisiert das Ganze nur. Aber irgendwie sagt mir mein Gefühl etwas anderes. Katja scheint einfach nicht der Typ zu sein, der aus einer Mücke einen Elefanten macht. Mein Herz klopft, während ich an ihre warmen, braunen Augen denke. Langsam steige ich die Treppen rauf, schließe die Tür auf und blicke auf meinen Bruder, der am Tisch sitzt.

„Hallo Jonas!"

Schnell schnappe ich mir eine ungeöffnete Wasserflasche, von der ich ausgehen kann, dass Jonas noch nicht daraus getrunken hat.

„Hallo Philip." Sein Ton lässt mich aufhorchen.

„Ist etwas passiert?"

„Tessa ist weg", sagt er leise.

Ich schaue ihn genauer an und sehe, dass er sogar geweint hat. Das letzte Mal hat Jonas im Kindergarten geheult, weil jemand ihn in einen Tisch geschubst hat. Selbstverständlich habe ich das Mädchen sofort weggeschubst und mir mächtig Ärger eingehandelt. Zumindest so lange, bis Jonas seine Beule gezeigt hat, die er von seinem Aufprall abbekommen hat.

„Was hast du angestellt, Jonas?"

„Äh, gar nichts."

„Wirklich?" Eindringlich mustere ich ihn.

„Ich habe Tessa einen Heiratsantrag gemacht."

„Du hast was?", frage ich entgeistert und setze die Flasche mit einem lauten Klirren auf dem Tisch ab.

„Ich habe ihr einen Antrag gemacht", wiederholt mein Bruder.

„Aber wieso?", frage ich immer noch völlig perplex.

„Weil ich sie liebe."

Jonas schaut mich an, als ob es das selbstverständlichste von der Welt sei für ihn, was es aber bis jetzt noch nie für ihn war. Ich komme da einfach nicht mehr mit.

„Aber ihr kennt euch doch gar nicht so lange."

„Das hat sie auch gesagt, allerdings mit weniger Worten."

„Welche Wörter hat sie denn verwendet?"

„Nein."

„Und dann?"

Ich schaue auf die Uhr. Natürlich möchte ich Jonas beistehen, aber leider muss ich in nur wenigen Stunden bereits wieder aufstehen.

„Ich habe versucht, ihr zu erklären, dass wir ja nicht sofort zu heiraten bräuchten. Dass ich ihr nur damit sagen möchte, dass ich bereit wäre, sie zu heiraten."

„Du wärest bereit, sie zu heiraten?", wiederhole ich seine Worte. „Ist sie etwa schwanger?"

„Wieso? Nein, natürlich nicht, glaube ich!"

„Und wieso wärest du dann bereit, sie zu heiraten?"

„Na, weil ich sie liebe", wiederholt er ungeduldig.

„Und hast du das so auch zu Tessa gesagt?"

„Natürlich nicht", wehrt mein Bruder ab.

„Was hat Tessa denn sonst so gesagt?"

„Sie war einfach nur sauer. Sie meinte, dass das ja sehr großzügig von mir sei, dass ich sie heiraten würde."

„Was hat sie denn zu deinem Ring gesagt?"

Ich schaue auf den Tisch, sehe aber weit und breit kein Kästchen. Sie wird doch den Ring nicht trotzdem behalten haben, denke ich empört.

„Was für einen Ring?" Ich schlage mir mit der Hand an die Stirn. So ein Vollidiot!

„Oh man, Jonas. Hast du sie etwa nach dem Sex gefragt, ob sie dich heiraten will? Ich meine, so ohne Vorbereitung aus dem Bauch heraus?"

„Es war nicht nach dem Sex. Es war direkt als sie nach Hause gekommen ist, also hierhin. Da habe ich sie gefragt und sie hat sofort nein gesagt. Als ich wissen wollte, warum nicht, wurde sie sauer. Sie hat ihre Sachen mitgenommen, mir ein schönes Leben gewünscht und ist einfach gegangen."

Verdammt, da rollt schon wieder eine Träne runter in Jonas Gesicht.

Peinlich berührt versuche ich, in eine andere Richtung zu schauen, aber so

etwas ist wie ein Verkehrsunfall. Man kann einfach nicht wegsehen!

„Und bist du ihr hinterhergegangen?"

„Nein, schließlich will sie mich ja nicht heiraten."

„Würde ich auch nicht wollen, wenn du mir so einen schnöden

Heiratsantrag machen würdest."

Wie können wir eigentlich verwandt sein, denke ich kopfschüttelnd. Selbst

mir als Skeptiker sind solche Sachen bewusst, ich mache so etwas nur

einfach nicht. Vielleicht mache ich für Katja eine Ausnahme, denke ich

plötzlich.

„So ein blöder Ring kann doch nicht ausschlaggebend sein." Jonas rauft

sich die Haare.

„Das glaube ich auch nicht. Wäre da nicht die dämliche Art des Antrags.

Und dass du ihr überhaupt einen gemacht hast. Ich muss jetzt dringend

schlafen. Lass uns morgen Abend weiterreden."

Damit marschiere ich in mein Bett.

Natürlich träume ich schon wieder diesen kitschigen Traum. Der, in dem wir in einem Boot auf einem See sitzen und alles irgendwie in grelle Farben getaucht ist. Der, in dem ich Katja sage, dass ich sie liebe.

Nur wenige Stunden später klingelt bereits mein Wecker. Dates an einem Montag sind wirklich eine Herausforderung!

Auf der Arbeit läuft alles soweit, aber ich bin einfach nicht bei der Sache. Völlig davon abgesehen, sehe ich erst jetzt, wieviel ich an Katja hatte. Um fünf Uhr rufe ich Emi an und frage, ob Katja noch da ist.

„Ich glaube, ja, denn ich denke nicht, dass sie so früh gehen wird. Viel Glück, Philip!", sagt sie herzlich.

Die Worte hallen in mir nach, als ich nach draußen stürme und die bestellten Blumen abhole. Sieht ja schon etwas einfallslos aus, denke ich zerknirscht und betrachte den leuchtend bunten Strauß, diesmal mit Sonnenblumen. Aber da ich nicht wusste, ob Katja mit mir reden würde, habe ich für jeden Tag einen Strauß bestellt. Und eigentlich möchte ich ihr die Sträuße auch geben. Auf die Karte schreibe ich diesmal:

Wenn ich dich sehe, muss ich an Sonnenblumen denken!

Deshalb möchte ich dir heute welche schenken.

Ok, Dichten ist nicht meine Stärke, aber einfach nur „Dein Philip" oder ein geklautes Gedicht wollte ich dann auch nicht schreiben. Ich gebe sie diesmal nicht beim Pförtner ab, sondern postiere mich heute direkt vor dem Eingang in der Hoffnung, dass sie noch nicht nach Hause gegangen ist.

31. KAPITEL

Katja

Nachdenklich schaue ich auf meine Uhr und erstarre. Es ist bereits sieben Uhr! Ich habe genau eine Minute, um ohne Abmahnung aus dem Gebäude zu kommen. Ich lasse alles stehen und liegen, schnappe mir meine Tasche und rase runter. Ping macht meine Karte und ich atme auf. Hoffentlich kriege ich keinen Verweis, dass ich zu lange gearbeitet habe. Ich ringe nach Atem und laufe langsam raus.

„Hallo Katja", sagt eine bekannte Stimme und mein Herz fängt an zu hüpfen.

Ich blicke auf und schaue in einen wunderschönen Blumenstrauß.

„Ich mag Sonnenblumen."

„Ich mag dich", erwidert Philip schüchtern.

„Du magst mich?" Irritiert schaue ich ihn an.

„Ja." Er lächelt mich an.

„Danke für die Blumen." Philips Miene verfinstert sich bei meinem Tonfall.

„Gern geschehen, Katja." Seine Stimme klingt plötzlich rau und verstört.

„Ich muss dann mal." Traurig laufe ich in Richtung Bushaltestelle.

„Katja, warte!"

Doch ich laufe einfach weiter. Natürlich holt er mich mühelos ein. Bestimmt macht er ganz viel Sport, auch so etwas in dem wir nicht übereinstimmen.

„Was willst du eigentlich von mir."

Abrupt bleibe ich stehen, Philip kann gerade noch abbremsen.

„Ich möchte mit dir ausgehen."

„Und dann?", frage ich zynisch.

„Keine Ahnung." Er klingt ärgerlich.

„Wieso machst du es dann? Wenn das Ganze keine Richtung hat, können wir es doch auch einfach sein lassen."

Am liebsten würde ich ihn laut anschreien.

„Wer sagt denn, dass das Ganze keine Richtung hat!"

„Na du!"

„Katja, verdammt noch mal. Was erwartest du denn von mir?" Empört schaut er mich an. Na, der hat Nerven!

„Dass du weißt, was du willst!"

„Ich will dich, Katja. Habe ich das nicht mehr als deutlich gemacht? Was muss ich denn noch tun!"

„Weiß ich auch nicht. Davon abgesehen, haben wir ohnehin keine Zukunft. Und deshalb können wir es auch hier beenden!" Zum Ende bricht meine Stimme, dann sehe ich Philips fassungsloses Gesicht und möchte ihn am liebsten umarmen, doch wahrscheinlich würde ich seinen Arm nie wieder verlassen wollen. Ich versuche, wieder zur Bushaltestelle zu gehen, aber Philip hält mich einfach fest.

„Was ist es, Katja. Was steht zwischen uns?"

„Ich stehe zwischen uns." Meine Stimme kippt, ich habe Mühe, mich aufrecht zu halten und zittere.

„Geht es auch etwas deutlicher?"

Wie ein Fels steht er vor mir und mustert mich besorgt, seine Hand hält mich immer noch fest.

„Ich kann nicht mit dir zusammen sein."

Wieder fange ich an zu heulen, diese Sturzbäche sind einfach nur furchtbar peinlich. Bestimmt hält er mich für eine Heulsuse.

„Ich will jetzt endlich wissen was los ist, sonst lasse ich dich nicht los!"

Ich möchte gar nicht, dass du mich loslässt, denkt mein verrücktes Herz.

„Wenn du es weißt, wirst du mich freiwillig loslassen", prophezeie ich ihm.

„Überlass das ganz mir. Ich höre."

„Ich habe einen Menschen umgebracht!", schreie ich ihn an und die Leute drehen sich zu uns um. Ich hole tief Luft.

„Ich habe ihn getötet! Du willst doch bestimmt nicht mit einer Mörderin zusammen sein!"

Ich zittere, aber Philip hält mich immer noch fest. Verblüfft schaut er mich an.

„Wie jetzt?", stammelt er.

„Ich habe ihn überfahren. Er war sofort tot."

Tränen laufen mein Gesicht runter, die ganze Situation ist völlig unwirklich. Wir stehen da und Philip krallt sich an mir fest.

„War es ein Unfall?" Fassungslos sieht er mich.

Gleich wird er gehen. Gleich wird ihm bewusst sein, dass ich eine Mörderin bin. Ich habe solche Angst davor, dass ich noch mehr anfange, zu zittern.

„Es war kein Unfall." Mein Herz pocht immer schneller. „Er wollte sich umbringen und ist mir vors Auto gelaufen. Aber trotzdem denke ich immer wieder, dass ich ihn getötet habe. Was ich ja auch habe!"

Philip schaut mich an und lässt alles in sich einsickern. Und ich habe einfach nur Angst, dass er geht und nie wieder zurückkommt. Sein Griff lockert sich und mein Herz bleibt stehen. Doch stattdessen kommt er einfach näher und nimmt mich in seinen Arm. Sanft drückt er mich an

sich. Dabei spricht er ganz leise zu mir, damit nur ich es hören kann.

„Was für ein furchtbares Erlebnis, Katja. Es tut mir leid, dass dir das

passiert ist."

Sonst sagt er nichts. Er verurteilt mich nicht oder sagt, dass es nicht meine

Schuld ist. Nein, er tröstet mich einfach nur und es tut so gut, in seinen

Armen zu liegen. Irgendwann wird es kühl und ich fange an zu frösteln.

In meiner Eile habe ich meine Jacke im Büro vergessen. Philip zieht seine

Jacke aus und legt sie mir um.

„Ich könnte dich nach Hause fahren. Wenn du möchtest." Ich nicke.

„Ja gerne."

„Und jetzt?", frage ich vorsichtig als wir im Auto sitzen. Ich kuschele

mich dabei in Philips Jacke und schnuppere heimlich daran.

„Keine Ahnung. War es das, was zwischen uns stand?"

„Ich denke, ja?"

„Dann würde ich sagen, dass das jetzt nicht mehr zwischen uns steht."

Sein Ton klingt sachlich, was mich irritiert.

„Kannst du dir denn jetzt überhaupt noch eine Beziehung mit mir

vorstellen?" Plötzlich ist die Angst wieder da, dass er zuerst nur aus

Schock so freundlich reagiert hat und jetzt doch noch mit Entsetzen

feststellt, dass ich eine Mörderin bin.

„Keine Ahnung. Aber eher deswegen, weil wir uns immer noch nicht so

gut kennen und nicht wegen des Unfalls. Ich denke, wir sollten uns noch

besser kennenlernen."

Währenddessen halten wir vor dem Haus meiner Eltern. Ich denke über

Philips Worte nach und bin erleichtert.

„Da wäre allerdings noch etwas." Herausfordernd mustere ich ihn.

„Oh nein. Noch mehr?" Über seinen entsetzten Unterton muss ich

beinah schmunzeln.

„Ja. Wieso hast du mich nach dem Club nicht mehr beachtet?"

Schweigen. Das war es dann wohl, denke ich und mache Anstalten,

auszusteigen. Doch wieder hält er mich fest.

„Das waren ganz merkwürdige Gründe, die jetzt keine Rolle mehr

spielen." Sein Tonfall klingt vorsichtig, so als ob er jedes Wort abwägt.

„Etwas genauer hätte ich es dann doch gerne."

Das Thema ist ihm sichtlich unangenehm, aber was hat er denn erwartet.

Ich will endlich eine Erklärung von ihm für sein merkwürdiges Verhalten.

„Ich dachte, es sei nur ein One-Night-Stand." Mein Herz platscht nach

unten.

„Weil du das so wolltest?"

Ich klammere mich an die Spur Unsicherheit, von der ich glaube, sie

herausgehört zu haben und hoffe inständig, dass da doch mehr ist.

„Ich wusste nicht, was ich wollte und irgendwie war mir das peinlich.

Dass du für mich gearbeitet hast, hat das Ganze auch nicht einfacher

gemacht." Was für ein Blödsinn, denke ich kopfschüttelnd.

„Das ist aber nicht alles, oder?"

„Soll das etwa ein Verhör werden?"

„Nein. Ich merke nur, dass da noch etwas anderes ist." Allmählich

werde ich ungeduldig. Schließlich habe ich mich ihm geöffnet und ich

bezweifele, dass seine Sache so etwas furchtbares ist wie meine.

„Mein Vater hat meine erste Freundin gefragt, ob sie nur auf Geld aus

ist."

„Das hast du mir bereits erzählt, aber was hat das mit mir zu tun?" Ich

werde einfach nicht schlau aus Philip und das nervt mich.

„Na ja, ich wusste halt nicht, was mein Vater zu dir sagen würde."

„Was sollte er denn gegen mich haben?" Nach wie vor verstehe ich

absolut gar nichts.

„Du bist meine Sekretärin gewesen. Er hat zu mir gemeint, ich soll mir wen Ebenbürtiges suchen." Während ich ihm zuhöre, werde ich richtig sauer.

„Du meinst also, dass du mich zunächst gemieden hast, weil du geglaubt hast, dass dein Papa etwas gegen mich haben könnte, weil ich nur als Sekretärin gearbeitet habe!"

Dabei tippe ich mir mit dem Zeigefinger immer wieder kräftig gegen meinen Kopf. Philip sinkt im Fahrersitz zusammen.

„Ich weiß, dass das blödsinnig ist. Hat mein Bruder auch gesagt."

„Ach, du hast mit ihm darüber geredet?"

„Ja."

„Kluger Mann, dein Bruder."

„Na ja."

„Also ist das jetzt kein Problem mehr, weil es dir egal ist oder weil du jetzt gemerkt hast, dass ich studiert habe?" Philip ist sichtlich verlegen und ich bin auf 180.

„Es ist mir egal und es ist natürlich ein Vorteil, dass du nicht mehr für mich arbeitest bzw. in einer anderen Firma arbeitest."

Plötzlich werde ich ganz ruhig. Philips Gründe mögen für ihn eine Rolle gespielt haben, tun dies aber offensichtlich nicht mehr, egal, wieso und ich bin es leid, ständig aus allem ein Drama zu machen.

„Ich denke, das reicht mir."

„Was?" Philip schaut mich nicht gerade intelligent an.

„Na ja, versuchen wir es eben", sage ich und schaue ihn herausfordernd an.

32. KAPITEL

Philip

„Wir versuchen was?" Irgendwie habe ich das Gefühl, dass mir etwas entgangen ist. Ich wüsste gerne, was.

„Uff, ich frage mich immer noch, wieso Männer Führungspositionen bekleiden. Sie sind nicht in der Lage, sich auf mehr wie eine Sache zu konzentrieren! Ich meine uns damit", sagt sie langsam, damit ich sie verstehen kann. „Wir haben jetzt über alles geredet und können doch jetzt eigentlich mal damit aufhören zu reden."

„Ähm", sage ich und schaue sie betreten an, denn ich habe immer noch keine Ahnung, was sie meint.

„Also ich werde jetzt aussteigen. Du könntest das auch tun, wenn du es möchtest."

Sie öffnet die Tür, steigt aus und ich starre auf den leeren Sitz neben mir. Und dann schalte ich endlich.

„Du willst mich mit nach Hause nehmen?" Katja verdreht die Augen.

„Ähm", sage ich, weil mir immer noch die Worte fehlen. „Wollen wir nicht lieber zu mir fahren?"

„Wieso?" Sie steht neben mir, ich kann nur ihre ellenlangen Beine sehen, während ich im Auto sitze. Der Anblick macht mich wahnsinnig, besonders, weil sie wieder diesen engen, kurzen Rock anhat und eine schimmernde Strumpfhose.

„Na, deine Eltern sind doch sicherlich zu Hause?"

„Das stimmt. Und bei dir?"

„Ich wohne mit meinem Bruder zusammen, aber der wird uns sicherlich weniger stören."

„Ok", sagt sie vergnügt und springt wieder ins Auto.

Mein Selbst hat irgendwie Mühe mitzukommen. Das Ganze ist unwirklich, aber es fühlt sich so gut an, dass ich es nicht weiter hinterfrage, sondern das Auto starte.

„Wo wohnst du denn?" Katjas Stimme klingt irgendwie anders, jünger und viel weniger traurig.

„In der Innenstadt." Ich gebe Gas.

„Ich bin schon gespannt auf deinen Bruder. Vielleicht hast du Recht. Schließlich muss ich deine Eltern auch nicht jetzt gleich kennenlernen." Sie lacht, ein wunderbarer Ton. Ihr Lachen klingt so viel entspannter, als ich es von ihr gewohnt bin.

„Lass uns noch damit warten", stimme ich ihr zu und fädele mich durch den Feierabendverkehr. Da ich ausnahmsweise recht früh zu Hause bin, finde ich sogar beinah auf Anhieb einen Parkplatz. Dann flitze ich ums Auto und öffne Katja die Tür.

„Danke", lächelt sie und steigt umständlich aus, damit ihr Rock nicht hochrutscht. Und mal wieder wird mir bewusst, wie viel unsicherer und schüchterner sie wirkt im Gegensatz zu den anderen Frauen, mit denen ich ausgegangen bin. Und wieviel anmutiger sie trotzdem ist als alle Frauen zusammengenommen.

Gemeinsam stiefeln wir die Treppen hoch und ich schließe die Tür auf. Ich bin dermaßen aufgeregt, dass meine Hand zittert. Ich hoffe, es ist einigermaßen aufgeräumt.

„Verdammt noch mal. Was bist du für ein Idiot!"

„Das hast du schon gesagt!"

„Hallo Leute. Katja: Das sind mein Bruder Jonas und Tessa. Mein Bruder Jonas und Tessa: Das ist Katja", stelle ich die drei einander vor.

Mein Bruder pfeift durch die Zähne und Tessa kommt mit ausgestreckter Hand auf Katja zu.

„Hallo Katja. Tut mir leid, dass du das mit ansehen musst, aber Jonas ist so ein Idiot!" Katja grinst.

„Sind sie das nicht alle?"

Und schon fangen die beiden an zu lachen, als ob sie sich schon ewig kennen würden. Merkwürdig. Ich schaue Jonas an, aber der zuckt nur mit den Schultern.

„Weiber!"

„Was ist denn eigentlich los? Ich dachte, ihr habt euch getrennt?"

„Ich war eigentlich nur da, um den Rest meiner Sachen zu holen. Da hat er schon wieder mit dem Heiratsthema angefangen."

„Und du willst nicht heiraten oder du willst nur Jonas nicht heiraten?", fragt Katja locker, als ob sie uns alle schon ewig kennen würde. Ich bin völlig baff.

„Ich will schon heiraten", sagt Tessa achselzuckend.

„Was ist denn dann das Problem?"

„Ja. Was genau ist dein Problem, Tessa?", fragt Jonas ungeduldig, doch Tessa verdreht nur die Augen.

„Da wäre erstmal diese schnöde Art eines Heiratsantrags", schnaubt sie.

„Was hast du denn erwartet?" Neugierig blickt Katja sie an.

„Einen Ring."

„Du hast ihr keinen Ring geschenkt?", fragt Katja schneidend und ich merke sofort, dass Jonas verloren hat.

„Wozu brauchst du denn einen Ring? Den trägst du im Krankenhaus doch eh nicht!"

„Das ist doch gar nicht der Punkt, Jonas. Ein Ring gehört nun mal dazu. Dass du keinen besorgt hast, zeigt doch nur, wie halbherzig du das Ganze meinst."

„Ich meine das todernst."

„Ach ja?"

Ich seufze. Ich befürchte, gleich verpasst sie ihm den Todesstoß.

„Wenn du das so ernst meinst, wieso hast du mir dann noch nie gesagt, dass du mich liebst? Findest du nicht, dass das als Erstes gesagt werden müsste, bevor du mich heiraten willst?"

Jonas wird blass. Katja schaut verblüfft Tessa an.

„Er hat noch nicht...?"

„Nein", sagt Tessa kurz und verdreht die Augen.

Dann schnappt sie sich ihre Tasche und geht. Nachdem die Tür ins Schloss geknallt ist, setzt sich Jonas und rauft sich die Haare.

„Weiber."

Sein Sprachwortschatz scheint in Anwesenheit von Frauen auch nicht gerade gut ausgeprägt zu sein. Ich rede da aus Erfahrung.

„Da seht ihrs. Ich mache ihr einen Heiratsantrag und sie…." Er macht eine wegwerfende Handbewegung.

„Liebst du sie denn?", fragt Katja neugierig und setzt sich zu ihm an den kleinen Küchentisch.

„Ja."

„Und wieso sagst du es ihr dann nicht?"

„Wäre das nicht etwas zu früh? Wir kennen uns gerade mal zwei Monate", sagt er und schaut auch noch entrüstet dabei. Ich frage mich wirklich, ob wir zur selben Familie gehören.

„Habe ich das richtig verstanden?", fragt Katja pikiert. „Für einen Heiratsantrag ist es nicht zu früh, aber dafür, ihr zu sagen, dass du sie liebst schon?"

„Ja?", sagt Jonas, allerdings schon wesentlich weniger selbstsicher.

„Ich habe da einen heißen Tipp für dich", sagt Katja und hat Mühe, ernst zu bleiben. Ich muss ehrlich sagen, dass ich gar nicht erwartet habe, dass sie überhaupt etwas dazu sagen würde. Ich habe sie immer so ruhig und schüchtern erlebt. Aber diese Katja kenne ich noch gar nicht. Weil du sie immer nur unterschätzt hast, höhnt meine innere Stimme.

„Du könntest ihr sagen, dass du sie irgendwann mal gerne heiraten möchtest, weil du dir ein Leben ohne sie einfach nicht mehr vorstellen kannst. Aber im Augenblick liebst du sie und da das ein völlig neues Gefühl für dich ist, verhältst du dich halt etwas irrational."

Katja holt Luft und ich merke mal wieder, wie toll ich sie finde.

„Ungefähr so. Aber ich würde es schnell tun, denn sonst wird der nächste Typ ihr eine Liebeserklärung machen. Und wenn er sich nur etwas besser anstellt dabei als du, siehst du alt aus."

Jonas schaut Katja nur verblüfft an. Dann schnappt er sich seine Jacke, den Autoschlüssel und verschwindet aus der Tür.

33. KAPITEL

Katja

Philip starrt mich an, als ob ich vom Mars komme.

„Wieso starrst du mich denn so an?", frage ich unwirsch und schnappe mir wieder die Wasserflasche.

„Kann ich bitte ein Glas haben?", frage ich den immer noch starrenden Philip.

„Das war unglaublich", sagt er schließlich und bringt mir ein Glas. Senfkristall, war ja klar, meine Eltern haben auch nichts anderes. Natürlich sind ab und zu schönere Gläser gekauft worden, aber komischerweise gehen die immer als Erstes kaputt.

„Äh, was genau?", frage ich erstaunt.

„Alles", sagt er und küsst mich.

Völlig überrumpelt stelle ich die Flasche hin und küsse ihn zurück. Im Club war es leidenschaftlich, heute ist es irgendwie zärtlicher. Ich genieße jede Sekunde davon und lasse mich dabei auf die Couch ziehen. Langsam greift Philip unter meine Bluse. Plötzlich hören wir beide ein tiefes Grummeln. Philip schaut mich erschrocken an.

„Was war das?" Ich werde rot.

„Das war mein Magen. Ich habe seit dem Mittagessen nichts mehr gegessen." Philip haut sich vor die Stirn.

„Ich hatte dich ja eigentlich zum Essen einladen wollen!"

„Ein Brot würde mir schon reichen", grinse ich.

„Männerhaushalt", sagt er entschuldigend und holt einen Stapel Lieferprospekte aus der Schublade.

„Indisch, Chinesisch oder Italienisch?", fragt er. „Japanisch ist wahrscheinlich zu wenig für dich", stellt er sachlich fest und ich bekomme dabei ein warmes Gefühl im Bauch. Niemals zuvor habe ich mich so verstanden gefühlt.

„Das stimmt. Eigentlich brauche ich nur viel, wovon ist mir egal", erwidere ich und schnappe mir eine Wolldecke.

„Ist dir kalt?", fragt er überrascht.

„Weil ich Hunger habe."

„Gut. Dann bestelle ich chinesisch. Der Laden ist schräg gegenüber. Ich sage, dass sie schnell machen sollen, schließlich geht es um Leben und Tod", sagt er ernst und ohne eine Spur von Sarkasmus in der Stimme.

Tatsächlich erreicht uns das Essen keine halbe Stunde später. Ich schnappe mir sofort eine heiße Frühlingsrolle und verbrenne mir natürlich die Finger.

„Hast du tatsächlich von Leben und Tod gesprochen?", frage ich, während ich das verdammte Ding versuche, irgendwie abzukühlen. Philip schnappt sich die restlichen Frühlingsrollen und stellt sie kurzerhand in den Kühlschrank.

„Ich denke es ging auch so schnell, weil wir jede Woche mindestens einmal dort bestellen", meint er und packt die Aluschalen aus. Ein Wahnsinnsduft breitet sich aus.

„Hier ist eine Gabel, oder soll ich dir besser eine Schaufel holen?"

„Ich denke, das geht schon", lache ich und beiße in die endlich abgekühlte Frühlingsrolle.

„Fantastisch", grunze ich. Dann probiere ich vorsichtig das Champignon Mandel Hühnchen.

„Da würde ich auch jede Woche bestellen. Mindestens", sage ich inbrünstig.

Bei diesen Worten schaut mich Philip mit einem seltsamen Blick an, sagt aber nichts. Schweigend futtern wir das Essen. Dann lasse ich mich auf die Couch fallen und stöhne vor Sattheit.

„Man war das lecker! Wieviel bekommst du denn noch von mir?"

Schließlich kann ich mich nicht jeden Tag von Philip einladen lassen.

„Das passt schon."

„Nein, sag mir bitte, was ich dir schuldig bin!", sage ich ernst und hole mein Portemonnaie.

„Na gut, na gut", lacht er und nimmt das Geld an.

„Und beim nächsten Mal lade ich dich ein", bestimme ich und lasse mich wieder auf das gemütliche Sofa fallen.

„So lässt es sich aushalten", sage ich zufrieden.

Philip lacht wieder. Überhaupt lacht er heute permanent. Ich schaue in seine Richtung und sehe, dass er mich ansieht.

„Habe ich was zwischen den Zähnen?"

„Nein", sagt er sanft und küsst mich. Ich küsse ihn zurück, aber ich merke, dass er fordernder wird. Er legt sich auf mich und ich spüre, dass er mehr will.

„Wollen wir nicht vielleicht in dein Schlafzimmer gehen?", frage ich etwas atemlos.

Er antwortet nicht, sondern steht auf, zieht mich von der Couch und führt mich in den benachbarten Raum. Dort steht ein riesiges, halbrundes Bett mit Kissen und einfarbiger, grauer Satinbettwäsche. Nicht gerade geschmackvoll, denke ich und bleibe zögernd stehen, doch Philip zieht

mich weiter zum Bett. Wir machen rum, aber eine richtige Stimmung will

einfach nicht aufkommen.

„Was ist denn los, Katja?", fragt er schließlich und setzt sich im Bett auf.

Ein Wasserbett, das ist so ein Klischee, denke ich.

„Ich weiß nicht."

„Wir müssen ja nicht", sagt er sanft und nimmt mich in den Arm.

Plötzlich spüre ich, wie müde ich bin. Ich schaue auf mein Handy und

sehe, dass es erst elf Uhr ist.

„Ist das ok?", frage ich schläfrig.

„Natürlich", sagt er sanft und wir legen uns beide hin. Philip nimmt

mich in den Arm und ich schlafe beinah sofort ein.

34. KAPITEL

Philip

Ich lausche Katjas regelmäßigen Atemzügen. Mein Herz pocht, während ich mich an ihren Rücken kuschele. Ich kann mich nicht daran erinnern, einer Frau jemals so nah gewesen zu sein oder überhaupt irgendeinem Menschen.

Ob es für sie auch so ist? Was ist, wenn es nicht für sie nicht dasselbe ist, frage ich mich nervös und brauche lange, bis ich einschlafen kann.

Geweckt werde ich von ziemlich harten Bässen und bin erstmal völlig orientierungslos. Und das in meinem eigenen Schlafzimmer. Dann blicke ich neben mich und schlagartig nehme ich Katja neben mir wahr, wie sie sich langsam erhebt und sich umschaut.

„Guten Morgen", sage ich und kann mich gerade noch bremsen so etwas Blödes wie „mein Schatz" oder Schlimmeres von mir zu geben.

„Guten Morgen", nuschelt Katja schüchtern und guckt ein bisschen weg.

Moment mal. Ist ihr das Ganze etwa peinlich? Wieso?

„Hast du vielleicht eine Zahnbürste? Ich muss gleich ins Büro."

„Na klar", grinse ich und Katja schaut mich missbilligend an. Ich beachte es nicht, sondern marschiere ins Bad.

„Hier ist ein Aufsteckkopf für die Zahnbürste."

„Du bist ja bestens vorbereitet", meint Katja trocken.

„Äh", beginne ich, aber mir fällt nicht ein, wieso das negativ sein könnte.

„Du hast wohl häufiger Frauen zu Besuch", erklärt Katja und ich

verstehe endlich was sie meint.

„Katja", fange ich an, aber sie unterbricht mich sofort.

„Du brauchst mir das nicht zu erklären. Ist doch deine Sache", erwidert

sie höflich und schaut mich an.

„Das ist doch gar nicht so", protestiere ich und schaue sie an.

„Könntest du jetzt bitte aus deinem Bad verschwinden? Ich würde mich

jetzt gerne waschen."

Ratlos gehe ich aus dem Bad. Dass ich kein Kind von Traurigkeit bin,

sollte Katja eigentlich wissen. Aber vielleicht ist es doch etwas anderes,

damit konfrontiert zu werden?

„So, du kannst." Plötzlich steht sie neben mir. Ich zucke zusammen.

„Ok."

Schnell gehe ich mir jetzt die Zähne putzen. Als ich rausgehe, duftet es

tatsächlich nach Kaffee. Habe ich etwa so lange gebraucht?

„Wir haben Kaffee zu Hause?".

Normalerweise trinke ich immer im Büro Kaffee. Seit Katja nicht mehr für mich arbeitet, muss ich ihn mir allerdings selbst kochen.

„Zwei Stücke Zucker, dafür ohne Milch", näselt Katja und drückt mir eine Tasse in die Hand.

„Danke", sage ich trocken und setze mich. „Ich habe leider nichts zu essen da."

„Das macht nichts", sagt Katja schnell, obwohl bestimmt ihr Magen knurrt.

„Wir könnten vielleicht zusammen frühstücken gehen?"

„Das geht leider nicht."

Ich frage mich, ob sie mir ausweicht.

„Ich habe um 9 Uhr ein Meeting. Es wäre allerdings nett, wenn du mich vorher nach Hause bringen könntest. Dann habe ich genug Zeit, mich umzuziehen."

„Natürlich Katja. Ist etwas nicht in Ordnung?"

Katja schaut mich etwas betreten an.

„Na ja."

„Na, ja?", echoe ich ihre Antwort. „Du musst mir schon sagen was los ist, sonst kann ich dazu nichts sagen!"

Diese Worte kommen etwas heftiger raus und Katja zuckt zusammen.

„Tut mir leid."

„Nein, mir tut es leid, Katja. Ich dachte, es wäre alles in Ordnung zwischen uns."

„Das ist es doch auch. Nur wollten wir uns doch eigentlich besser kennenlernen und sofort verbringen wir die Nacht zusammen", presst sie hervor.

„Ich fand es sehr schön", sage ich leise und räume die Tassen ab.

„Ich auch", flüstert Katja so leise, dass ich es mir auch eingebildet haben könnte.

35. KAPITEL

Katja

„Möchtest du heute mit reinkommen? Ich habe allerdings nicht viel Zeit."

„Na ja, dann warte ich vielleicht besser hier", antwortet Philip und grinst mich schelmisch an.

Ich werde rot und flitze schnell nach oben. Ich bin froh, dass ich in letzter Zeit so viele neue Sachen gekauft habe. Die übergroßen Pullis und T-Shirts habe ich alle entsorgt, sehr zur Freude von Bunny und Ari.

Ich schlüpfe in ein buntes Sommerkleid mit lauter gelben Blumen, bürste mir rasch die Haare durch und flitze wieder nach unten. Es ist spät und meine Eltern sind bereits fort. Das ist auch besser so, denke ich als ich schnell wieder zu Philip ins Auto steige.

„Du siehst hübsch aus."

Natürlich werde ich gleich wieder rot. Peinlich.

„Und ich mag es, wenn du rot wirst", grinst er und ich rutsche den Sitz etwas runter.

„Wir könnten uns nach der Arbeit treffen,", schlage ich schüchtern vor, weil ich immer noch nicht weiß, woran ich bei Philip bin.

„Sehr gerne", schmunzelt er und seine Stimme hat einen warmen Unterton dabei. Schmetterlinge rauschen durch meinen Magen, aber vielleicht ist es auch nur ein Magenknurren.

„Ja dann." Ich bin da.

„Ja dann", lacht er.

Ich steige aus und marschiere ins Büro.

„Ach ja", sagt Philip plötzlich und ich beuge mich wieder ins Auto.

„Nächsten Samstag kommen ein paar Freunde zu mir. Hättest du Lust, auch dabei zu sein?"

„Na klar", grinse ich und knalle die Tür zu.

Philip braust davon und mir wird gerade erst klar, wozu ich mich bereit erklärt habe. Das wird das erste Mal sein, dass wir zusammen unter Leuten sein werden, denke ich herzklopfend. Irgendwie kein schlechter Gedanke.

„Hallo Herzfrau", grinst mich Philip an.

Herzfrau? Uff, denke ich und schaue ihn zweifelnd an.

„Du stehst wohl nicht so auf Spitznamen?"

„Nicht besonders." Ich verdrehe die Augen und stelle meine Tasche ins Auto. „Wollen wir spazieren gehen?"

„Sehr gerne."

Und schon braust er los, um nur wenige Minuten später am englischen

Garten zu parken. Dann steigt er aus dem Auto und nimmt einen

altmodischen Picknickkorb aus dem Kofferraum.

„Wieso hast du einen Picknickkorb im Auto?"

„Weil ich für heute ein Picknick geplant hatte. Ach, ja und hier."

Mit diesen Worten drückt er mir einen kleinen Strauß Blumen in die

Hand.

„Ich dachte heute nur einen kleinen Strauß, sonst musst du so viel

schleppen. Der hier passt in den Picknickkorb rein."

„Du hattest also auch spazieren gehen wollen!"

Ich bin irgendwie so glücklich, dass wir beide dieselbe Idee mit dem

Spazierengehen hatten, obwohl das ja keine große Sache war. Es ist

trotzdem schön, dass wir einfach mal dasselbe wollen, zur selben Zeit.

„Ja", erwidert er und nimmt meine Hand.

Wir wandern langsam durch den Garten. Das Händchenhalten fühlt sich

wie eine Stromverbindung an und meine Hand zuckt etwas.

„Ist dir das unangenehm?"

„Nein. Ganz im Gegenteil."

Nach einer Stunde setzen wir uns und Philip packt lauter leckere Sachen aus.

„Leider nur selbst gekauft", bedauert er.

„Das macht nichts."

Sofort reiße ich mir Brot ab und schnappe mir einen eingelegten Champignon.

„Äh, wer kommt denn alles am Samstag?"

Natürlich will ich nicht, dass Philip merkt, dass mir die Sache unangenehm ist, deshalb versuche ich es ganz locker zu fragen.

„Du kennst die Leute."

„Ich kenne deine Freunde?"

„Ja. Es sind dieselben, denen du im Club begegnet bist." Bei diesen Worten wird er leicht rot. Niedlich.

„Soll das etwa heißen, ich werde mit meiner Chef Chefin Kaffee trinken?"

„Aber Emi ist doch eigentlich ganz ok, oder?"

„Natürlich. Denke ich zumindest."

Auf was habe ich mich da nur eingelassen? Entsetzen macht sich in mir breit und ich kann nicht weiter essen.

„Das ist doch halb so wild."

„Denkst du vielleicht", sage ich schnippisch. „Ich bin gespannt, wie du dich fühlen wirst, wenn du meinem Vater begegnest." Philip wird blass.

„Das ist etwas ganz anderes! Schließlich ist er dein Vater und wird mich deshalb auf dem Kieker haben. Ich hätte ohnehin Muffensausen vor dem Treffen, selbst wenn er nicht mein Chef Chef wäre. Das kommt einfach nur erschwerend hinzu."

„Auch wahr." Jetzt fühle ich mich etwas wohler, weil Philip anscheinend auch Hemmungen hat und schnappe mir eine Blätterteigtasche. Seit ich den neuen Job habe, habe ich bereits drei Kilo abgenommen. Also haue ich richtig rein. Philip schaut mich fasziniert an.

„Ja, ja ich weiß. Ich bin ein Vielfraß!"

„Aber ein süßes."

Er robbt rüber und küsst mich. Ich spüre die Hitze, die der Kuss bei mir auslöst und diesmal ist es mir nicht unangenehm. Ich wünschte sogar, wir wären irgendwo für uns.

„Vielleicht gehen wir woandershin", schlägt Philip vor und ich nicke. Wir packen alles zusammen und gehen zum Auto. Philip lässt den Motor an und fährt einfach los. Ich denke, dass wir nach Hause fahren, aber die Gegend kommt mir nicht bekannt vor. Plötzlich biegt Philip in einen kleinen Feldweg ein und hält an.

„Wo sind wir hier?", frage ich und sehe mich um.

„Irgendwo. Zumindest ist es hier etwas ruhiger."

Er steigt aus und ich folge ihm in den Wald.

36. KAPITEL

Philip

„Es ist schön hier." Katja zieht hörbar die Luft ein.

„Schön, dass es dir hier gefällt. Ich war mit meinen Eltern oft hier

spazieren."

Mein Herz klopft mir dabei bis zum Hals. Ich nehme wieder Katjas Hand,

diesmal zuckt sie nicht weg und ich fange an, sie vom Weg mehr zu den

Bäumen zu ziehen.

„Wo willst du denn hin?", fragt sie schelmisch und grinst mich an. Ich

sage nichts, sondern ziehe sie noch ein Stück weiter in den Wald hinein.

Dann küsse ich sie und merke, wie sie nach Atem ringt. Dann öffne ich die

ersten Knöpfe ihres Kleides und ihren BH. Langsam beginne ich, über die

zarten Spitzen zu streicheln, die sich mir bereitwillig entgegenrecken.

Katja stöhnt.

„Philip!"

„Soll ich aufhören?"

„Nein!"

Dann beginne ich mit meiner Hand nach unten zu wandern. Meine Hand

berührt sie zwischen den Beinen, ich spüre wie feucht sie ist. Dann ziehe ich ihr das Höschen nach unten und sie steigt heraus. Ich lehne sie an einen Baum und begebe mich nach unten. Sie zuckt und zuckt bei jedem Zungenschlag von mir. Ihr Stöhnen ist wunderbar. Irgendwann lässt das Zucken nach und ich ziehe sie nach unten.

„Kannst du noch?"

Sie sagt nichts, sondern öffnet stattdessen meine Jeanshose und zieht mir mit einem Ruck alles hinunter. Ich bin mehr als bereit und nehme ein Kondom aus meiner Brusttasche.

„Déjà-vu", grinst Katja und drückt mich auf den Waldboden.

Dann stülpt sie mir das Kondom auf und setzt sich auf mich. Sofort spüre ich ihre Hitze, die mich umfängt. Dann fängt sie langsam an, sich zu bewegen. Ich streichele sie überall, während sie mich reitet. Das Ganze ist so intensiv, dass ich befürchte, nicht lange durchhalten zu können. Also fange ich an, Katja weiter unten zu streicheln und schon bald spüre ich, wie sie sich zusammenzieht. Mein Daumen wird feucht und Katja zuckt. Endlich kann ich mich gehen lassen, greife ihre Hüften und bewege sie in schnellen Bewegungen auf mir hin und her, bis ich ebenfalls komme. Viel zu lange hat sich das Ganze in mir aufgestaut und es fühlt sich beinah schmerzhaft an. Dann ziehe ich Katja zu mir und wir küssen uns leidenschaftlich. Katja legt ihren Oberkörper auf mich.

„Ich kann hören, wie dein Herz schlägt", sagt sie versonnen und blickt in das Blätterdach über uns. Ich streichele ihre roten Haare. Ich wünschte, wir könnten ewig hier liegen.

„Ich wünschte, wir könnten ewig hier liegen bleiben", seufzt Katja und erhebt sich vorsichtig. Schnell ziehen wir uns an. Dann drücke ich Katja und küsse sie wieder.

„Kommst du wieder mit zu mir?", frage ich und merke, dass es wie ein Flehen klingt. Die Vorstellung, von Katja getrennt zu sein, bereitet mir physische Schmerzen.

„Das wäre schön, aber ich muss mich an meinen Lebenslauf setzen. Theo meinte, dass Emi auf so was steht und ich habe bald einen Termin mit ihr."

„Du könntest das bei mir machen. Vielleicht kann ich dir sogar dabei helfen. Schließlich haben wir so etwas auch."

Als die Worte draußen sind, fühle ich mich sofort schlecht.

„Das wusste ich gar nicht?" Stirnrunzelnd schaut mich Katja an.

„Es tut mir leid. Ich habe gar nicht darüber nachgedacht, ob du so etwas hast. Deine Stelle schien recht fest gefahren zu sein."

„Das stimmt. Das war sie."

Zum Glück scheint sie nicht sauer zu sein, denke ich erleichtert.

„Wieso hast du diese Stelle eigentlich die ganze Zeit über durchgezogen?"

Mittlerweile sitzen wir wieder im Auto.

„Du hättest mit deinem Vater sprechen können, oder?"

„Keine Ahnung. Erstmal war es besser für mich, denke ich. Ich musste mich erstmal wiederfinden."

„Und hast du dich wiedergefunden?"

„Ja." Ich entspanne mich etwas dabei.

„Zumindest fühle ich mich wieder etwas wohler. Und deshalb wollte ich auch diese Veränderung."

„Ich bin froh darüber", sage ich und parke das Auto.

Da es bereits sehr spät ist, müssen wir tatsächlich noch etliche Meter laufen. Vorher sind wir noch bei Katja vorbeigefahren und haben ein paar Sachen geholt. Das gibt mir ein warmes Gefühl, denn das zeigt, dass sie anscheinend mit mir zusammen sein will.

Die Wohnung ist leer, tatsächlich habe ich Jonas seit gestern nicht mehr gesehen. Daher weiß ich gar nicht, wie es mit Tessa läuft.

„Wie geht es Jonas und Tessa?"

Dabei futtert sie die Reste aus dem Picknickkorb.

„Willst du auch noch etwas?"

„Danke nein", lache ich vergnügt.

Plötzlich klingelt mein Handy. Katja schnappt sich ihren Laptop und ich

schaue aufs Display. Es ist meine Mutter.

„Hallo Mama?"

„Hallo Philip. Ich hoffe, es geht euch gut. Jonas hat mich gerade

angerufen und gesagt, dass er uns seine neue Freundin vorstellen will.

Was ist das denn für Eine?"

Ich muss wirklich schmunzeln.

„Mama, das wirst du dann sehen. Wann will er sie euch denn

vorstellen?"

„Nächsten Sonntag", stöhnt meine Mutter und ich verstehe sie voll und

ganz. Die Reaktion meines Vaters ist nur schwer abzusehen. Ich habe

keine Ahnung, wieso es Jonas plötzlich so eilig damit hat. Ob Katja

vielleicht? Ich denke den Gedanken lieber nicht zu ende.

„Du musst auf alle Fälle auch kommen, Philip. Ich stehe das nicht allein

durch", jammert meine Mutter.

„Ok", erwidere ich und lege auf. Allerdings habe ich gleich ein blödes

Gefühl dabei und ärgere mich, dass ich einfach so zugesagt habe.

Schließlich soll Jonas das schön allein auslöffeln.

„Äh, das war meine Mutter."

Ich weiß gar nicht, ob mir Katja zuhört, denn sie starrt auf ihren Laptop.

Ich weiß auch gar nicht, wieso ich so mitteilungsbedürftig bin. Tatsächlich habe ich andauernd das Bedürfnis, mit Katja reden zu wollen und ihr mein Innerstes auszuschütten. Peinlich.

„Mmh."

„Ich habe überlegt ob…Also ich dachte, dass du, also wir vielleicht… ."

„Wenn es du es aussprichst, können wir darüber reden", grinst Katja und schiebt ihren Laptop beiseite.

„Ich habe überlegt, ob wir vielleicht beide am Sonntag zu meinen Eltern gehen."

„Was ist denn der Anlass?"

„Jonas will Tessa vorstellen."

„Klingt so offiziell. Seid ihr Monarchen oder so etwas in der Richtung?"

„So ähnlich. Mein Vater, also vielmehr mein Großvater, hat eine Firma aufgebaut. Unter meinem Vater ist sie noch viel größer geworden, deshalb meint er wohl, dass er unsere Lebensläufe bestimmen darf."

Letzteres ist ziemlich verbittert rübergekommen. Das wird mir plötzlich bewusst. Katja schaut mich ernst an.

„Was passiert, wenn du es nicht machst?"

„Wenn ich was nicht mache?"

„Na, du brauchst doch die Absolution deines Vaters nicht. Du kannst zusammen sein mit wem du willst und Jonas doch auch, oder?"

„So einfach ist das nicht. Mein Vater will, dass Jonas und ich Geschäftsführer werden."

„Was hat das mit euren Freundinnen zu tun?"

„Ich habe keine Ahnung. Vielleicht soll die Frau was hermachen oder so. Aber vielleicht ist es auch nur sein Kontrollzwang."

„Willst du denn Geschäftsführer werden?"

Ich liebe diese direkte Art an ihr.

„Nein."

„Na, dann lass es doch einfach bleiben. Schließlich hast du doch einen Job."

Dann steht sie auf und reckt sich. Dabei öffnet sich ein Knopf an ihrem Kleid.

„Vielleicht sollten wir uns erstmal mit anderen Dingen beschäftigen", schlage ich vor und ziehe sie ins Bad.

37. KAPITEL

Katja

Nach einer langen Dusche fallen wir in Philips Bett. Heute bin ich viel zu müde, um sein Schlafzimmer geschmacklos zu finden, trotzdem denke ich noch über das kommende Wochenende nach. Eigentlich ist es der Beweis, dass er es ernst meint. Trotzdem nagt es an mir. Was, wenn sein Vater etwas gegen mich hat? Oder seine Freunde? Mit diesem Gedanken schlafe ich ein.

Ich wundere mich, wie gut ich schlafe, seitdem ich Philip näher kennengelernt habe. Seitdem ich bei ihm übernachte, also seit vorgestern, ist es sogar völlig traumlos und ich wache völlig entspannt auf.

Als ich aufwache, schaue ich rechts neben mich und bin irgendwie enttäuscht. Das Bett ist leer. Ich schaue auf die Uhr, es ist gerade mal halb sieben und mein Wecker klingelt erst in einer halben Stunde. Seufzend drehe ich mich noch einmal um, aber ohne Philip macht das keinen Spaß. Ich schlurfe ins Bad und wasche mich. Zum Glück habe ich diesmal meine eigenen Sachen mitgebracht. Wie vielen Frauen er wohl bereits seine Zahnbürste angeboten hat, frage ich mich, schiebe den Gedanken aber schnell beiseite.

„Guten Morgen, Rotschopf", sagt plötzlich jemand und ich lasse vor Schreck meine Zahnbürste fallen.

„Entschuldige", lacht Philip und gibt mir einen Kuss auf die Wange. Ich drehe mich um und sehe, dass er in Begriff ist, sich auszuziehen.

„Warst du joggen?", frage ich ungläubig. Ich bewundere Menschen, die zu so einer Uhrzeit sich bereits sportlich betätigen können.

„War ich. Du gibst mir eben Energie", grinst er und steigt unter die Dusche. „Brötchen liegen auf dem Tisch", sagt er noch und schaltet das Wasser an. Ich spurte in Richtung Küche, denn natürlich bin ich am Verhungern. Zum Glück habe ich auch frischen Kaffee mitgebracht und setze schnell welchen auf. Als Philip aus der Dusche kommt, ist der Kaffee bereits fertig.

„Riecht viel besser als unser Kaffee. Obwohl selbst unser Kaffee gestern ganz anders geschmeckt hat als sonst."

Er schnappt sich zwei Tassen und stellt sie auf den Tisch.

„Grandios", sagt er anerkennend, nachdem er den ersten Schluck genommen hat.

Ich muss grinsen. Meine Eltern kaufen schon einen sehr guten Kaffee und wie man ihn zubereitet, hat mir Anna gezeigt. Ich habe mir sogar ein bisschen Kochen bei ihr abgeguckt, aber ich habe einfach keine Geduld dazu.

„Hast du es dir überlegt?", unterbricht Philip meine Gedanken.

„Was genau?"

„Na, das mit Samstag und Sonntag."

„Ach so. Natürlich komme ich mit."

Nach dem Frühstück bringt mich Philip mit seinem Auto zur Arbeit. So langsam könnte ich mich daran gewöhnen, vielleicht fange ich auch wieder mit dem Autofahren an, aber ich merke, wie mein Herz bei diesem bloßen Gedanken bereits anfängt, zu rasen.

In meiner Mittagspause schaue ich auf meinen Lebenslauf und rufe dann Theo an.

„Hallo Theo."

„Katja! Was verschafft mir die Ehre?"

„Ich wollte fragen, ob du mal auf meinen Lebenslauf schauen könntest, Theo."

„Das ist kein Problem, Katja. Schick mir das Ganze einfach und ich schaue es mir an. Wann ist denn dein Gespräch mit Emi?"

Ich muss schmunzeln. Natürlich weiß Theo sofort Bescheid, seine Empathie ist eine seiner größten Stärken und sicherlich hat er auch den besten Draht zum Flurfunk.

„Wahrscheinlich nächste Woche, aber wir haben noch keinen festen Termin ausgemacht."

„Ok, ich denke, ich schaffe das am Wochenende. Ich könnte am Sonntag ja vorbeikommen, wenn du magst."

„Das ist nett, aber leider bin ich am Sonntag bei Philips Eltern."

„Na, ihr legt ja ein Tempo vor. Wer ist denn dieser Philip?"

„Äh, ich habe die letzten Jahre für ihn gearbeitet."

„So, so. Na, dann kennt dein Vater ihn zumindest bereits."

„Ja, tut er", seufze ich, weil ich gar nicht daran denken will, wie das Treffen zwischen den beiden verlaufen wird, wenn ich Philip als meinen offiziellen Freund vorstellen werde. Zum Glück wird Anna das Ganze bestimmt im Zaum halten können. Das hoffe ich zumindest.

„Danke Theo. Darf ich dir dann für Montag einen Termin einstellen?"

„Natürlich Katja, mein Kalender ist gepflegt."

Ich bin wirklich froh, dass ich hier zumindest einen Kollegen kenne, obwohl meine Arbeitskollegen alle recht nett sind. Zurückhaltend allerdings und ich glaube, dass viele davon bereits verheiratet sind.

Mittags gehen die Meisten allein raus und auch abends scheint sich hier niemand zu verabreden. Na ja, ich bin ja auch nicht hier, um Freunde zu finden.

Da mich die ewige Busfahrerei allmählich doch sehr nervt, habe ich endlich einen Termin bei einer Fahrschule gemacht. Denn allein einfach losfahren, das möchte ich nicht. Natürlich würde jeder in meiner Familie dafür zur Verfügung stehen oder auch Bunny, aber irgendwie möchte ich das gar nicht. Ich habe alle die letzten Jahre ständig wegen meiner Probleme gebraucht, ich möchte endlich auf eigenen Füßen stehen. Wenn ich die Traineezeit schaffe und vielleicht sogar einen Vertrag bekomme, dann werde ich ausziehen. Viel zulange schon lebe ich auf Kosten meines Vaters. Am liebsten würde ich mich sogar wegbewerben, irgendwohin, denke ich sehnsüchtig. Aber erstmal bin ich froh, dass ich diese zwei Jahre habe.

Heute Nachmittag wird meine erste Fahrstunde sein, also muss ich früh Schluss machen. Mit Philip bin ich für heute ganz lose verblieben. Schließlich müssen wir uns keinen Sport daraus machen, uns ständig zu sehen. Um fünf Uhr packe ich meine Sachen und laufe zur Fahrschule.

38. KAPITEL

Philip

„Hallo Jonas."

Es ist bereits abends. Mit Katja bin ich heute nicht verabredet, ich habe das Gefühl, ich muss ihr etwas Luft zum Atmen geben. Aber um ehrlich zu sein, vermisse ich sie bereits. Die letzten Tage waren schön und ich könnte mir vorstellen, das jeden Tag zu haben.

„Hallo Philip", grinst Jonas. „Na, hat Mama schon mit dir gesprochen?"

„Natürlich." Ich zeige ihm mein Augenrollen, um ihm zu verdeutlichen, was ich davon halte.

„Kommst du mit Katja?" Er klingt ähnlich flehend wie meine Mutter dabei.

„Wir kommen. Verpassen wir unserem alten Herrn eine Keule."

„Mir ist das alles sehr wichtig." Das habe ich auch schon gemerkt, denke ich kopfschüttelnd.

„Wieso willst du Tessa Papa eigentlich vorstellen? Ist doch egal, was er denkt."

Kaum habe ich die Worte ausgesprochen, fühle ich mich schuldbewusst. Wie kann ich Jonas sein Verhalten vorwerfen, wenn ich bis jetzt sogar zu feige war, diesen Schritt zu gehen.

„Ich habe keine Ahnung. Ich weiß nur, dass ich eine Familie mit Tessa gründen will und dafür will ich, dass meine Familie sie akzeptiert. Ich dachte, das ist dir auch wichtig."

„Ja, das dachte ich auch immer, aber irgendwie ist mir völlig egal, was er über Katja oder mich denkt. Vielleicht will ich auch gar nicht in seiner Firma arbeiten. Oder zumindest nicht in nächster Zeit."

„Wow. Mein Brüderchen wird erwachsen."

Ich könnte gar nicht sagen, ob das sarkastisch gemeint war.

„Ja und du entwickelst dich zurück!", kontere ich.

„Kann sein. Vielleicht habe ich aber auch keine Lust mehr, immer den Rebellen zu spielen. Das strengt auf die Dauer zu sehr an."

„Also willst du für ihn arbeiten?"

„Was? Nein. Vielleicht. Keine Ahnung."

„Läuft der Club nicht so gut?"

„Der Club läuft super. Ich überlege sogar, ob ich jemanden anstelle, der die ganze Leitung übernimmt. Wenn ich für Papa arbeite und mir jemand den Club führt, kommt noch mehr Geld rein."

„Ich wusste nicht, dass Tessa auf so etwas Wert legt." Eigentlich habe ich

sie als recht bodenständig empfunden und als Ärztin wird sie einmal

selbst genügend Geld verdienen. Schon deshalb verstehe ich einfach nicht,

wieso Jonas plötzlich so ehrgeizig wird.

„Das weiß ich nicht, aber ich will ihr etwas bieten können. Wenn Papa

mir einen Job gibt, könnte ich meine Schulden viel schneller abbezahlen."

Ich kann meinen Ohren kaum trauen. Was ist nur mit meinem kleinen

Bruder passiert?

„Hat Tessa dir eine Gehirnwäsche verpasst?", frage ich freundlich.

„Vielleicht." Dabei rollt er amüsiert mit den Augen. „Ich fahre dann mal

zu Tessa. Wann kommt Katja denn?"

„Sie kommt heute nicht."

„Was? Schon Ärger im Paradies?" Er zieht die Augenbrauen fragend

nach oben.

„Nein", sage ich heftiger als beabsichtigt, weil ich selbst Zweifel habe.

„Wir haben einfach nichts ausgemacht für heute. Und wir müssen uns ja

nicht ständig auf der Pelle hocken."

Ich hoffe, ich klinge glaubwürdig dabei. Für mich tue ich das allerdings

nicht.

„Wie ihr meint."

Jonas zuckt mit den Schultern und geht. Die Wohnung ist leer und unheimlich ruhig. Es ist gerade mal acht Uhr und natürlich läuft nichts im Fernsehen. Ich schnappe mir ein Buch, aber meine Gedanken driften immer zu Katja. Plötzlich reist mich ein Klingeln aus meinen Gedanken und ich zucke zusammen. Wer kommt denn so spät noch vorbei? Trotzdem rase ich zur Tür. Die Fahrstuhltür geht auf und heraus spaziert kommt Katja in einem hautengen, kurzen, gelben Kleid.

„Katja!", rufe ich und presse sie an mich.

„Hallo Philip. Ich finde es auch schön, dich zu sehen. Aber vielleicht könntest du das etwas sanfter zeigen", japst sie lachend. Sie schubst mich weg und läuft ins Wohnzimmer. Ich dackele hinter ihr her und strahle sie an.

„Schön, dass du da bist", sage ich und küsse sie zärtlich. Dabei streichele ich über ihren Körper.

„Dieses Kleid sieht toll an dir aus. Schade, dass du so etwas nicht schon eher getragen hast." Dabei nestele ich an ihrem hauchdünnen Träger rum.

„Wieso?" Aber sie grinst dabei.

„Weil ich dich dann auf meinen Schreibtisch geworfen und genommen hätte."

„Klingt wie in einem schlechten Pornofilm."

Ich spüre, wie sie die Augen dabei rollt.

„Das könnte lustig werden!"

Sofort ziehe ich sie zu meinem Schreibtisch, pflüge sämtliche Sachen

runter und setze sie auf die Schreibtischplatte. Dann schiebe ich ihr das

Kleid nach oben und lange zu meiner Nachttischschublade, um ein

Kondom herauszunehmen. Was für ein Glück, dass mein Schreibtisch im

Schlafzimmer steht! Für das Alles brauche ich tatsächlich nur wenige

Sekunden, bis ich schließlich in Katja eindringe und sie ihre Beine um

mich schlingt.

„Oh! Na, du hast es ja eilig", stöhnt sie, als ich sie hin und her schiebe.

„Was hast du erwartet, wenn du so ein geiles Kleid anhast!"

Das ist so gut. Ich hebe ihren Po noch etwas an und rutsche noch etwas

tiefer in sie. Am liebsten würde ich sie endlich ohne Kondom nehmen,

denke ich sehnsüchtig. Dadurch würde alles viel spontaner werden.

„Au! Irgendwas hat sich in meinen Rücken gebohrt", jammert Katja

plötzlich. Ich hebe sie einfach hoch und lege sie aufs Bett. Dann schiebe ich

sie weiter, bis wir beide auf dem Bett liegen.

„Besser?", frage ich und küsse sie überall.

„Mmh ja", sagt Katja und küsst mich auch. Wärme umfängt mich und

ich fange langsam an, mich wieder in ihr zu bewegen bis wir beide kommen. Danach nehmen wir eine lange, heiße Dusche zusammen und kuscheln uns später ins Bett.

„Ich finde es schön, dass du vorbeigekommen bist", sage ich zärtlich und drücke mich an ihren Rücken.

„Ich habe dich vermisst", murmelt Katja schläfrig.

„Ich dich auch", sage ich leise, denn ich weiß nicht, ob ich will, dass sie es hört.

Als der Wecker nach nur wenigen Stunden klingelt, bin ich wieder mal verblüfft, wie erfrischt ich bin, wenn Katja hier übernachtet. Ich schaue auf die Uhr und sehe, dass es gerade erst sechs ist Uhr. Schnell ziehe ich mich an und gehe wieder joggen. Katja gibt mir so viel Energie! Ich kaufe Brötchen, gehe schnell duschen. Als ich aus dem Bad komme, empfängt mich wieder dieser herrliche Kaffeeduft.

„So könnte es bleiben."

„Vielleicht", weicht Katja aus und ich beiße mir auf die Zunge.

„Tut mir leid." Doch ich meine es nicht so.

„Schon ok", sagt Katja und ringt sich ein Lächeln ab. „Ich genieße es auch, mit dir zusammen zu sein", flüstert sie und mein Herz zuckt bei diesen Worten.

Binnen kürzester Zeit scheint sich mein Leben in einen Kitschroman

verwandelt zu haben. Und es fühlt sich auch noch gut an.

39. KAPITEL

Katja

Heute ist Samstag.

Heute würden wir mit Philips Freunden den Abend verbringen. Die

letzten Male haben sie bei Emi und Richard bzw. bei Fanny und Gunnar

verbracht. Fanny kann super kochen und ist wie Anna und Ari Lehrerin.

Lustigerweise arbeitet sie an derselben Schule wie Claudia, Theos Frau.

München ist eben doch ein Dorf.

Um sieben Uhr klingelt es Sturm.

„Das sind bestimmt Emi und Richard", sagt Philip trocken.

„Hallo ihr beiden", sagen Emi und Richard gleichzeitig an der Tür.

„Sind die immer so unisono?", frage ich erstaunt.

„Normalerweise nicht", antworten beide gleichzeitig und wir müssen

alle lachen.

Nur wenige Minuten später kommen Fanny und Gunnar und wir

durchforsten die Bestellsachen, um zu schauen, was für Essen wir

bestellen wollen.

„Ich wäre mal für indisch", mault Fanny.

„Ich kann indisch nicht leiden", meckert ihr Mann Gunnar.

„Dann lasst uns doch hier bestellen", schlägt Richard vor und zeigt auf eine Karte, die gleich mehrere Flaggen zeigt, die wohl für unterschiedliche Küchenausrichtungen stehen sollen.

„Ist der gut?", fragt Emi interessiert.

„Da habe ich noch nie bestellt", sagt Philip und schaut sich die Karte näher an. „Der ist neu, lasst ihn uns ausprobieren. Dann weiß ich, ob ich die Karte behalte oder nicht."

„Das machen wir ganz häufig. Eigentlich haben wir noch nie beim selben Lieferservice zweimal bestellt", grinst Fanny.

„War denn niemand überzeugendes dabei?", frage ich erstaunt.

„Doch klar, aber den kennen wir ja dann schon", antwortet Emi trocken. Ich spüre keine Spannung. Philips Freunde sind genau so nett wie damals im Club. Im Gegenteil, es fühlt sich an, als ob ich alle schon ewig kennen würde.

„Schön, dass du heute dabei bist", strahlt mich Fanny an.

„Ja", stimmt Emi zu. „Wir hatten schon Wetten abgeschlossen. Ich bekomme noch von jedem den Wetteinsatz", sagt sie laut und schaut in die Runde.

„Ihr habt gewettet?", sagt Philip verärgert und schaut jeden eindringlich an.

„Sicher", lacht Richard. „Bei deinem Frauenverschleiß erschien es mir
eine totsichere Sache."

„Bleibt ja in der Familie", sagt Emi vergnügt und wir müssen alle lachen.
Als das Essen kommt, übernimmt Emi auch prompt die Rechnung.

„Sonst sieht es noch so aus, als ob ich meine Freunde ausnehme!"

„Na gut, aber du weißt, dass du Wetteinnahmen versteuern musst." Emi
pufft Philip sofort in die Seite. Gut so.

„Woher kennt ihr euch eigentlich?"

„Vom Studium", erzählt Gunnar.

„Habt ihr alle das Duale System gemacht?"

„Nein", lacht Fanny. „Richard und ich sind Lehrer."

„Ach ja richtig. Hattest du ja auch erzählt." Blöd, dass ich das vergessen
habe. „Und du kennst auch Claudia, die Frau von Theo, nicht wahr?",
frage ich Fanny. Fanny schaut mich verblüfft an.

„Woher kennst du Claudia und Theo?"

„Du kennst Theo?", fragt Emi überrascht.

„Theo ist ein guter Freund meines Vaters. Die beiden haben mal
zusammengearbeitet."

Ich bin etwas überrascht, dass Emi das nicht wusste. Ich hoffe nicht, dass
sie jetzt glaubt, dass ich wegen Theo die Stelle bekommen habe.

„Mach dir keine Gedanken, Katja", zwinkert mir Emi zu, als ob sie meine Gedanken gelesen hat. „Du hast den Geschäftsführer dermaßen überzeugt, dass er auch mich überzeugt hat. Und ich wusste gar nicht, dass es sich dabei um dich handelt, weil Philip immer nur von Frau Winter geredet hat."

„Wieso hast du eigentlich einen anderen Namen angegeben?", will Fanny jetzt wissen und erntet gleich einen Puffer von ihrem Mann.

„Fanny, sei nicht so indiskret!" Sie wird rot, schaut mich aber doch sehr direkt und nicht halb so verlegen an, wie sie klingt.

„Schon ok. Da mein Vater dort arbeitet, wollte ich nicht, dass jemand weiß, dass ich seine Tochter bin."

„Clever", schmunzelt Emi.

„Das kann ich sehr gut verstehen", sagt Richard.

Und damit ist das Thema auch schon durch. Niemand stochert oder lästert und ich weiß, dass ich Philips Freunde mag. Ich hoffe, das beruht auf Gegenseitigkeit.

Wir futtern das Essen und vergeben Punkte, letztendlich wandert die Karte in den Müll.

„Du könntest das nächste Mal auch kochen", schlägt Fanny vor.

„Wieso? Bei Emi bestellen wir doch auch immer und du hast nichts dagegen."

„Kannst du kochen, Katja?", fragt Fanny.

„Nein", sage ich bedauernd, denn ich wünschte, es wäre anders. „Ich habe keine Geduld dazu."

„Ich auch nicht", stöhnt Emi.

„Emi, dein Problem ist nicht deine Geduld, sondern dein schlechter Geschmack", sagt Fanny ernst.

„Da muss ich ihr leider zustimmen", seufzt ihr Mann und geht schon mal außer Reichweite. Emi schaut auch ziemlich empört in seine und Fannys Richtung.

„Ich habe keinen schlechten Geschmack, ihr seid nur zu wenig experimentierfreudig!"

„Muscheln mit Ananas übersteigen einfach jedermanns Horizont", sagt Gunnar trocken und hält sich dabei den Magen.

„Oder Spinat mit roter Bete", wirft Philip ein und alle nicken bei dieser Erinnerung und stöhnen dabei. Emi muss dann doch schmunzeln.

„Na gut, na gut. Deshalb gibt es ja auch nur noch Pizza bei uns."

„Oder ich koche."

„Ja, aber ich kann nicht jeden Tag Rührei essen", stöhnt Emi und verdreht dabei die Augen. Alle lachen und ich genieße diesen Abend. Den Tag bei Philips Eltern morgen schiebe ich erstmal beiseite.

Um zwei liegen wir im Bett und kuscheln uns aneinander.

„Und?", fragt Philip etwas nervös. „Wie fandest du es?"

„Was genau?", frage ich schläfrig.

„Na, den Abend mit meinen Freunden."

Ich muss grinsen, denn natürlich weiß ich, was Philip meint.

„Ich fand es ok. Ich hoffe nur, dass deine Freunde mich mögen."

„Bestimmt tun sie das." Ich spüre, dass er dabei grinst.

„Ich habe auch eigentlich eher Bammel wegen morgen."

„Musst du doch nicht." Komisch, er klingt ganz locker dabei.

„Wieso?"

„Weil mir die Meinung meines Vaters scheißegal ist!"

„Aber wieso denn auf einmal?", frage ich wieder und mein Herz fängt an, dabei zu klopfen.

„Weil ich dich liebe, Katja", sagt er und ich glaube mein Herz bleibt dabei für einen Augenblick stehen.

40. KAPITEL

Philip

Ich erstarre vor Schreck, aber zurücknehmen kann ich die Worte nicht, die gerade aus meinem Mund gekommen sind. Eigentlich will ich das auch nicht, aber vielleicht habe ich Katja damit völlig verschreckt. Katja versteift sich und ich befürchte beinah, dass sie gleich aufsteht und geht. Doch sie dreht sich zu mir und sagt ernst:

„Gut für mich."

Dann küsst sie mich, dreht sich wieder um und ich höre nichts mehr von ihr, außer ihren gleichmäßigen Atemzügen. Also ich hätte schon etwas mehr erwartet, denke ich enttäuscht, bin aber auch erleichtert, dass Katja nicht einfach gegangen ist.

Aber ob sie meine Gefühle erwidert, hätte ich schon gerne gewusst. Ich weiß auch nicht genau, ob mir die Meinung meines Vaters tatsächlich egal ist, aber ich weiß einfach, dass ich deswegen Katja niemals aufgeben würde. Wie das Ganze dann aussehen würde, kann ich allerdings nicht sagen. Ich schlafe unruhig, was ungewöhnlich ist, seit Katja bei mir ist.

„Was ist denn los?", höre ich sie plötzlich fragen.

„Was?" Ich bin noch völlig verschlafen.

„Du hast dich die ganze Nacht rumgewälzt", sagt Katja und reibt sich den Ellenbogen. „Und gestoßen hast du mich auch."

„Tut mir leid."

„Das Treffen scheint dich doch mehr aufzuregen als du zugeben möchtest." Mit diesen Worten steht sie auf.

„Gehst du schon?"

„Ja", sagt Katja ernst. „Ins Bad."

Sie grinst und ich verberge meine Erleichterung vor ihr, indem ich auch schnell aufstehe und mich anziehe. Dann gehe ich erstmal joggen.

Meistens hilft es mir, den Kopf frei zu bekommen.

Zuhause essen wir schweigend die Brötchen, die ich mitgebracht habe.

„Wann müssen wir da sein?"

„Um zwei Uhr. Wir hätten also noch etwas Zeit", sage ich lüstern. Katja schmunzelt, zum Glück.

„So verlockend das auch klingt, aber ich würde gerne nach Hause und mich etwas frisch machen. Möchtest du gerne mitkommen?"

„Äh, ok. Und deine Eltern?", frage ich verwirrt.

„Bei uns ist das nicht so offiziell." Spöttisch schaut sie mich an.

„Aber dein Vater ist mein Chef Chef", versuche ich zu protestieren.

„Emi ist meine Chef Chefin und ich habe mich auch gut mit ihr verstanden."

„Das ist etwas völlig anderes. Du bist seine Tochter, Emi ist nur eine Freundin."

„Du hast eine völlig falsche Vorstellung von meinem Vater", lacht sie und stupst mich in die Seite.

Dann steht sie auf und setzt sie sich auf meinen Schoss.

„Ich liebe dich übrigens auch", sagt sie und küsst mich zärtlich.

Leider müssen wir schon kurze Zeit später wieder los.

„Bei mir zu Hause gibt es wenigstens einen anständigen Kaffee. Übrigens könnten wir auch mal dort schlafen", schlägt Katja vor, während sie alle ihre Sachen in eine Tüte stopft. Ich habe gar nicht bemerkt, dass sie bereits so viele Sachen hier hat. Das enge Kleid von gestern hat sie gegen Leggins und ein viel zu großes T-Shirt mit einem Einhorn darauf ausgetauscht. Ich finde, sie sieht fantastisch aus, aber wahrscheinlich würde ich das auch sagen, wenn sie einen Kartoffelsack tragen würde.

Wenig später halten wir vor dem riesigen Haus ihrer Eltern. Irgendwie habe ich gemischte Gefühle. Vielleicht muten wir uns etwas viel für heute zu, seufze ich und lasse mich von ihr durch die Haustür ziehen.

„Hallo zusammen! Ich bin da und habe Philip mitgebracht!", ruft Katja lautstark, dass es bestimmt die Leute bis Landshut gehört haben. Ich schlucke. Und schon kommt eine hübsche, dunkelblonde Frau auf uns zu und umarmt Katja.

„Hallo Katja! Schön, dich mal wieder zu sehen." Dabei grinst sie Katja liebevoll an.

„Hallo Anna. Das ist übrigens Philip."

Katja zeigt auf mich und strahlt dabei, ich fühle mich gleich besser.

„Guten Tag, Frau Sommer."

„Mangold", korrigiert sie. „Aber nenn mich doch einfach Anna."

„Philip! Hallo, zeigt Katja Sie endlich mal", begrüßt mich der Geschäftsführer Ralf Sommer.

„Guten Tag, Herr Sommer", sage ich freundlich und reiche ihm die Hand.

„Sag Ralf zu mir", sagt er herzlich und schüttelt mir die Hand.

Und das wars dann auch tatsächlich schon.

„Möchtet ihr einen Kaffee trinken?", fragt Anna sofort.

„Ja bitte", stöhnt Katja und ich muss grinsen.

„Die Junggesellenbude geht Katja auf die Nerven", grinse ich.

„Lebst du allein?", fragt Ralf.

„Ich lebe mit meinem Bruder zusammen. Meine Eltern leben recht weit außerhalb, deshalb haben wir uns vor ein paar Jahren eine Wohnung in der Stadt genommen."

Komisch, ich habe gar keine Angst vor Katjas Eltern. Das Gespräch ist völlig zwanglos. Katja flitzt nach oben, um nur wenige Minuten später komplett fertig wieder nach unten zu kommen. Sie trägt einen dunkelblauen Faltenrock mit einer weißen Bluse. Dadurch sieht sie aus wie ein Schulmädchen in Uniform, der Rock lässt ihre langen Beine sehr gut zur Geltung kommen und ich ziehe hörbar die Luft ein. Anna und Ralf grinsen.

„Wow Katja. Ich kenne keine Frau, die sich so schnell fertig machen kann wie du!"

„Das liegt daran, dass ich mich kaum schminke und auch nicht so viele Klamotten besitze." Anna schmunzelt.

„Zu Schulzeiten war das leider gar nicht so", wirft sie ein.

„Aber nur, weil ich länger schlafen wollte", verteidigt sich Katja.

„Kannst du bitte den Kaffee holen, Katja? Da müssten auch noch Plätzchen in der Dose sein."

Katja strahlt und flitzt in die Küche, um nur wenige Minuten später mit einem Teewagen zurückzukommen, der voll steht mit Geschirr und einer gigantischen Plätzchendose. Der Kaffeeduft ist atemberaubend.

„Wieso duftet euer Kaffee so viel besser?"

Katja hat gestern und heute auch diesen Kaffee bei uns gekocht und er hat sehr viel besser gerochen als unserer.

„Keine Ahnung", lacht Anna. „Aber bei uns trinken einfach viele Leute Kaffee, besonders am Wochenende, deshalb ist er immer frisch."

„Mmh, das könnte natürlich auch sein."

„Wir filtern auch das Wasser, bevor wir es verwenden", wirft Ralf ein, um auch etwas zu sagen. Ich muss schmunzeln, denn ich denke, dass seine Frau wohl meistens den Kaffee kocht.

„Die Plätzchen schmecken sehr lecker", sage ich und nehme mir schon das fünfte.

„Anna ist eine super Köchin", schwärmt Katja.

„Du nennst deine Mutter Anna, aber deinen Vater Papa?", frage ich, ohne nachzudenken. Uff, bin ich indiskret. Katja lacht.

„Anna ist nicht meine Mutter. Aber zum Glück heiratet sie meinen Vater endlich demnächst, dann sind sie verheiratete Großeltern. Gemeinsame Enkelkinder haben sie ja bereits." Ich muss wohl ziemlich dumm geguckt haben, weil alle losprusten. Schnell weiht mich Katja in das ganze Familiending ein, nämlich dass Max, ihr Bruder und Ari, Annas Tochter, verheiratet sind und zwei Kinder haben, was Ralf und Anna zu Großeltern mit gemeinsamen Enkelkindern macht. Eigentlich gar keine große Sache, meint Katja.

„Und deine Mutter?"

„Ach, die lebt hier und da. Als Schriftstellerin ist sie da nicht so festgelegt", antwortet Katja, aber ich merke, dass ihre Stimme etwas gepresst klingt. Ich schaue auf die Uhr.

„Vielen Dank für den Kaffee, aber ich befürchte, wir müssen jetzt zu meinen Eltern."

„Macht ihr heute Großumschlag?", fragt Ralf trocken.

„Sozusagen", grinst Katja und drückt ihren Vater und Anna kurz.

„Na ja, aber wir sind ja pflegeleicht", behauptet ihr Vater.

„Ja, das seid ihr", grinst Katja.

Beschwingt setzen wir uns ins Auto und fahren zu meinen Eltern.

Draußen stehen bereits Jonas und Tessa.

„Was macht ihr denn hier draußen? Geht doch rein!"

„Du zuerst", sagt Jonas und schiebt mich in Richtung Tür.

„Na gut." Ich klingele vorsichtig.

„Hallo", sagt mein Vater und öffnet uns die Tür. Jonas schaut so überrascht, dass ich am liebsten gelacht hätte.

„Ja wollen die Herrschaften nicht eintreten?", fragt mein Vater gutgelaunt. Das kann ja nur etwas Schlechtes bedeuten, denke ich verärgert und ziehe Katja mit rein.

41. KAPITEL

Katja

Ich schlurfe hinter Philip her. Mir entgeht nicht die frostige Stimmung, die hier herrscht, jedoch scheint sie eher von Philip und seinem Bruder zu kommen als von Herrn Rose.

„Hallo zusammen", sagt eine zierliche Frau mit dunkelblonden Haaren freundlich. Tessa geht als erstes auf sie zu und reicht ihr die Hand.

„Guten Tag, Frau Rose. Ich heiße Tessa Stiehl."

„Angenehm", sagt Frau Rose und schaut als nächstes mich an.

„Guten Tag. Ich bin Katja Sommer", stelle ich mich höflich vor.

Wir stehen immer noch im Eingang, aber Philips Vater ruft von irgendwo her:

„Wo bleibt ihr denn alle?"

Also dackeln wir brav ins Wohnzimmer, wo Philips Mutter bereits Kaffee und Gebäck hingestellt hat.

„Das sind also eure Freundinnen", sagt Philips Vater und mustert uns wie bei einer Versteigerung.

Ich werde rot und komme mir wie ein Schulmädchen vor, das bei seinem Freund das erste Mal zu Hause ist. Was ja auch so ist.

„Also ich muss ja schon sagen", beginnt er. „Ihr seid so ganz anders als die anderen Damen, die meine Söhne bis jetzt angeschleppt haben."

„Wie? Anders?", fragt Tessa schnippisch und ich bewundere sie dafür.

„Ihr seht schon ganz anders aus. Zumindest habt ihr etwas an", stöhnt er vergnügt und irgendwie entspanne ich mich dabei etwas. Auch Philip schaut amüsiert.

„Das stimmt, Jonas. Weißt du noch diese Kiki oder wie hieß sie doch gleich?"

„Kitty", sagt Jonas ernst. „Ja, ihr Klamottengeschmack war doch recht fragwürdig. Aber Philips Damen haben auch nicht gerade viel angehabt."

„Also hast du nichts gegen Katja oder Tessa?", fragt Philip erstaunt.

„Was sollte ich denn gegen die beiden haben?", fragt sein Vater und schaut ihn verwirrt an. „Ich frage mich eher, was so zwei entzückende Damen von euch wollen!"

Philip ist von den Socken, das ist mehr als offensichtlich. Tessa und ich können nicht anders und grinsen uns an. Philips Vater wirkt gar nicht so streng.

„Aber du hast doch immer gesagt, dass ich mir wen Ebenbürtiges suchen soll. Was auch immer du damit gemeint hast", sagt Philip eingeschnappt.

„Natürlich habe ich das. Schau dir doch mal an, mit wem du die letzten Jahre zusammen warst. Deine Erzählungen haben völlig ausgereicht, um mir ein Bild davon zu machen. Und auch dein Bruder. Solche Frauen sind doch nur aufs Geld scharf und dafür habe ich diese Firma nicht aufgebaut. Aber diese beiden Mädels scheinen Geschmack zu haben, also von ihrem Männergeschmack mal abgesehen."

Tessa und ich müssen wieder grinsen. Frau Rose schaut auch etwas verdutzt vom einen zum anderen.

„Tessa ist Ärztin", beeilt sich Jonas zu sagen.

„Katja hat Betriebswirtschaft studiert", wirft Philip hinterher.

„Das ist doch gar nicht interessant", sagt sein Vater und schaut uns weiterhin wohlwollend an. „Dass ihr keine Partygirls seid, sieht man doch sofort!"

Frau Rose sagt immer noch nichts, aber schenkt uns Kaffee ein. Die Kekse sind gekauft und schmecken etwas trocken.

„In welcher Richtung sind Sie unterwegs, Frau Dr. Stiehl?", fragt Herr Rose und macht es sich auf der Couch gemütlich.

„Pädiatrie", antwortet Tessa und setzt sich zögernd hin. „Ich möchte Kinderärztin werden."

„Kein schlechter Beruf. Ich hoffe, Sie machen eine Praxis auf. Mit diesen Schichten wird es schwierig sein, eine Familie zu gründen."

„Damit habe ich noch Zeit", sagt Tessa steif, aber Herr Rose nickt nur.

„Natürlich, Sie sind ja noch jung. Wer weiß, wem Sie noch begegnen werden nach meinem Sohn."

„Äh Papa", räuspert sich Jonas, aber er wird einfach ignoriert.

„Zum Glück braucht man sich heutzutage nicht so früh zu binden. Das war zu unserer Zeit anders Elfie, nicht wahr?", sagt er und stupst seine Frau liebevoll an. „Aber ich war mir auch sicher bei eurer Mutter und wenn man sich sicher ist, sollte man auch zuschlagen, sonst tut es jemand anderes."

„Und Sie?" fragt er mich jetzt und alle Augenpaare wandern zu mir.

„Ich habe BWL studiert", antworte ich artig.

„Nicht schlecht. Suchen Sie vielleicht einen Job?"

„Papa", meckert Philip.

„Was denn? Gute Leute kann man schließlich immer gebrauchen."

„Sie kennen mich doch gar nicht, Herr Rose", sage ich stirnrunzelnd.

„Bestimmt sind Sie sehr gut in dem was Sie tun. Was tun Sie?"

„Ich habe gerade einen Trainee in der Finanzabteilung eines Futtermittelherstellers begonnen und mache dort das Controlling."

Das Ganze hat doch sehr stark etwas von einem Verhör, aber irgendwie ist es nicht halb so schlimm, wie ich befürchtet habe. Philips Vater scheint einfach interessiert an uns zu sein und er redet auch nicht von Ehe oder so etwas, was ihn mir mehr als sympathisch macht.

„Controlling, wow. Das wäre gar nichts für mich. Das ist eher das Resort meiner Frau."

„Sie waren im Controlling, Frau Rose?", frage ich, weil ich gerne Philips Mutter auch mit in unser Gespräch einbeziehen möchte.

„Als die Jungs größer wurden, habe ich wieder begonnen zu arbeiten und habe dort die Controlling Abteilung aufgebaut."

„Ja, das hat sie", sagt Herr Rose und schaut seine Frau stolz an.

„Ich hoffe sehr, dass ich vielleicht im Controlling übernommen werde." Komisch, dass ich das so offen hier erzähle, wundere ich mich.

„Oder Sie bewerben sich dann bei uns, wenn Ihr Trainee durch ist", schlägt Herr Rose enthusiastisch vor. „Es ist schließlich immer gut, auch andere Angebote einzuholen."

„Das stimmt", sagt Jonas und alle schauen ihn verblüfft an. „Da wäre etwas, worüber ich gerne mit dir reden würde", sagt Philips Bruder zu seinem Vater und wir halten unwillkürlich die Luft an.

„Natürlich mein Sohn", sagt Herr Rose erstaunt. „Jetzt?"

270

„Ja", sagt er und marschiert nach draußen.

Wahrscheinlich hat Herr Rose irgendwo ein Arbeitszimmer. Zurück

bleiben seine erstaunte Mutter und Philip. Tessa wirkt überhaupt nicht

erstaunt.

„Wissen Sie, was Jonas mit seinem Vater zu besprechen hat?", fragt Frau

Rose nervös.

„Vielleicht", sagen Tessa und auch Philip.

„Ich denke, dass es darum geht, dass noch ein Rose in die Firma

einsteigen will", sagt Philip kryptisch.

„Das würde eurem Vater einiges bedeuten", strahlt Philips Mutter.

„Wirst du auch demnächst übernehmen, Philip? Ich weiß nicht, welche

Aufgaben euer Vater für Jonas vorgesehen hat. Leider hat er ja kein

Studium", sagt sie bedauernd.

„Jonas hat ein Studium, sonst könnte er den Club gar nicht so gut leiten."

„Er hat ein Studium?", fragen Tessa und Frau Rose stirnrunzelnd.

„Hat er dir das nicht erzählt?", fragt Philip erstaunt und es ist nicht klar,

wen er genau damit meint. Wahrscheinlich beide. Ich kann gar nichts dazu

sagen, aber das Zuhören ist sehr interessant. Ich schnappe mir noch einen

von den staubtrockenen Keksen, aber nur, weil ich Hunger habe. Aber ich

bin durch Anna kulinarisch natürlich auch sehr verwöhnt.

42. KAPITEL

Philip

Ich bin überrascht, dass Jonas weder Tessa noch meiner Mutter von seinem Studium erzählt hat.

Irgendwie bin ich schon neugierig, was Jonas mit unserem Vater so zu besprechen hat, denn im Detail weiß ich nichts über seine Pläne.

„Ich glaube, ich gehe mal rauf", sage ich und lasse die drei Damen allein. Es fühlt sich immer komisch an, wieder hier zu sein. Ein Zuhause ist es schon lange nicht mehr für mich und ich bin froh darüber. Der Leistungsdruck meines Vaters hat einen immer sehr klein werden lassen und das Haus noch düsterer gemacht. Heute dagegen erscheint mir mein Elternhaus viel kleiner und enger.

„Ich bin doch nicht dein Schuhputzer!", höre ich Jonas bereits von Weitem rumschnauzen.

„Aber Jonas, du hast doch gar keine Berufserfahrung. Wenn du wenigstens ein Studium hättest, ab selbst dazu warst du zu faul. Ich freue mich, dass du für mich arbeiten willst, aber du musst erstmal ganz unten anfangen. Du kennst den Laden doch gar nicht", regt sich mein Vater auf.

Ich laufe schnell in das Büro meines Vaters, dass allerdings immer noch etwas einschüchterndes auf mich hat.

„Wie sieht denn das aus, wenn der Sohn des Firmeninhabers Briefe verteilt", sagt Jonas und schaut meinen Vater wutentbrannt an.

„Wie das aussieht?", fragt mein Vater sauer. „So, als ob er alles lernen möchte, um dann wichtigere Aufgaben zu übernehmen. Danach kannst auch eine Traineestelle haben oder vielleicht könntest du ein Duales Studium machen, so wie Philip."

„Papa", sagt Jonas genervt. „Ich leite einen gutgehenden Club. Ich kenne mich sehr wohl mit Marketing und Finanzen aus. Und übrigens brauche ich kein Duales Studium zu machen, denn ich habe bereits einen Abschluss."

Jonas holt tief Luft und mein Vater blickt ihn erstaunt an.

„Hast du das gewusst, Philip?"

„Natürlich."

„Das ändert gar nichts", sagt er und fasst sich wieder. „Du hast keine Erfahrung vom Business. Wir sind kein Nachtclub und auch kein Fitnessstudio. Du kannst einen Trainee machen oder es bleiben lassen. Das ist mein letztes Wort!"

Wütend geht Jonas raus, nachdenklich blicke ich ihm hinterher.

„War das nötig, Papa?"

„Er muss sehen, dass einem nicht alles in den Schoß fällt!"

„Und was ist mit mir?"

„Was soll mit dir sein? Du wirst Geschäftsführer. Ich denke, Ende des Jahres wäre ein guter Zeitpunkt."

„Und wieso soll ich Geschäftsführer werden und Jonas Trainee? Ich habe doch auch keine Ahnung von der Klebemittelindustrie."

„Ja, aber du leitest bereits eine Abteilung, dadurch hast du ganz andere Erfahrungen als Jonas."

„Und Jonas hat andere Erfahrungen als ich. Zum Beispiel habe ich keine Ahnung von Marketing und auch nur wenig Ahnung vom Finanzbereich."

„Das kannst du dir doch beibringen."

„Und Jonas kann das auch. Mein Vorschlag ist, du setzt uns beide als Geschäftsführer ein und reichst deinen Ruhestand ein."

Als die Worte raus sind, bin ich selbst überrascht. Ich habe keine Ahnung, seit wann ich diese Gedanken habe, aber hier sind sie und ich habe sie sogar ausgesprochen. Mein Vater läuft rot an.

„Auf gar keinen Fall! Ihr seid doch beide grün hinter den Ohren. Wer soll euch denn anleiten?"

„Niemand hat gesagt, dass du uns nicht unterstützen darfst. Aber wir machen das nur, wenn uns der Laden gehört. Dann sind wir bereit, die Verantwortung zu übernehmen. Ich will nicht für dich arbeiten, Papa. Das ist keine Option für mich." Mit diesen Worten lasse ich ihn stehen. Eine absolute Prämiere.

„Philip!"

„Ja bitte?"

„Hol mir deinen Bruder hierher, wir müssen reden!"

Ich schmunzele und gehe nach unten. Zum Glück sind die beiden noch da und nicht einfach, wie ich es befürchtet habe, bereits gegangen.

„Jonas. Bitte komm nochmal nach oben."

„Nie im Leben. Ich bin doch nicht sein Handlanger!"

„Du musst schon noch einiges lernen. Aber ich bin dabei, bessere Konditionen für uns zu verhandeln. Also komm jetzt bitte", sage ich bestimmt und zu meiner Überraschung kommt mein Bruder mit.

43. KAPITEL

Katja

Und wieder sind wir drei Frauen allein und schauen uns ratlos an.

„Ich hoffe, Philip kann seinen Vater überzeugen, die beiden zum Geschäftsführer zu machen und sich zur Ruhe zu setzen", sagt plötzlich Frau Rose und schenkt uns Kaffee nach.

„Ist es das, worüber sie reden? Dass sie beide übernehmen wollen?", frage ich erstaunt, weil ich gedacht hatte, dass Philip das gar nicht will.

„Jonas möchte zumindest auf so einem Posten einsteigen", sagt Tessa achselzuckend. „Ich verstehe gar nicht, wieso. Schließlich hat er mit dem Club schon genug zu tun."

„Na ja, mit mehr Geld kann er jemanden für den Club anstellen und hat immer noch mehr als jetzt", gebe ich zu bedenken.

„Das stimmt, aber eigentlich wollte er das doch nie", meint Tessa stirnrunzelnd.

„Das hat dann wohl etwas mit Ihnen zu tun", strahlt Frau Rose Tessa an. „Bitte nennt mich Elfie, Mädels. Ihr habt jetzt schon einen super Einfluss auf die drei Dickköpfe."

„Auf die Drei?", frage ich erstaunt.

„Auf Herrn Rose haben wir bestimmt keinen Einfluss", grinst Tessa.

„Aber sie reden miteinander!", sagt Elfie glücklich. „Und das hat

bestimmt nur mit euch zu tun.

„Ich würde gerne heute zu Hause schlafen, wenn es dir nichts

ausmacht", sage ich zu Philip als er gerade ins Auto steigen will.

„Ist alles ok?"

„Es ist alles in Ordnung. Ich habe gerade Bunny angerufen und wollte

noch zu ihr gehen. Danach wird es spät werden und ich wollte dann nicht

noch in die Stadt rein.

„Ich könnte dich abholen."

„Das brauchst du nicht, aber Danke."

„Na gut. Soll ich dich dann wenigstens zu dieser Bunny bringen?"

„Das brauchst du auch nicht. Sie wohnt nur wenige Häuser weiter,

deshalb sind wir uns doch vor ein paar Wochen hier begegnet."

„Stimmt, ja", lächelt er und sieht dabei zum Anbeißen aus.

„Wir sehen uns morgen." Ich gebe ihm einen kleinen Kuss auf die

Wange.

„Bis morgen", grinst er und fährt davon.

Langsam laufe ich zu Bunnys Haus und genieße ein wenig die Ruhe. Das Wochenende ist anstrengend gewesen, ich bin ganz erschöpft. Es wird gut sein, mit Freunden zu sprechen. Obwohl ich Philips Freunde mag und auch seine Mutter scheint wirklich nett zu sein, was seinen Vater ein wenig kompensiert, obwohl der anscheinend Tessa und mich mag.

„Hallo Katja!", kreischt Feli.

„Gehst du wohl ins Bett, Felicitas", schimpft Bunny.

Feli düst sofort die Treppen rauf.

„Hallo Bunny. Danke, dass ich noch kommen durfte." Ich drücke sie kurz.

„Na hör mal. Schließlich brauche ich ein update über dein Liebesleben. Telefoniert haben wir schließlich seit Tagen nicht mehr. Willst du was essen?", fragt sie und deutet auf den noch nicht abgeräumten Abendbrottisch.

„Das wäre himmlisch."

Natürlich knurrt mein Magen. Das Gespräch der drei hatte sich bis um sechs Uhr hingezogen und außer den trockenen Keksen gab es nichts zu essen.

„Also, du warst bis eben bei seinen Eltern?", fragt Bunny neugierig und schiebt mir Brot und Aufschnitt hin.

„Ja, waren wir. Wider Erwarten war sein Vater begeistert von uns."

„Von dir und Philip?"

„Nein, von Tessa und mir."

„Wer ist Tessa?"

„Die Freundin von Jonas, Philips Bruder."

„Und wie läuft es so zwischen dir und Philip?" Nachdenklich beiße ich erstmal in mein Brot.

„Es geht alles so wahnsinnig schnell."

„Zu schnell?", fragt Bunny stirnrunzelnd.

„Vielleicht. Aber es fühlt sich gut an. Ich weiß nur nicht, wohin es führen wird."

„Ist das nicht egal?"

„Sollte man nicht auf etwas zusteuern oder ein Ziel verfolgen?", frage ich erstaunt zurück, schon weil Bunny ein durch und durch organisierter Mensch ist.

„Nein, wenn es für den Moment gut ist, reicht das doch. Liebe braucht ja schließlich kein Morgen."

„Woher hast du nur solche Erkenntnisse", sage ich und schaue sie erstaunt an. „Du bist so viel erwachsener als ich."

„Ach was. Du hast halt die letzten Jahre andere Sorgen gehabt. Hast du eigentlich angefangen, wieder Auto zu fahren?" Merkwürdig, dass sie mich das ausgerechnet jetzt fragt.

„Ja, ich hatte eine Fahrstunde", berichte ich und werde verlegen, weil es nämlich ein Desaster war. „Ich war ganz zittrig. Gottseidank war der Fahrlehrer sehr verständnisvoll."

„Hast du ihm erzählt, was passiert ist?"

„Das brauchte ich gar nicht. Irgendwie wusste er es oder konnte es sich zumindest denken, wieso ich seit Jahren kein Auto mehr gefahren bin."

„Wahrscheinlich", nickt Bunny und fängt an, den Tisch leer zu räumen. Dann holt sie die guten Kekse aus dem Geheimversteck, die wir beide so gerne mögen.

„Meine gefräßigen Kinder, würden die innerhalb von fünf Minuten verdrücken."

„Das tun wir doch auch", lache ich und schnappe mir eine Handvoll Kekse.

„Natürlich, aber wenn meine Kinder da wären, würden wir keine abbekommen", sagt Bunny trocken und schnappt sich auch gleich fünf Stück.

„Wieso glaubst du denn, dass es zu nichts führt? Liebst du ihn?"

„Ja."

„Und liebt er dich auch?" Neugierig schaut mich Bunny an.

„Ja, hat er zumindest gesagt."

„Wow. Und das reicht dir nicht?"

„Ich habe heute erfahren, dass er bei seinem Vater in der Firma als Geschäftsführer einsteigen will. Mir hat er aber immer gesagt, dass er das alles gar nicht will."

„Mmh, vielleicht ist ihm das erst heute klar geworden", mutmaßt Bunny.

„Hat sich heute denn etwas geändert?"

„Stimmt, ja", sage ich nachdenklich. „Jonas will als Geschäftsführer bei seinem Vater einsteigen, aber der meinte, er hätte zu wenig Erfahrung. Und da hat Philip wohl mit ihm geredet, dass beide die Führung übernehmen sollen und er in den Ruhestand gehen soll."

„Also macht er das seinem Bruder zu Liebe."

„Vielleicht. Oder er wollte nicht mit mir darüber sprechen." Die Enttäuschung über das fehlende Vertrauen nagt an mir.

„Katja. Das ist doch völlig egal! Bei einer solchen Entscheidung hättest du ihm eh nicht helfen können. Ich würde das nicht so überdramatisieren." Sofort fühle ich mich wie eine Dramaqueen.

„Tessa wusste Bescheid."

„Vielleicht ist Jonas auch offener als Philip."

„Kann sein."

„Habe ich dir übrigens schon erzählt, dass meine Eltern am 30. September heiraten werden?", frage ich, um das Thema zu wechseln.

„Nein, hast du noch nicht", ruft Bunny fröhlich. „Wird es eine große Hochzeit?"

„Ich denke schon, dass ihr eingeladen seid", sage ich und zwinkere.

„Juchu! Und wer wird Trauzeugin?"

„Wahrscheinlich wird Meli Annas Trauzeugin und Theo Papas Trauzeuge."

Tatsächlich habe ich bis jetzt wenig von den Vorbereitungen mitbekommen, weil ich entweder arbeiten oder bei Philip war. Gedanklich mache ich mir eine Notiz, dass ich schleunigst Max und Ari anrufen muss, damit wir das Ganze vorbereiten können. Die Spiele für Max und Aris Hochzeit wurden leider nicht durchgeführt, da Max irre Exfreundin Ari niedergeschossen hatte. Die Feier wurde zwar nicht nachgeholt, aber

wenigstens ihre Hochzeitsreise haben sie im Jahr darauf gemacht.

„Woran denkst du gerade?", fragt Bunny und gähnt etwas.

Ich schaue auf die Uhr. Tatschlich ist es bereits elf Uhr.

„Ich dachte nur daran, was noch alles für die Hochzeit vorbereitet

werden muss. Ich glaube, ich gönne mir heute mal ein Taxi", sage ich und

muss mitgähnen.

„Ach was, ich bringe dich heim. TonTon ist doch da und die Kinder

schlafen längst."

Das Angebot nehme ich gerne an, denn ich bin hundemüde. Vielleicht gar

nicht so schlecht, heute mal allein zu schlafen, denke ich schläfrig,

während mich Bunny fährt.

Morgen werde ich meine nächste Fahrstunde haben. Ich hoffe, ich stelle

mich etwas besser an als das letzte Mal.

44. KAPITEL

Philip

Ich liege in meinem leeren Bett und kann einfach nicht einschlafen ohne

Katja. Ich wälze und wälze mich hin und her bis ich schließlich durch

meinen Wecker hochschrecke. Völlig gerädert ziehe ich mich an und fahre

direkt ins Büro.

Die ganze Woche verläuft ereignislos. Wie immer, seit Katja nicht mehr

hier arbeitet. Seit Sonntag haben wir uns nicht mehr gesehen.

Lukas habe ich in eine andere Abteilung „ausgeliehen", um zu sehen, ob

er da besser klarkommt. Jetzt habe ich jemanden hier, der noch in seiner

Ausbildung ist. Ein Mädchen, aber wir kommen gut klar. Vor allem, weil

sie wesentlich gewissenhafter ist als Lukas. Ich nehme sie zu jedem

Meeting mit und schon beim zweiten Meeting hat sie Ideen und

Vorschläge, die sie ohne Umschweife mitteilt. Ich bin wirklich sehr

zufrieden mit meiner Wahl.

Am Freitag um fünf Uhr werde ich langsam kribbelig. Soll ich Katja

anrufen oder sieht das zu sehr nach Klammern aus? Ich habe keine

Ahnung. Tatsächlich habe ich noch nie solche Gefühle gehabt. Ich weiß noch nicht einmal, ob wir wirklich eine Beziehung führen, denn Katja macht es einem nicht gerade leicht, seufze ich innerlich. Ich fahre erstmal ins Fitnessstudio und laufe natürlich prompt Lydia in die Arme.

„Hallo Philip", gurrt sie verführerisch.

„Hallo Lydia."

„Wie wäre es, wenn wir uns mal woanders treffen, also, in einer etwas gemütlicheren Umgebung", säuselt sie.

„Äh, das klingt wunderbar", sage ich verwirrt.

„Heute Abend. Um acht?"

„Äh, nein. Es wäre wunderbar", korrigiere ich mich. „Aber ich bin schon anderweitig verplant."

„Na, dann einen anderen Tag."

„Na ja, also damit meine ich, dass ich beziehungstechnisch anderweitig verplant bin", korrigiere ich mich wieder und frage mich, wieso ich so herumeiere.

„Du hast eine Freundin?"

„Äh ja", sage ich und mein Herz klopft wie wild.

„Schön für dich", knurrt sie und lässt mich stehen.

Ja, schön für mich, denke ich und gehe duschen. Ich habe keine Ahnung, wieso mir das so schwergefallen ist. Alte Gewohnheiten legt man halt nicht so schnell ab, rügt mich meine innere Stimme. Ich schlüpfe in ein sauberes Hemd, packe meine Tasche und marschiere zum Auto.

Wie von selbst fährt mein Auto jedoch nicht zu mir, sondern woandershin. Erstaunt blicke ich auf das riesige Haus von Katjas Eltern. Ich habe keine Ahnung, wie ich hierhergekommen bin. Kopfschüttelnd steige ich aus und gehe zur Haustür. Nachdem ich ein paar Mal geklingelt habe, macht mir jemand die Tür auf.

„Guten Tag?", fragt mich ein dunkelhaariger Mann.

„Guten Tag. Philip Rose. Ist Katja da?"

„Ist sie", sagt er und führt mich ins Wohnzimmer. Leider scheine ich in eine Art Familientreffen geplatzt zu sein. Ralf, Anna, eine dunkelblonde Frau und zwei Kinder hocken auf dem Fußboden über Plänen und Mustern.

„Guten Tag zusammen", sage ich und sämtliche Augenpaare blicken gleichzeitig auf.

„Philip!", ruft Katja begeistert und springt auf. Natürlich nicht, ohne umzuknicken.

„Au", sagt sie und schnell renne ich zu ihr, um sie aufzufangen.

„Hast du dir wehgetan?", frage ich besorgt und stütze sie.

„Ach nein. Ja. Ich bin nur etwas umgeknickt."

„War ja klar."

„Ja", seufzt sie. „Das ist übrigens der Rest meiner Familie." Dabei zeigt sie in die Runde. „Das ist Max, Ari und ihre beiden Kinder, Theo und Hannah."

„Hallo Philip", sagen sie alle im Chor, als ob ich bei einer Selbsthilfegruppe wäre. Prompt müssen alle lachen.

„Normalerweise sind sie nicht so", grinst Katja.

„Was genau macht ihr eigentlich?", frage ich neugierig.

„Hochzeitsvorbereitungen", erläutert eine junge Frau, die wahrscheinlich Ari ist.

„Ja, unsere Eltern heiraten am 30. September", sagt der Mann, der mir die Tür aufgemacht hat und anscheinend Max heißt.

„Aha, ich hoffe, ich störe nicht."

„Ach was", sagt Katja vergnügt.

„Nein, gar nicht", sagt Anna und steht ebenfalls auf. „Wir wollten ohnehin jetzt Abendbrot essen, weil die Kinder langsam nach Hause müssen."

Und schon verschwindet sie in der Küche. Bevor ich ratlos rumstehen kann, drückt mich Katja schnell und zieht mich die Treppe rauf. Dann stehen wir plötzlich auf einem riesigen Dachboden.

„Hier wohne ich im Augenblick."

„Im Augenblick?"

„Na ja, wenn das mit der Stelle klappt, ziehe ich hoffentlich bald aus."

„Du meinst in zwei Jahren, wenn dein Trainee beendet ist?"

„Ja genau."

„Und was ist, wenn du nicht übernommen wirst? Wirst du dann wieder für deinen Vater arbeiten?" Irgendwie habe ich Angst vor der Antwort.

„Ich denke, dann werde ich weltweit schauen, wo ich eine Stelle finde", sagt sie locker und mein Magen zieht sich bei diesen Worten schmerzhaft zusammen. Also doch, ich wusste doch, dass sie so etwas damit sagen wollte.

„Und was wäre dann mit uns?", frage ich leise. Katja schluckt.

„Das wissen wir doch jetzt noch nicht, aber dann führen wir eben eine Fernbeziehung. Oder du eröffnest einen Firmenzweig für deinen Vater dort, wo ich arbeite. Es gibt so viele Möglichkeiten."

„Vielleicht."

„Wirst du mich auf die Hochzeit begleiten?", fragt mich Katja, wahrscheinlich auch, um das Thema zu wechseln.

„Wenn du das möchtest", antworte ich und bin immer noch wie vor den Kopf geschlagen.

„Ich möchte", sagt Katja fest und küsst mich. „Lass uns wieder runtergehen, bestimmt sitzen die anderen schon beim Essen", sagt sie und zieht mich die Treppen runter.

45. KAPITEL

Katja

Anna hat schon alles auf den Tisch gestellt. Niemand kann in so kurzer Zeit ein schmackhaftes Essen zaubern wie Anna. Selbstgebackenes Brot, Wurst und Käse vom Bauern aus der Nähe. Dazu gibt es frische Tomaten, Gurke und Obst. Reste des Kuchens vom Kaffeetrinken stehen auch noch da.

„Das sieht aber lecker aus", sagt Philip und Anna wird rot. Alle grinsen, weil wir natürlich Annas Aufwand gewohnt sind.

„Philip wird mich übrigens auf eure Hochzeit begleiten", sage ich und versuche locker zu klingen. Schließlich bin ich mir dieser Tragweite durchaus bewusst und dementsprechend ziehen alle, einschließlich Philip, hörbar die Luft ein.

„Das ist aber schön", sagt Anna herzlich, mein Vater schaut nur etwas beunruhigt, sagt aber nichts. Philip sieht etwas blass aus, sagt aber auch nichts.

„Müssen wir als Brautjungfern eigentlich alle das Gleiche anziehen?", erkundigt sich Ari, wahrscheinlich um das Thema zu wechseln. Ich werfe ihr einen dankbaren Blick zu.

„Aber nein", lacht Anna. „Wir heiraten doch nur standesamtlich und das jeder auch schon zum zweiten Mal."

„Na und?", fragen Max, Ari und ich beinah gleichzeitig und lachen.

„Eine Hochzeit ist doch immer etwas Besonderes", sagt Philip und versucht wohl, nicht direkt in meine Richtung zu schauen. Ich werde trotzdem verlegen und räuspere mich.

„Äh, ja", sagt mein Vater und schaut explizit in meine Richtung und ich werde noch verlegener.

„Ich hoffe, es ist euch recht, wenn Philip und ich heute hier schlafen?", sage ich locker und sowohl Philip als auch mein Vater zucken zusammen.

„Natürlich Katja", sagt Anna und schaut meinen Vater strafend an. Der murmelt auch so etwas wie „natürlich" und erhebt sich.

„Dann gute Nacht. Ich denke, ich gehe jetzt schlafen." Ich blicke ihm hinterher.

„Meinst du, er ist eingeschnappt?", frage ich Anna.

„Ich glaube, es ist eher der Verlust seines Nesthäkchens", grinst Anna.

„Ja. Jetzt hat er definitiv keine kleinen Kinder mehr", grinst Max und Ari knufft ihn direkt in die Seite. Gut so.

„Es tut mir leid. Ich wollte nicht so mit der Tür ins Haus fallen", sage ich kleinlaut.

„Du bist kein kleines Kind mehr, Katja", sagt Anna beschwichtigend und Ari nickt zustimmend. Dann verabschieden sich Max und Ari. Hanna und Theo schlafen längst im Gästezimmer und die beiden werden sie morgen abholen, um sie jetzt nicht aufzuwecken und auch, um mal wieder einen Abend zu zweit haben.

Ich ziehe Philip rauf auf den Dachboden und mache die Tür fest hinter uns zu. Ich atme tief durch und schaue ihn grinsend an.

„Ich hoffe, dich habe ich auch nicht zu sehr überrumpelt." Philip lacht.

„Selbst, wenn. Mit so etwas kannst du mich immer überrumpeln, Katja", sagt er und küsst mich.

Es ist schön zur Abwechslung mal in meinem Bett mit Philip zu liegen. Ich möchte nicht wissen, mit wie vielen Frauen er bereits in seinem gelegen hat. Bei diesem Gedanken muss ich mich jedes Mal schütteln.

„Was ist los? Ist dir kalt?", fragt Philip besorgt und rückt näher an mich heran.

„Ach nichts", sage ich und schmiege mich an ihn. Seine Wärme tut gut.

„Waren es eigentlich viele Frauen?", frage ich plötzlich, bevor ich auch nur nachdenken kann. Philip lacht leise.

„Wieso denkst du denn über so etwas nach. Das ist doch egal. Und die Erfahrung kann dir doch nur zu Gute kommen", sagt er und fängt an, mich auszuziehen. Irgendwie mache ich mit, aber ich bin nicht bei der

Sache.

Ich frage mich, ob ich das Ganze will. Und ob ich Philip nicht einfach nur

ausnutze, weil ich mich durch ihn besser fühle. Würden die Albträume

wiederkommen, wenn ich mich von ihm trennen würde, frage ich mich

des Öfteren. Zum Beispiel habe ich ihm nicht erzählt, dass ich angefangen

habe, wieder Auto zu fahren. Mittlerweile läuft es sogar ganz gut.

Die Sitzungen bei Sara habe ich nur noch alle zwei Wochen. Es geht mir

besser, aber liegt das vielleicht nur an ihm? Das wäre genau das, was ich

nicht möchte, denn diese Abhängigkeit wäre mir zuwider.

Ich höre Philips Atemzügen zu. Er hält mich fest, ist aber gleichzeitig

entspannt. Sein Gesicht liegt auf meinem Bauch. Ich streichele seine

blonden Haare, die anfangen, sich ganz leicht zu locken. Ich habe ihn nie

mit so langen Haaren gesehen. Sie sind sonst immer nur wenige

Millimeter lang gewesen. Das etwas Längere steht ihm, denke ich zärtlich.

Es lässt sein kantiges Gesicht etwas weicher erscheinen. Vielleicht ist es

doch Liebe, was ich fühle, denke ich zweifelnd. Wieso kann ich mir dann

keine gemeinsame Zukunft mit ihm vorstellen, sondern denke nur daran,

dass ich weit weg möchte. Tun, was ich immer tun wollte. Sollte ich dann

nicht aufhören, solche Gedanken zu haben? Und würde Philip

mitkommen? Bestimmt nicht, denn seine Skepsis habe ich sofort gemerkt, als ich von meinen Berufswünschen gesprochen habe.

Ich grübele und grübele und finde keinen Schlaf. Schließlich stehe ich auf und setze mich an den Küchentisch. Die Wohnung sieht immer noch genauso aus wie damals, als Max hier gewohnt hat. Meine Persönlichkeit kann man hier nicht sehen, vielleicht habe ich auch keine.

Woher kommen nur wieder diese düsteren Gedanken, denke ich verärgert und schaue auf die Uhr. Es ist gleich vier Uhr morgens. Um neun würden Max und Ari zum Frühstück kommen. Was soll ich nur bis dahin tun? Plötzlich berührt mich eine Hand und ich zucke zusammen.

„Konntest du nicht schlafen, Katja?", fragt mich Philip und zieht mich sanft in seine Arme.

„Ich habe nachgedacht."

„Erzählst du mir worüber oder können wir wieder ins warme Bett verschwinden", sagt er und nestelt an meinem Ohrläppchen herum.

„Ach, es ist nichts", sage ich schnell und ziehe Philip ins Bett. Ich habe keine Ahnung wie ich mit ihm darüber sprechen soll. Aber ich sollte es tun, bevor er sich zu große Hoffnungen macht.

46. KAPITEL

Philip

Ich weiß, dass Katja etwas bedrückt, aber ich will sie nicht bedrängen. Sie wird es mir schon sagen, wenn sie dazu bereit ist. Ich berühre sie überall und wieder denke ich, dass es nur eine temporäre Geschichte werden wird. Tief in mir weiß ich es und spüre ein schmerzhaftes Ziehen im Magen, wenn ich daran denke. Vielleicht liebt mich Katja, zumindest hat sie es behauptet, aber alles was sie sagt, deutet auf Beenden hin. Eine Vagheit, die mich stutzig macht. Eigentlich weniger, dass Katja sich nicht binden möchte, sondern, dass es mir so viel auszumachen scheint. Ich habe eigentlich gedacht, dass ich kein Beziehungstyp sei, aber tatsächlich scheine ich doch sehr zu klammern. Nur wenig später stehen wir auf, wir sind beide nicht bei der Sache gewesen.

Vielleicht sollte ich uns beiden den Gefallen tun und das Ganze beenden, denke ich plötzlich als ich mich anziehe. Gemeinsam gehen wir runter, wo ein immenser Frühstückstisch aufgebaut ist. Selbstgebackene Brötchen, dutzendweise Wurst und Käse, eine riesige Portion Rührei und Speck. Ich möchte am liebsten hier einziehen, denke ich, während mir das Wasser im Mund zusammenläuft.

„Und das esst ihr jeden Tag?", frage ich scherzhaft in die Runde. Katja lacht.

„Leider nein. Nur, wenn so hohe Gäste wie du oder Ari kommen."
Alle lachen, die Kinder reden ganz laut und tatschen alles an. Aber irgendwie scheint es niemanden zu stören. Ich setze mich und nehme mir erstmal eine Tasse des fantastischen Kaffees.

„Wollen wir heute etwas zusammen unternehmen?", frage ich Katja.

„Ich weiß nicht", sagt sie unbestimmt und wieder bekomme ich dieses nagende Gefühl im Magen.

„Du weißt es nicht oder du möchtest nicht?", frage ich und versuche ruhig zu bleiben.

„Ich glaube, ich brauche Abstand", sagt sie so leise, dass nur ich es höre. Die Worte sickern in mich ein und machen einer Leere Platz.

„In Ordnung. Wie lange?", frage ich ebenso leise und schiebe meinen Teller weg, auf dem ohnehin noch nichts liegt.

„Ich weiß es nicht", antwortet sie wieder und ich fühle, wie mir die Nerven durchgehen. Nur mit Mühe kann ich aufstehen, nur mit Mühe kann ich ein „Vielen Dank für das leckere Frühstück. Ich habe leider noch einen Termin" herauspressen und gehe.
Ich sitze in meinem Auto und fahre sofort los.

Zuhause sitzen Tessa und Jonas beim Frühstück.

„Hallo Bruderherz", fragt Jonas erstaunt. „Was machst du schon hier und wo ist deine Angetraute?" Tessa stößt ihn an.

„Was ist passiert. Habt ihr euch gestritten?", fragt sie direkt.

„Nein!"

„Was ist dann passiert? Hast du dich schon wieder wie ein Idiot aufgeführt?", fragt Jonas herzlich.

„Sie will Abstand", sage ich nur und gehe in mein Schlafzimmer.

Doch ich finde keine Ruhe. Schließlich schnappe ich mir meine Tasche und fahre zum Fitnessstudio.

„Wieso bist du denn nicht bei deiner Beziehung?", höre ich Lydia schnurren.

Was soll`s, denke ich mir.

„Steht dein Angebot noch? Wir könnten uns später bei mir treffen, wenn du fertig bist."

„Natürlich", strahlt sie mich an und ich fühle mich wie ein riesiges Arschloch.

47. KAPITEL

Katja

„Du siehst hübsch aus", sagt Max.

„Danke", sage ich und betrachte mich im Spiegel. Ich mag das dunkle Lila des Kleids und es bauscht sich ganz leicht um mich herum.

„Ist Ari schon am Standesamt?"

„Ja."

Seufzend steige ich in meine Highheels, keine Ahnung wann ich gelernt habe, damit zu laufen, aber irgendwann habe ich aufgehört, zu straucheln. Ich habe immer Leute bewundert, die in so etwas laufen können und bin schon etwas stolz darauf, dass ich als offiziell Ungeschickte das auch endlich kann.

„Du siehst auch ganz nett aus", sage ich zu meinem großen Bruder und knuffe ihn in die Seite.

„Aua. Danke", grinst er.

Zusammen gehen wir die Treppen runter. Unten steht unser Vater in einem schwarzen Anzug.

„Hier ist deine Rose", sagt Max und steckt unserem Vater die Blume ins Knopfloch.

Was für ein Kitsch. Ich muss kichern, als ich den Gesichtsausdruck meines Vaters sehe.

„Wer hat sich so etwas ausgedacht", sagt mein Vater unwirsch.

Dann fahren wir alle zum Standesamt, wo Ari bereits mit ihrer Mutter wartet, denn Anna hat natürlich bei Max und Ari übernachtet, man muss ja nicht mit jeder Tradition brechen, meinten sie. Anna trägt ein schlichtes, weißes Kostüm. Ari hat ein ähnliches Kleid wie ich an, allerdings nur, weil ihr der Farbton so gut gefällt. Wir haben unsere Kleider gemeinsam gekauft, in derselben Boutique, wo ich auch mein weißes Kleid gekauft habe, damals. Sofort schiebe ich diesen Gedanken fort. Es ist immer noch schmerzhaft, an Philip zu denken, obwohl ich die Beziehung beendet habe. Jonas hat mir nur wenige Tage später meine Sachen vorbeigebracht.

„Ihr macht einen großen Fehler", meinte er zu mir.

„Es wäre Philip gegenüber nicht fair, das Ganze einfach fortzuführen", entgegnete ich und nahm die Plastiktüte mit meinen Sachen entgegen.

„Aber vielleicht änderst du deine Meinung noch, Katja."

„Jonas, mal ehrlich. Wenn Frauen so von Männern sprechen, versuchen doch alle, sie davon zu überzeugen, dass sich Männer nicht ändern."

„Das stimmt", hatte er gelächelt und war gegangen.

Ich hatte ihm nachgeblickt. Komischerweise war ich enttäuscht darüber

gewesen, dass Philip nicht persönlich gekommen war, aber wieso hätte er

auch kommen sollen. Schließlich habe ich ihm den Laufpass gegeben.

Ich atme tief ein und aus und versuche mich, auf die Hochzeit meiner

Eltern zu konzentrieren.

Auch Bunny und ihre Familie stehen bereits vor dem Standesamt. Mein

Vater marschiert direkt zu Anna und küsst sie.

„Lass uns heiraten", sagt er vergnügt und zieht sie ins Standesamt. Wir

müssen alle lachen und folgen dem Brautpaar.

Später feiern wir alle in einem gemütlichen Partyraum einer Kneipe. Zum

Glück sind nur die engsten Familienmitglieder und Freunde da, dadurch

ist es weniger laut. Gemeinsam setzen wir uns und mein Vater hält eine

Rede.

„Ja", beginnt er. „Irgendwie hätte ja Theo das machen sollen. Aber man

sollte wichtige Dinge immer selbst in die Hand nehmen."

Im Grunde genommen folgt eine Liebeserklärung an die Frauen,

insbesondere Anna, und alle zücken ihre Taschentücher, einschließlich

mir. Als nächstes steht Theo auf.

„Ich wusste ja, dass du kein Vertrauen zu mir hast. Ich habe dennoch mal etwas vorbereitet", sagt er unwirsch und hält eine Rede über ihre gemeinsame Freundschaft und wie sehr Ralf ihm in der Vergangenheit geholfen hat. Mein Vater sieht sehr gerührt aus. Dann steht Meli auf und hält eine Rede. Mittlerweile sind wir doch etwas gesättigt, zumindest was die Reden betrifft. Ich stehe trotzdem auf und die Kinder fangen an zu murren.

„Ich mache es ganz kurz, versprochen."

Ich räuspere mich und fange dann an:

„Liebe ist nicht nur ein Wort

Sie befindet sich an jedem Ort

Sie ist mal weniger, mal mehr

Ist mal leicht oder auch sehr schwer

Eure Liebe ist motivierend

So wunderschön und inspirierend

Ich wünsche euch noch viele Momente

Gute, schöne, bis zur Rente

Und natürlich noch viel weiter

Möglichst liebevoll und heiter

Auf dass ihr für immer eins seid

Gemeinsam und für alle Zeit

Anna tupft sich ein paar Tränen weg.

„Danke Katja. Vielen lieben Dank", sagt sie gerührt und drückt mich. Ich muss mich räuspern.

„Das war schön", raunzt mir Ari zu.

„Ja, das war ganz nett, Katja", sagt meine Mutter gehässig.

Es hat uns alle gewundert, dass unsere Eltern sie eingeladen haben. Mein persönlicher Kontakt zu meiner Mutter beschränkt sich im Allgemeinen auf solche Anlässe und selbst darauf könnte ich gut verzichten.

„Glücklicherweise war das nicht so ein Quatsch wie damals." Dabei verdreht sie die Augen. Ich muss schlucken.

„Was für ein Quatsch?", fragt Max argwöhnisch und schaut unsere Mutter mit hochgezogener Augenbraue an.

„Na, so eine komische Geschichte. Ich glaube, sie war auf Englisch", sagt sie abwertend.

„Die du wahrscheinlich nicht verstanden hast", sagt Max trocken und fängt sich einen giftigen Blick von ihr ein. Ich fühle mich klein wie damals, bin aber Max dankbar, dass er mich verteidigt.

„Wieso?", frage ich erstaunt.

„Wegen Englisch hätte sie beinah kein Abi bekommen", erzählt Max.

„Ich dachte, das sei wegen dir gewesen", sage ich erstaunt, denn soweit ich weiß, ist sie mit achtzehn schwanger geworden.

„Vielleicht. Aber dass du die Zulassung mit diesen Noten bekommen hast, grenzt an ein Wunder", sagt er kühl.

„Wieso muss ich mir eigentlich so ein Verhalten bieten lassen!", sagt meine Mutter sauer und steht auf.

„Wenn du Katjas Dinge als Quatsch bezeichnest, musst du auch mit dem Echo leben", sagt Max ungerührt.

Ich liebe meinen großen Bruder. Ari legt beschwichtigend ihre Hand auf Max, um ihn zu beruhigen. Ich merke, dass ich zittere. Zum Glück hält Bunny meine Hand. Unsere Mutter rauscht ohne Abschied davon. Erleichtert schaue ich Max an und er zwinkert mir zu.

„Was war denn das für eine Geschichte?", fragt Ari neugierig.

„Ach, das war nichts", sage ich sofort.

„Ach so", sagt Max und zieht eine Augenbraue hoch. Ich bin wirklich froh, dass Max meine Mutter vorgeführt und mich dadurch verteidigt hat.

„Und sie hat die Schule gar nicht fertig gemacht?", frage ich verblüfft, weil ich darüber noch nie nachgedacht habe. „Wieso weiß ich das gar nicht?"

„Doch, sie hat ihr Abitur schon bekommen", sagt Max trocken. „Ich habe mal die alten Zeugnisse unserer Eltern gefunden, unter anderem das Abizeugnis unserer Mutter. Esthers Noten waren nicht gerade überragend. In Englisch hatte sie eine fünf."

Wenn unsere Mutter nicht da ist, nennt Max sie grundsätzlich nur noch bei ihrem Vornamen.

„Aber durch dich kann sie nicht so viel Zeit für die Schule gehabt haben", meint Ari vorsichtig, während sie den schlafenden Theo auf ihrem Schoss festhält und Hannah sich müde an sie lehnt.

Werde ich das mal eines Tages haben, frage ich mich. Wahrscheinlich nicht, denke ich traurig. Keine Ahnung wieso, aber irgendwie kommt mir diese Erkenntnis. Ich versuche, nicht weiter darüber nachzudenken.

„Vielleicht", entgegnet Max. „Aber das Zeugnis der 12. Klasse sah auch bereits verheerend aus."

„Sie hätte die 12 doch noch mal machen können", meint Ari.

„Oder schwanger werden", sage ich plötzlich mit einem für mich ungewohnt harten Tonfall.

„Du meinst, sie ist absichtlich schwanger geworden?", fragt Bunny

entsetzt.

„Keine Ahnung, aber mit den Noten war es schwierig, etwas zu

machen", sagt jetzt Max kalt.

„Redet doch nicht so über eure Mutter", versucht Anna zu

beschwichtigen, die das Ganze schweigend mit angehört hat.

„Vielleicht kam es ihr ganz gelegen, aber ich glaube nicht, dass sie es

geplant hat", sage ich, sicher bin ich mir aber nicht. Mein Vater schweigt,

was sollte er auch dazu sagen.

„Sicher kann man bei der nie sein", sagt Max abwertend. Ich wundere

mich nicht über die kalten Worte. Max versucht eigentlich immer,

Verständnis aufzubringen, aber unsere Mutter hat es einfach überspannt.

Plötzlich wird die Musik lauter gestellt und reißt mich aus meinen

Gedanken. Unsere Eltern tanzen ihren ersten Tanz als verheiratete

Großeltern. Ich sehe den Leuten wehmütig beim Tanzen zu. Noch ein

gutes Jahr, dann werde ich beginnen, Bewerbungen zu schreiben. Noch

ein gutes Jahr und dann werde ich vielleicht für immer von hier

verschwinden.

48. KAPITEL

Philip

Ich blicke auf meinen Rechner. Irgendwie ergeben die Zahlen keinen Sinn, aber ich finde den Fehler dahinter nicht.

„Möchten Sie noch eine Tasse Kaffee, Herr Rose?", fragt meine Sekretärin.

„Ja bitte", sage ich höflich und schaue auf die Uhr. Es ist bereits fünf Uhr nachmittags, aber was soll`s. Es ist ja nicht so, dass mich jemand zu Hause erwarten würde.

Jonas lebt bereits seit einem Jahr mit Tessa zusammen. Ich bin allein in unserer einstigen Junggesellenbude zurückgeblieben. Und so fühle ich mich auch. Wie jemand, der zurückgeblieben ist, während alle um ihn herum ihr Leben leben.

Nachdem Katja und ich uns getrennt hatten, habe ich ganz schnell gekündigt und mit Jonas den Geschäftsführerposten übernommen. Er regelt alles mit Marketing und Finanzen, ich mache die technischen Details und die Produktweiterentwicklung. Ich bin viel unterwegs, um mit alten oder potenziellen Kunden zu sprechen und ich bin froh darüber. Mein Vater redet uns erstaunlicherweise recht wenig rein. Aber meine Mutter sorgt auch dafür, dass er gar nicht viel da ist. Aktuell sind sie auf einer

Kreuzfahrt im Pazifik unterwegs. Ja, das hätte ich nicht gedacht, aber

meine Eltern sehen sich die Welt an.

Und Jonas und Tessa werden heiraten. Jonas hat ihr einen anständigen

Antrag im Beisein unserer Familien gemacht, ihr einen Klunker an die

Hand gesteckt und jetzt werden die beiden tatsächlich im Juni nächsten

Jahres heiraten, also in gut acht Monaten.

Seit eineinhalb Jahren sind Jonas und ich jetzt die Geschäftsführung.

Eineinhalb Jahre, die eigentlich im Fluge vergangen sind, wären da nicht

die langen, einsamen Nächte gewesen. Natürlich habe ich Lydia getroffen

und natürlich waren wir zusammen, also körperlich, aber es fühlte sich

einfach nicht mehr richtig an. Nach einer solchen, zwar kurzen, aber

richtigen Beziehung, hat mich so ein Verhältnis einfach nur angeödet.

Wahrscheinlich würde mir das kein Mann glauben, aber tatsächlich gibt

mir so etwas nichts mehr. Ich habe es über eine Partnerbörse versucht und

zwei Mal waren auch Affären dabei, aber auch die haben mich einfach nur

gelangweilt.

Ich vermisse das Vertraute, dass man sich auch ohne Worte versteht. Vor

allem dieses Unverbindliche, was ich früher immer als angenehm empfunden habe, nervt mich bei solchen Affären besonders. Man gibt sich keine Mühe, es ist einfach alles egal.

Ich seufze. Ich werde Jonas wegen der Zahlen fragen müssen, er hat da einfach eine bessere Übersicht. Überhaupt ist er sehr viel besser in diesem Job als ich. Vielleicht, weil ich meinen Ehrgeiz verloren habe. Ich sehe einfach keinen Sinn mehr in dem was ich tue.

Wie es Katja wohl geht? Heimlich schleichen sich diese Gedanken in meinen Kopf, ohne dass ich es steuern könnte. Jeden Tag, wenn ich nicht aufpasse, melden sich die Gedanken und spätestens dann kann ich nicht mehr anders als an sie zu denken. Wie sie aussieht, wie sie redet, wie sie lacht. Wie sie ihre roten Haare aus dem Gesicht streicht.

Bei dem Abstand, den sie damals wollte, ist es geblieben, ein Abstand für immer, den ich stillschweigend akzeptiert habe. Mein Innerstes will das nach wie vor nicht wahrhaben. Es hofft permanent, dass Katja sich für mich entscheidet. Törichtes Selbst beschimpfe ich mich dann, doch das Hoffen bleibt. Ich kann nichts dagegen tun. Seufzend rufe ich Jonas an.

„Hey, ich brauche deine Hilfe bei ein paar Zahlen."

„Was sonst", sagt er und ich weiß, dass er grinst.

49. KAPITEL

Katja

„Auf Wiedersehen, Katja", sagt Emi herzlich und drückt mich. Sie ist nicht sauer gewesen, als ich ihr meine Kündigung mitgeteilt habe.

„Sicher hätten wir dich gerne behalten, Katja, aber Du musst schauen, was dich weiterbringt."

Ich bin ihr dankbar dafür, vor allem, weil sie gesagt hat, dass ich mich jederzeit bei ihr bewerben dürfte, sie sei sehr zufrieden mit mir gewesen und das hätte sie auch so in Auftrag für mein Arbeitszeugnis gegeben. Ich werde es in ein paar Wochen zugeschickt bekommen. Meine Kollegen verabschieden sich alle freundlich von mir, dabei mampfen sie den leckeren Kuchen, den mir Anna gebacken hat.

Dann räume ich meinen Schreibtisch auf. Das war's, denke ich und habe dieses gespannte Gefühl im Magen. Dieses Gefühl der Vorfreude und doch ein wenig Angst vor dem Ungewissen. Ich freue mich, aber ich bin auch total aufgeregt.

Am Montag werde ich nach London fliegen! Um dort für eine internationale Firma zu arbeiten. Erstmal habe ich ein Hotelzimmer, denn Wohnungen zu finden ist schwierig und auch sehr teuer. Allerdings steht noch gar nicht fest, ob ich wirklich in London würde dauerhaft wohnen müssen, da es eher eine heimbasierte Servicestelle ist. Ja, ich habe wieder etwas im Controlling gefunden. Die Firma hat ganz viele Niederlassungen und ich arbeite für ein internationales Controlling Team, dass allen Teams übergeordnet ist. Eigentlich habe ich gar nicht so viele Bewerbungen geschrieben. Nach dem telefonischen Interview habe ich recht schnell die Zusage bekommen.

Ich nehme meinen Koffer, nur einen, denn ich reise erstmal mit leichtem Gepäck. Vielleicht muss ich ja gleich wieder woandershin, ich habe noch gar keine Ahnung, wie das alles ablaufen wird, aber ich finde es fantastisch! Ich bin so froh, dass ich endlich etwas anderes sehe und dass ich endlich aus meinem Elternhaus rauskomme. Natürlich hat mein Vater gesagt, dass ich jederzeit hier wohnen darf. Das finde ich natürlich lieb, trotzdem bin ich froh, dass ich endlich ausziehe. Auch wenn ich noch gar keine Wohnung habe.

„Zum Flughafen", sage ich dem Taxifahrer und er braust los. Ich bin sicherlich schon in meinem Leben geflogen. Wir waren einmal in Spanien, was uns einfach nicht gefallen hat. Die Rundreise in die USA dagegen war fantastisch und wir schwärmen immer noch davon. Strandurlaub ist eben einfach nicht unser Ding. Aber wir sind nie oft verreist, vielleicht erscheint mir daher gerade München so winzig, was viele Leute, die aus viel kleineren Städten kommen, wohl belächeln würden. Mein Vater hat immer viel gearbeitet und hatte selten Zeit, sich so lange Urlaub am Stück zu nehmen, doch es hat mir nicht gefehlt, denn auch Bunny war in den Ferien meistens zu Hause. Wenn man in so einer teuren Stadt wohnt, bleibt halt bei vielen nicht mehr viel übrig für einen großen Urlaub. Wir sind viel wandern gegangen, also Bunnys Eltern mit Bunny und mir. Wir waren auch mal alle am Gardasee. Max, Ari, ihre beide Kinder, mein Vater, Anna und ich. Nach einem Tag habe ich eine Magendarm Grippe bekommen und hatte genau nichts davon. Glücklicherweise habe ich niemanden angesteckt.

Nachdem ich mein Gepäck aufgegeben habe, habe ich nur noch meine Handtasche und stecke die Boardingcard ein. Ich freue mich wie ein Kind auf den Duty-free-Shop! Ich werde wohl für jeden etwas mitbringen müssen, aber bestimmt werde ich noch häufig in Zukunft in Duty-free-Shops sein. Bei diesem Gedanken klopft mein Herz wieder ganz aufgeregt und ich werde nervös. Gespannt sehe ich mir die Auslagen an teuren Taschen und Parfüms an. Wenn ich wieder zurückkomme, werde ich für Hannah und Theo Schokolade kaufen, beschließe ich und für Anna und Ari ein kleines Parfümfläschchen. Vielleicht auch für Bunny, denke ich.

Und für ihre Kinder. Vielleicht bringe ich lieber gar nichts mit, seufze ich, sonst geht mein erstes Gehalt nur für Geschenke drauf. Plötzlich streift mich jemand ganz sachte.

50. KAPITEL

Philip

„Hallo Katja", sage ich leise.

Natürlich habe ich sie schon von Weitem gesehen. Erst habe ich es nicht

fassen können. Aber ihre Figur und ihre roten Haare würde ich an jedem

Platz der Welt erkennen. Also habe ich mich erstmal angepirscht und sie

eingekreist. Erstmal zu feige, um einfach auf sie zu zugehen. Aber

irgendwann habe ich es nicht mehr aushalten können. Sanft tippe ich sie

an, damit sie nicht erschreckt.

„Philip?", fragt sie erstaunt.

Sie wirkt zurückhaltend und ich bin enttäuscht. Ich weiß nicht, was ich

erwartet habe. Vielleicht nicht, dass sie mir in die Arme fliegt, aber

vielleicht doch eine etwas wärmere Reaktion.

„Fliegst du in den Urlaub?", frage ich und denke, dass das eine blöde

Frage ist. Schließlich trägt sie einen Anzug. So fliegt man doch nicht in den

Urlaub.

„Nein, nicht direkt. Ich habe einen neuen Job", sagt sie und lächelt dabei.

Ich sehe, dass sie glücklich ist. Vielleicht hätte ich sie nicht ansprechen

sollen.

„Herzlichen Glückwunsch, Katja", sage ich und wende mich ab.

„Warte doch, Philip", sagt Katja und ich bleibe stehen. „Was machst du hier?", fragt sie zaghaft, so als ob es ihr peinlich wäre. Ob sie vielleicht genau so aufgeregt ist wie ich, durchfährt es mich plötzlich.

„Ich fliege nach London. Dort treffe ich einen potenziellen Kunden", sage ich und komme wieder näher.

„Ich fliege auch nach London", sagt Katja erstaunt.

Wir müssen beide lachen und die Anspannung fällt etwas von uns ab.

„Fliegst du auch um halb eins?", frage ich und habe ein komisches Gefühl im Bauch. Da haben wir uns seit zwei Jahren nicht mehr gesehen und fliegen ausgerechnet am selben Tag nach London!

„Ich fliege erst um vier Uhr", sagt Katja und ich bilde mir ein, ein leichtes Bedauern in ihrer Stimme zu hören.

„Zumindest habe ich noch eine halbe Stunde Zeit. Wir könnten noch einen Kaffee trinken gehen."

Zusammen schlendern wir zu einem kleinen Bistro und bestellen beide einen doppelten Espresso.

„Der ist gar nicht so schlecht."

„Du trinkst den ohne Zucker?", frage ich erstaunt, nachdem ich zwei Tütchen versenkt habe.

„Ich habe schlecht geschlafen. Das Bittere macht mich besser wach", sagt

sie verlegen.

Komisch, macht doch nichts. Wie fremd wir uns geworden sind. Aber

eigentlich sind wir auch nicht lange ein Paar gewesen.

„Schön, dass du einen neuen Job gefunden hast. Was wirst du machen?"

„Ich arbeite für ein internationales Controlling Team. Es ist auch noch

nicht klar, ob ich permanent in London arbeiten werde."

„Wenn du es dir aussuchen kannst, wo wirst du dann wohnen wollen?"

„Ich habe keine Ahnung", lacht Katja und sofort wirken ihre Züge

wieder etwas weicher. „Vielleicht tatsächlich in London. Es ist nur

schrecklich teuer."

„Ja, das sind die Hauptstädte alle", seufze ich. „Manchmal denke ich

eher daran, aufs Land zu ziehen."

„Da habe ich noch nie drüber nachgedacht, aber ich habe auch nur in

Großstädten gewohnt. Vielleicht wäre es tatsächlich schöner", sagt sie und

wirkt plötzlich verträumt.

„Ich muss jetzt leider gehen", sage ich und ärgere mich, dass wir nicht

denselben Flieger nehmen. Es ist so schön, mit Katja zu sprechen.

„Vielleicht können wir uns ja in London treffen", schlägt Katja vor und

mein Herz beginnt schneller zu schlagen.

„Sehr gerne", antworte ich und hoffe, dass sie dieses laute Klopfen nicht hört.

„Wie lange wirst du in London bleiben?"

„Keine Ahnung", sagt sie und ich sehe, wie sie es genießt.

„Ich werde nur zwei Tage bleiben. Vielleicht können wir heute Abend zusammen essen?"

„Oh. "War ich zu schnell, frage ich mich.

„Ich weiß gar nicht, wo man so in London hingeht", sagt sie schüchtern.

„Überlass das ganz mir", grinse ich. „Ich hole dich um acht Uhr ab, dann müsstest du ja bereits im Hotel sein. Ach ja. In welchem Hotel wirst du sein und bitte gib mir deine Handynummer."

51. KAPITEL

Katja

Ich winke Philip noch zu, dann sehe ich, wie er zu seinem Gate marschiert.

Erst wusste ich gar nicht, wie ich mich Philip gegenüber verhalten soll.

Wir sind damals abrupt zusammengekommen und noch abrupter habe ich

mich von ihm getrennt, bevor wir auch nur so etwas wie eine Beziehung

haben aufbauen können.

Nachdenklich schlendere ich durch die kleinen Läden. Ich bin viel zu früh

dagewesen. Aber wenn ich später dagewesen wäre, hätte ich Philip nicht

getroffen. Und heute Abend würden wir zusammen essen. Zuerst habe ich

gedacht, dass mir das zu schnell geht, aber jetzt macht doch meine

Vorfreude dem Ganzen Platz. Am Anfang war es noch verkrampft, aber

als Philip gehen musste, habe ich es einfach nur bedauert. Ich hätte noch

stundenlang mit ihm sprechen können. Mein Herz hat irgendwann zu

hüpfen begonnen und ich hatte schon Panik, dass er das laute

Klopfgeräusch hören würde. Philip hat eigentlich gewirkt wie immer.

Vielleicht sollte ich nicht zu viel in die Verabredung hineininterpretieren,

schließlich habe ich es damals beendet.

Vielleicht hat er auch jemanden, durchfährt es mich und ich habe plötzlich einen bitteren Geschmack im Mund. Vielleicht ist er sogar mittlerweile verheiratet. Ob Jonas und Tessa noch zusammen sind?

Wir haben tatsächlich überhaupt keinen Kontakt mehr gehabt. Ich weiß nicht, was ich erwartet habe, aber Philip hat sich nicht mehr gemeldet. Irgendwie hatte ich schon gedacht, dass er vielleicht nochmal nachhakt, aber vielleicht hat er ebenfalls gesehen, dass die Beziehung zu nichts geführt hat. Ich war einfach noch nicht bereit, mich fest zu binden. Und Philip wusste ohnehin nicht was er wollte. Vielleicht hat er jemanden gefunden, bei dem er es weiß. Mit diesen Gedanken steige ich in das Flugzeug, dass mich endlich weit weg von meinem alten Leben bringt.

Mit einer guten Stunde Verspätung landen wir schließlich um sechs Uhr in London. Die Zeitverschiebung lässt das Ganze doch recht kurz erscheinen. Ich warte auf meinen Koffer und es wird immer später. Endlich sitze ich in der U-Bahn und schaue auf die einzelnen Stationen.

Den Weg zum Hotel habe ich mir zum Glück ausgedruckt, es ist nicht weit vom Kings Cross und auch eher günstig, was aber relativ in London ist. Um halb acht rolle ich meinen Koffer aus der U-Bahnstation raus und versuche mich zu orientieren. Doch schon nach kürzester Zeit stehe ich tatsächlich vor dem Hotel. Ich checke schnell ein. Das Zimmer ist sauber und schlicht, völlig ausreichend.

Mein Vater hat vorgeschlagen, eine Wohnung zu kaufen, denn in London wäre das doch sicherlich eine Wertanlage. Vielleicht denke ich darüber nach, aber erst, wenn ich den Job etwas länger mache. Und vielleicht will ich tatsächlich nicht wieder in einer Großstadt leben, denke ich plötzlich und mein Herz klopft wieder. Es ist bereits kurz vor acht. Schnell kämme ich mir meine Haare, für das Auflegen von Schminke ist leider keine Zeit mehr. Dann düse ich nach unten an den Empfang. Dort steht bereits Philip und grinst mich schelmisch an. Wie ich dieses Lächeln liebe. Eine Mischung aus kleinem Jungen und Verführer.

„Hallo Frau Winter", sagt er und reicht mir den Arm.

Ich muss lachen und meine ganze Anspannung ist weg. Ich habe keine Ahnung, wie Philip das macht, dass ich mich in seiner Gegenwart immer so geborgen und ausgeglichen fühle.

„Als du gesagt hast, dass du in der Nähe von Kings Cross wohnst, habe ich gedacht, wir gehen indisch essen", sagt Philip und läuft los. Da mein Arm immer noch eingehakt ist, muss ich wohl hinter her.

„Ich habe tatsächlich noch nicht oft indisch gegessen. Meine Familie steht eher auf Italienisch."

„Ach ja? Wo geht ihr denn so immer hin?", fragt er und geht zielstrebig weiter, bis wir tatsächlich vor einem Restaurant stehen.

„Kennst du. Wir waren dort, als wir das erste Mal essen waren."

„Du kanntest das Lokal bereits?"

„Hatte ich dir doch erzählt. Wir sind da einmal die Woche, mindestens." Jemand führt uns zu einem Tisch. Es duftet köstlich.

„Hast du etwa reserviert?"

„Natürlich", sagt Philip lässig und studiert sofort die Karte. „Mit einem Smartphone ist das doch ganz leicht".

Ich schlucke. Irgendwie komme ich mir immer etwas blöd in seiner Gegenwart vor. Für ihn scheint alles so leicht zu sein.

„Und warst du schon mal hier?"

„Nein, ich wollte etwas in der Nähe von deinem Hotel haben. Sicherlich bist du gerade erst angekommen und hast einen riesigen Hunger", sagt er mit Betonung auf Hunger. Ich lache ertappt und blicke ebenfalls in die Karte.

„Uff, ich habe gar keine Ahnung was die Sachen bedeuten."

„Wieso? Die Karte ist doch auf Englisch", sagt Philip erstaunt und wieder komme ich mir total blöd vor.

„Äh, ich würde die Sachen auch auf Deutsch nicht verstehen. Ich sagte doch schon, dass ich noch nie so richtig indisch essen war." Ich werde langsam ungeduldig, aber eigentlich nur, weil mir meine Unwissenheit peinlich ist.

„Tut mir leid, Katja", sagt Philip und reibt sich schuldbewusst die Nase. Daran sehe ich, dass er die Entschuldigung ernst meint.

„Schon gut. Was kannst du mir denn empfehlen?"

„Wir bestellen einfach verschiedene Sachen und du probierst dich durch."

Als die vielen Schüsseln kommen, bekomme ich große Augen. Der Geruch ist fantastisch und ich schaufele mir direkt Reis und irgendein gelbes Curry auf den Teller. Dazu noch Spinat und etwas Käseartiges.

„Das schmeckt ja super!", rufe ich und die Leute drehen sich um. Da Sonntag ist, ist es eher voll.

„Nee, in London sind viele Lokale häufig voll. Sind ja immer Touristen da", meint Philip kauend.

„Das spricht schon mal gegen London als Wohnort", seufze ich. Schließlich möchte ich mal in Ruhe essen gehen, wenn mir danach ist. In München scheint es noch zu gehen, aber wir wohnen ja auch eher in einem Vorort. Und der Italiener ist abseits von der Innenstadt und vielleicht auch eher bei Einheimischen bekannt. Wir futtern, bis alles leer ist. Danach essen wir noch heftig süße Bällchen und trinken einen stark gesüßten Tee.

„Uff, bin ich satt", stöhne ich.

„Wahnsinn, dass ich das geschafft habe!"

„Na ja, wohl eher der indische Koch hier."

„Stimmt. Hast du Lust auf einen Spaziergang?"

Wir stehen draußen, er hat bezahlt, was mir eigentlich unangenehm war, denn schließlich ist das hier kein Date und selbst wenn, müsste er das nicht zwangsläufig tun. Aber er hat die Rechnung einfach an sich genommen.

„Du hast doch bestimmt noch kein britisches Geld", meinte er und hat dann seine Kreditkarte gezückt.

„Also meine Karte kann auch in Pfund bezahlen", hatte ich schnippisch erwidert, was ihn nicht abgehalten hat. Ich bin dann aufgestanden und gegangen, Philip ist hinterhergekommen, aber ich fühlte sein Lachen in meinem Rücken.

Wir wandern durch die Straßen. Alles ist laut und belebt, überall sieht man Touristen. Nein, ich denke nicht, dass ich dauerhaft hier leben möchte. Irgendwann stehen wir plötzlich wieder vor meinem Hotel.

„Ja, dann Danke für den netten Abend, Philip", sage ich und mache Anstalten, ins Hotel zu gehen.

„Katja", sagt er unvermittelt.

Und dann nimmt er mein Gesicht und küsst mich.

5 2 .   KAPITEL

Philip

Ich konnte einfach nicht anders. Als sie sich umgedreht hat, hat irgendwas in mir sich aufgebäumt.

Du kannst sie nicht wieder gehen lassen, schreit es in mir.

Zuerst scheint sie völlig überrumpelt zu sein und ich befürchte schon, dass sie mich wegstößt. Doch dann küsst sie mich zurück. Ich halte sie fest, doch irgendwie will ich ihr noch näher sein.

„Wollen wir nicht reingehen?", frage ich atemlos.

Sie zieht mich regelrecht hinter sich her, vielleicht geht es doch nicht nur mir so, denke ich. Wir nehmen die Treppen und stehen plötzlich in ihrem Hotelzimmer. Ich knöpfe ihr die Bluse auf und sie zieht mir das Jackett aus. Irgendwie schafft sie es auch, mir das Hemd auszuziehen. Wir pressen unsere Oberkörper aneinander, aber immer noch ist mir das nicht nah genug. Ich öffne ihre Hose und sie gleitet nach unten. Auch meine Hose verselbstständigt sich einfach. Ich hebe Katja hoch und lege sie auf das Bett. Dann ziehe ich sie ganz aus und wir küssen uns heftig.

„Und? Hast du etwas dabei?", fragt sie atemlos.

Ich stehe wortlos auf und gehe zu meinem Jackett. Aus der Tasche nehme ich zwei Kondome. Eines lege ich auf den Nachttisch, das andere stülpe ich mir über und lege mich wieder auf Katja.

„Déjà-vu", grinst sie.

„Déjà-vu", sage ich und dringe in sie ein.

Ohne Widerstand gleite ich in sie hinein. Es fühlt sich an, als ob wir uns nie getrennt hätten. Es ist noch dasselbe Gefühl, vielleicht noch etwas intensiver als damals. Ich versuche, noch tiefer in sie einzudringen, indem ich meine Hand unter sie schiebe, denn ich will sie noch mehr spüren und nur kurze Zeit später zuckt Katja und stöhnt laut auf. Verdammt, das Ganze ist so gut, dass ich befürchte, nicht lange durchhalten zu können. Wir bewegen uns rhythmisch miteinander. Irgendwann wird sie ganz eng und ich kann kaum weitermachen, so stark zieht sie sich zusammen. Dabei keucht und stöhnt sie laut auf, dass es mich regelrecht anmacht. Ich küsse sie heftig und versuche, weiterzumachen. Dann kann ich auch nicht mehr und gebe mich ganz hin.

„Es tut mir leid. Beim nächsten Mal kann ich bestimmt länger durchhalten", keuche ich.

„Ich kann nicht behaupten, dass ich nicht auf meine Kosten gekommen wäre", grinst Katja.

Wir küssen und streicheln uns, bis ich mich aus ihr zurückziehe. Dann gehen wir gemeinsam duschen. Ich passe sehr auf, sie nicht zu sehr zu berühren, wahrscheinlich nimmt sie nach wie vor nicht die Pille.

„Hast du eigentlich immer Kondome in deinem Jackett?", fragt Katja beiläufig als wir in ihrem Bett liegen.

„Wenn ich auf Frauen wie dich treffe, sorge ich dafür", sage ich und küsse sie. Wieder und wieder küssen wir uns, bis ich das zweite Kondom hole und wir uns wieder heftig lieben. Es ist, als ob wir versuchen, die letzten zwei Jahre nachzuholen. Doch irgendwann können wir beide nicht mehr und schlafen erschöpft nebeneinander ein. Ich drücke mich an Katjas Körper, lausche ihren regelmäßigen Atemzügen.

Ich liebe sie immer noch, durchfährt es mich. Ob sie jemanden hat? Aber dann hätte sie denjenigen doch betrogen. Aber wer weiß, vielleicht war ich doch nur ein Zeitvertreib für sie. Selbst wenn, ich bereue es nicht.

„Guten Morgen, Philip", sagt Katja und grinst mich an.

„Guten Morgen, Katja", sage ich zärtlich und schiebe ihr ein paar Strähnen aus dem Gesicht. „Wann musst du im Büro sein?"

„Um zehn Uhr", sagt sie und streckt sich. „Wie spät ist es überhaupt?" Stirnrunzelnd schaut sie auf ihr Handy.

„Wieso hat das dumme Ding nicht geklingelt?"

„Vielleicht weil es erst sechs Uhr ist", sage ich trocken.

„Was, erst? Ich bin total ausgeschlafen. Und ich habe Hunger!", stöhnt sie und reibt sich über den flachen Bauch.

„Es gibt ab sieben Uhr Frühstück. Bis dahin können wir doch auch noch andere Dinge tun", sage ich und berühre sie sanft. Sie schnurrt bis sie plötzlich die Stirn kraus zieht.

„Wieso weißt du, wann es in diesem Hotel Frühstück gibt?"

„Internet?"

„Du hast das alles geplant?"

„Äh, was genau?"

„Na, das alles hier", sagt Katja und zeigt auf das Bett.

„Eigentlich habe ich gar nichts geplant. Ich wusste doch nicht, dass ich dich gestern treffen würde." Irgendwie bin ich irritiert.

„Und wieso hast du nachgesehen, wann es Frühstück gibt?"

„Ok. Ich habe das Hotel umgebucht und bin jetzt auch hier. Schlimm?" Prüfend schaue ich sie an, doch zum Glück lacht sie.

„Nein, gar nicht. Eigentlich ist das beinah schon…süß", schmunzelt sie. Ich lenke sie die nächste halbe Stunde noch etwas von ihrem Hunger ab bis wir endlich aufstehen und zum Frühstück runter marschieren.

53. KAPITEL

Katja

Das Frühstück ist typisch Englisch, nicht gerade mein Fall. Trotzdem schaufele ich mir Bohnen, Eier und Champignons auf den Teller und kröne den Berg mit vier Toastscheiben. Philip lacht.

„Hungrig?"

„Und wie!", sage ich ernst und beginne, sofort zu essen.

„Wollen wir heute Abend wieder zusammen essen?", schlage ich vor und versuche, dabei locker zu wirken. Nicht dass Philip glaubt, dass ich klammern will. Vielleicht hat er jemanden oder ich bin nur eine kurze Eskapade.

„Ja, sehr gerne", sagt er und lächelt mich an.

Wie habe ich diese beiden blauen Ozeane vermisst, denke ich verträumt. Ich habe das Gefühl, sie schauen mir direkt in meine Seele.

„Äh ja. Ok. Wann ist denn dein Termin?"

„Der ist erst um 11 Uhr und wahrscheinlich gehen wir zusammen etwas essen", sagt Philip und schiebt seinen Schinken von links nach rechts.

„Hast du keinen Hunger?", frage ich erstaunt.

„Das Essen ist nicht gerade Appetit anregend", mault er.

„Was schlägst du für heute Abend vor?", frage ich mit Blick auf meine Uhr.

„Wie wäre es mit südamerikanisch?"

Es ist bereits halb neun. Wieso vergeht die Zeit immer so schnell, wenn wir zusammen sind?

„Wow, habe ich noch nie gegessen. Ich muss jetzt allerdings los. Lass uns hier im Hotel treffen", sage ich schnell und flitze los.

Schließlich weiß ich nur theoretisch, wie lange ich brauche und das sind schon eine Dreiviertelstunde. Lieber zu früh da sein, denke ich mit klopfendem Herzen als ich in die U-Bahn steige.

„Hallo Katja. Wie war dein erster Arbeitstag?", fragt mich Philip sofort als wir uns in der Lobby des Hotels treffen.

„Ach, na ja", sage ich und versuche nicht zu begeistert zu klingen. Denn schließlich war es mein erster Tag.

„Ich habe gefühlte 100 Leute kennengelernt und deren Namen sofort wieder vergessen."

„Das Übliche also. Hast du Hunger?"

„Was für eine überflüssige Frage", sagen wir beide gleichzeitig und lachen.

Hand in Hand gehen wir hinaus und zielstrebig führt mich Philip wieder zu einem Restaurant. Ich bin immer noch fasziniert wie sicher er sich in dieser riesigen Stadt bewegt. Restaurant ist allerdings vielleicht zu viel gesagt, es ist eher ein Imbiss.

„Ich dachte, wir nehmen so etwas, dann geht es schneller", sagt er und schiebt mich hinein. Ich muss schmunzeln und eine große Wärme macht sich in mir breit, ohne, dass ich etwas gegessen habe.

Vielleicht war der Zeitpunkt damals einfach ungünstig. Denn tatsächlich habe ich heute keine Ahnung mehr, wieso ich mich von Philip getrennt habe. Also, doch, eigentlich weiß ich es schon. Ich habe mich eingeengt gefühlt, ich wollte frei sein, um genau so einen Job zu machen, wie ich ihn jetzt endlich bekommen habe. Ich habe Philip vermisst, die ganze Zeit, aber irgendwann war ich auch zu stolz, um mich zu melden. Wie hätte das denn ausgesehen.

Doch jetzt komme ich mir kleinlich vor und auch so, als ob wir viel Zeit verschenkt hätten, nur weil ich irgendwelchen Zielen hinterhergerannt bin.

„Hier", sagt Philip strahlend und stellt eine riesige Schüssel Nudeln vor mich hin.

„Wow!", sage ich beeindruckt. „Aber wolltest du nicht südamerikanisch essen gehen?"

„Ich dachte, wir gehen lieber hierhin, das geht schneller. Und sie haben Portionen für zwei", grinst er und stellt eine normal große Schale auf seinen Platz.

„Danke", sage ich verlegen.

Ich habe den ganzen Tag Hunger gehabt. In der Kantine habe ich die Leute nicht verstanden und habe mir ein abgepacktes Sandwich genommen, was natürlich viel zu wenig war.

„Ich sterbe vor Hunger", grinse ich und versuche die viel zu heißen Nudeln in mich reinzuschaufeln, was leider nicht ohne Verbrennungen geht.

„Wie war denn dein Meeting?", frage ich, nachdem ich ungefähr die Hälfte Nudeln inhaliert habe.

„Interessant", sagt Philip kauend. Er scheint auch Hunger zu haben, denke ich amüsiert.

„Vielleicht hättest du auch lieber die Zweipersonenportion nehmen sollen."

„Auf jeden Fall", stöhnt er und schaut hungrig auf meine Nudeln.

„Hier", sage ich und füttere ihn.

„Danke. Ich werde morgen nach Schottland fliegen."

„Huch? Spontan?", frage ich, denn das hatte er gar nicht erwähnt.

„Völlig", lacht er. „Der Kunde hat angeboten, mir seine Produktionsstätten zu zeigen. Nach Schottland fliege ich weiter nach Schweden."

„Wahnsinn. Ich wusste nicht, dass ein Geschäftsführer so viel reisen muss."

„Kommt natürlich auf die Sparte an", sagt Philip ruhig. „Wir haben viele internationale Kunden. Eventuell wird er unsere Klebstoffe bei sich einsetzen. Wir schauen uns das Ganze gemeinsam an und eventuell wird etwas draus. Schade, dass du nicht mitkommen kannst", sagt er plötzlich mit rauer Stimme.

„Ja, schade", sage ich und bekomme auch eine raue Stimme. In meinem Magen fliegen Schmetterlinge. Gleichzeitig habe ich das Gefühl, Steine im Bauch liegen zu haben.

„Wie geht es eigentlich Jonas und Tessa?", frage ich, weil ich nicht weiß, wie ich die Dinge zwischen uns ansprechen soll. Er schaut mich enttäuscht an und die Schmetterlinge klatschen aneinander und fallen runter.

„Ach, ganz gut. Sie werden nächstes Jahr heiraten." Traurig schaut er mich an.

„Das hätte ich gar nicht gedacht." Ich bin wirklich erstaunt darüber, dass Jonas anscheinend die Kurve bekommen hat. Im Gegensatz zu mir, denke ich ärgerlich.

„Ach, irgendwie haben sie sich zusammengerauft. Tessa arbeitet jetzt übrigens für uns."

„Ich dachte, sie ist Ärztin."

„Sie hat auf Arbeitsmedizin umgesattelt und arbeitet jetzt als unsere Betriebsärztin."

Ich bin völlig verblüfft. Gerade Tessa hat so einen taffen Eindruck auf mich gemacht.

„Aber das verstehe ich nicht", sage ich verwirrt. Ich weiß eigentlich gar nicht, wieso mich das so fertig macht.

„Ich glaube die Arbeitszeiten von 9 bis 17 Uhr findet sie wesentlich besser als den Schichtdienst im Krankenhaus", sagt Philip trocken.

„Sie hätte doch auch eine Praxis aufmachen können. Dann hätte sie zumindest etwas Eigenes gehabt." Ich bin immer noch irritiert.

„Ach, da bist du doch auch den ganzen Tag mit beschäftigt, hast kaum Urlaub und musst irgendwie das Personal bezahlen", zählt Philip auf und schaut mich dabei prüfend an. „Was genau stört dich denn daran, Katja?"

„Ich habe keine Ahnung. Ich dachte halt, dass Tessa ein recht selbstständiger Mensch ist."

„Das bleibt sie doch auch weiterhin. Sie arbeitet ja nicht mit Jonas direkt zusammen."

„Nö, sie steht nur auf seiner Gehaltsliste."

„Wir sind zwar Geschäftsführer, aber wir haben trotzdem einen Aufsichtsrat und letztendlich haben der und der Personalrat Tessa eingestellt. Sie hat sich ganz normal bewerben müssen", erzählt Philip und wirkt etwas amüsiert. Doch in seinen Augen sehe ich eine Anspannung, die mich hoffen lässt. Vielleicht empfindet er doch noch etwas für mich, denke ich, während wir aufstehen und den Platz für die nächste Schar Menschen räumen, die in den Laden stürmt.

„Möchtest du wieder spazieren gehen?", fragt Philip und greift meine Hand. Wärme durchflutet mich.

„Nein", sage ich bestimmt und sehe, dass er zusammenzuckt. „Ich möchte lieber ins Hotelzimmer. Schließlich reist du morgen schon wieder ab."

Schweigend gehen wir zu unserem Hotel.

„Hast du eigentlich…?"

„Nein", sagt er schnell. „Hast du…?"

„Nein."

Und dann küsse ich ihn. Ich will ihm zeigen, dass ich damals einen Fehler

gemacht habe. Einen großen, schwerwiegenden Fehler. Sanft küsst er mich

zurück und streichelt mir über meine Haare.

„Ich liebe deine Haare."

„Ich liebe dich", sage ich und schlucke.

Seine blauen Augen strahlen mich an. Eng umschlungen stehen wir

zusammen und ich fühle mich so befreit wie schon lange nicht mehr.

54. KAPITEL

Philip

„Wie findest du das?", fragt Katja eifrig und zeigt mir ein Exposé, dass uns der Makler zugeschickt hat. Ich lächle sie an und ziehe sie zu mir rüber. Sie quietscht vergnügt.

„Das steht ja direkt am Wald!", rufe ich begeistert. „Wie groß ist es?"

„Das gesamte Grundstück hat ungefähr 1000 m². Die Grundfläche des Hauses hat 120 m². Unten sind die Küche, eine Abstellkammer, ein Schlafzimmer und ein kleines Badezimmer mit Dusche. Im ersten Stock befinden sich drei Schlafzimmer und laut dem Exposé ein 20 m2 großes Badezimmer", liest Katja begeistert vor.

„Wahnsinn. So ein großes Badezimmer. Ist es insgesamt nicht etwas zu groß für uns?", frage ich und fühle mich schlecht, weil ich ihre Begeisterung nur ungern bremsen möchte.

Seit London ist bereits ein halbes Jahr vergangen. Wie im Flug ist die Zeit an mir vorbeigerauscht, teilweise habe ich mich einfach von Katja mitziehen lassen. Ihr Enthusiasmus ist unglaublich und ich genieße jede Sekunde, die wir miteinander verbringen können und das sind leider viel zu wenige.

Katjas Job in London läuft gut, ich glaube das ist noch eine schwache Untertreibung. Sie muss den gesamten Laden völlig aufgeräumt haben. Nach nur drei Monaten hat man ihr zwei Assistenten und ein Team aus drei Leuten an die Hand gegeben. In den letzten Monaten war sie in Tokyo, Melbourne und Buenos Aires. Dazwischen habe ich sie immer wieder in London besucht.

Ich weiß, dass es schnell ging, aber unsere Beziehung hat sich, seit wir uns auf dem Flughafen gesehen haben, völlig verändert, wahrscheinlich, weil Katja und ich uns verändert haben. Vielleicht war Katja damals nicht bereit für eine Beziehung, doch jetzt scheint sie das Leben nur so auskosten zu wollen. Ich habe mit Anna und Ralf und auch mit Ari und Max geredet und alle sind der Meinung gewesen, dass Katja sich irgendwie komplett erneuert hat.

„Wie kam das denn so mit euch?", fragt Ari neugierig.

Ich muss lachen, denn natürlich wusste ich, dass solche Fragen kommen würden. Ich sollte dazu sagen, dass mich Katja mal wieder einfach angeschleppt hat, drei Wochen nachdem wir uns in London wiedergefunden haben. Und es ist wunderbar, wie positiv mich die Familie erneut aufnimmt, so als wären keine zwei Jahre vergangen.

„Flughafen", sagen wir beide wie aus einem Mund und lachen laut als wir die verdutzten Gesichter sehen.

„Wieso Flughafen?", fragt Max erstaunt.

„Wir mussten beide nach London", berichtet Katja und ich stelle fest, dass sie ihrer Familie anscheinend noch gar nichts von uns erzählt hat. Nun ja, wir haben uns auch nur letztes Wochenende ganz kurz in München gesehen. Dabei haben wir aber eher über uns gesprochen und unsere Zukunft. Zum Beispiel darüber, dass wir gerne ein Haus hätten, dass möglichst ruhig gelegen ist. Das Wochenende, so kurz wie es auch war, war eines der schönsten Momente, die Katja und ich bis jetzt hatten. Dieses Wochenende ist sie einfach rübergekommen, stand vor meiner Haustür, Freitag um ein Uhr morgens und ist mir in die Arme geflogen. Leider hatte sie mir verschwiegen, dass wir um neun Uhr bereits bei ihrer Familie zum Frühstück erwartet werden würden. Ich habe rumgegrummelt, so aus Prinzip und um zu vertuschen, wie sehr ich mich darüber freue.

Und jetzt sitzen wir im Haus ihrer Eltern und ihre gesamte Familie ist anwesend und es macht mir gar nichts aus, obwohl es einem Déjà-vu von vor zwei Jahren gleichen könnte. Doch diese Katja schmiegt sich strahlend an mich. Wenn wir glauben, dass niemand hinsieht, küssen wir uns und ich halte Katja in meinem Arm, damit sie nicht einfach wieder

verschwindet.

„Also, ihr habt euch auf dem Flughafen getroffen", sagt jetzt Ralf, Katjas

Vater und versucht, streng rüberzukommen.

„Ja", lacht Katja. „Einfach so."

„Einfach so", schwärmt Ari begeistert.

„Schicksal", seufzt Anna und holt noch mehr Aufschnitt aus der Küche.

Das Essen schmeckt köstlich. Das Brot und die Brötchen sind selbst

gebacken. Dazu gibt es Lachs, Matjessalat, aber auch Wurst- und

verschiedene Käsesorten.

„Anna. Das schmeckt einfach köstlich!", sage ich kauend.

„Ja, Anna kann das. Erwarte das aber bitte nicht von mir", sagt Katja und

pufft mir in die Seite.

„Ich kann das auch nicht", lacht Ari.

„Das brauchst du auch nicht", sagt Max und lächelt sie zärtlich an.

„Schließlich lernt Hannah jetzt bereits alles von ihrer Oma."

„Ja", strahlt Anna. „Hannah macht das super!"

Hannah wird rot und steht auf, um in der Küche irgendwas zu holen.

Diese Lobhudelei ist ihr sichtlich peinlich.

„Und wie geht es jetzt mit euch weiter?", fragt Ari direkt und Katja zuckt zusammen.

„Wieso weiter?", fragt sie irritiert.

„Na ja. Du bist doch viel unterwegs, Katja. Fernbeziehung? Gemeinsame Wohnung?", zählt Ralf auf und schaut seine Tochter prüfend an. Darüber haben wir letztes Wochenende geredet und beschlossen, dass wir es jetzt erstmal bei dieser Fernbeziehung belassen wollen. Doch irgendwie scheint Katja da mit ihrer Familie gar nicht drüber reden zu wollen.

„Das findet sich schon", sagt Katja knapp und damit ist das Thema beendet.

5 5 .   K A P I T E L

Katja

Nein, ich möchte mit niemandem über Philips und meine Zukunft

sprechen. Natürlich wusste ich, dass Fragen kommen würden. Deshalb

habe ich ja Philip spontan gestern überfallen. Das letzte Wochenende war

so schön und ich habe uns so klar wie noch nie zuvor zusammen gesehen.

Doch jetzt, mit dieser Fragerei, werde ich unsicher. Denn natürlich weiß

ich, dass eine Fernbeziehung keine dauerhafte Lösung für uns sein kann.

Deshalb bin ich auch von der Idee, ein Haus im Grünen zu kaufen, so

begeistert. Unser gemeinsamer Ruhepol, der nur uns allein gehört. Doch

ich will mit niemandem darüber sprechen, deshalb habe ich Philip

mitgenommen, weil ich wusste, dass sich dann alle zumindest etwas

zurückhalten würden. Und bemerkenswerter Weise tun sie das auch, denn

Hannah wechselt sofort das Thema. Mein Patenkind ist ja so ein Schatz.

„Wie ist es denn so, in London zu arbeiten, Katja?", quietscht sie in die

Ruhe und alle grinsen.

„So viel kann ich eigentlich darüber noch gar nicht sagen", sage ich

bedauernd und versuche trotzdem, das laute Leben in London zu

beschreiben. Hannah hört mir gebannt zu, sie hängt förmlich an meinen

Lippen. Ich fühle mich schon sehr geschmeichelt. Und mit Ari habe ich durchaus mehr über die Beziehung zu Philip gesprochen und natürlich auch mit Bunny.

Bunny hat sich kaum noch eingekriegt. Ich hoffe, sie ist nicht traurig darüber, dass ich jetzt nicht mehr permanent in München lebe, aber eigentlich war sie es ja immer, die keine Zeit für mich hatte neben ihren ganzen Sachen.

Es fühlt sich gut an, weiter zu kommen, etwas zu erreichen und besonders, aus meinem Elternhaus herauszukommen. Ich habe das alles viel zu lange schleifen lassen, habe mich selbst bedauert und dann sogar Philip von mir weggestoßen, weil ich dachte, er würde mich in meinen Zielen behindern. Auch darüber haben wir am letzten Wochenende gesprochen.

„Es tut mir leid." Überrascht hatte mich Philip angeschaut.

„Was genau?"

„Alles. Ich dachte, dass du mich festhalten willst. Ich habe geglaubt, dass ich mich ohne dich nicht weiterentwickeln könnte."

„Ich hätte mich irgendwann bei dir melden können", sagte Philip und lächelte mich an.

„Wieso hast du nicht?" Die Frage versetzte mir einen Stich, denn ich hatte irgendwie gehofft, dass er mehr um mich kämpfen würde.

„Hattest du dich nicht von mir getrennt, Katja?", fragte Philip vorsichtig.
Aber ich hatte keine Lust, vorsichtig zu sein. Wenn das diesmal mit uns
funktionieren sollte, durften wir nichts verschweigen, wir mussten uns
aussprechen.

„Natürlich habe ich mich getrennt", sagte ich heftiger als beabsichtigt.
„Aber du hast es einfach hingenommen. Du hast Jonas geschickt, um mir
meine Sachen zu bringen. Wie feige ist das denn!"

„Weißt du, ich habe darauf gewartet, dass du selbst vorbeikommst und
sie holst. Aber das habe ich ganz schnell aufgegeben!", sagte er wütend.
Ich hatte Philip nie so laut und emotional erlebt und es gefiel mir, denn
dadurch wusste ich, dass es ihm nicht gleichgültig war.

„Wieso hast du mein Verhalten einfach so hingenommen?", sagte ich
und wusste, dass ich total unfair rüberkam.

„So ein Blödsinn, Katja! Wenn überhaupt, hättest du dich mal
zusammenreißen können. Aber anscheinend war das Ganze kein Irrtum
für dich. Warum also hattest du geglaubt, dass ich irgendwann bei dir
aufkreuzen würde. Ich bin doch nicht dein Schoßhund! Du hattest das
alles nicht verarbeitet. Das wusste ich und ich wollte dir Zeit geben, aber
du bist nie gekommen." Die letzten Worte waren auf einmal ganz leise,
beinah ein Flüstern.

„So sehr habe ich dich verletzt?", flüsterte ich erschrocken.

„Ja, das hast du. Aber wieso flüstern wir?", fragte Philip und ganz plötzlich mussten wir lachen. Es war ein gelöstes Lachen, auf das ein inniger Kuss folgte. Engumschlungen saßen wir auf seiner Couch.

„Ich wollte ja kommen, Philip. Ganz sicher. Ich bin sogar bis zum Haus gegangen. Doch dann habe ich dich mit einer drahtigen Blondine gesehen."

Bei diesen Worten musste ich schlucken. Viel zu lange schon hatte ich diese Bilder mit mir rumgeschleppt, obwohl eigentlich nichts Verwerfliches an diesen Bildern war. Nichts hatte darauf hingedeutet, dass die beiden ein Paar waren, trotzdem war ich sofort weggerannt, als ich die beiden aus der Haustür hatte kommen sehen. Philip räusperte sich und wurde rot.

„Du warst da?"

„Also war da etwas zwischen euch?", fragte ich entgeistert.

„Ja", sagte er und ich wollte einfach nur gehen.

Mein altes Ich wäre auch gegangen, wäre hinausgestürmt und hätte sich wieder Monate später gefragt, wieso der Typ, den sie so verletzt hat, nicht hinterhergerannt kam.

„Das geht mich nichts an, Philip. Wie du schon gesagt hast, ich habe mich von dir getrennt."

„Ja, das stimmt", sagte er und ich zuckte zusammen, weil ich natürlich etwas Aufmunterndes erwartet hatte. Das ist typisch für mich, ich muss wirklich an diesem Egoismus arbeiten.

„Aber ich bin ganz bestimmt nicht stolz darauf, dass ich kurz nach unserem Bruch sofort eine Affäre begonnen habe. Das musst du mir glauben, Katja. Sie hat mir nichts bedeutet und es hat auch nur wenige Tage angedauert. Ich kannte sie aus dem Fitnessstudio."

„Philip. Ich will das gar nicht wissen. Ich wollte nur sagen, dass ich danach nie wieder den Mut gefunden habe, mich zu melden."

„Ich habe diesen Mut tatsächlich nie gefunden. Doch ich bin so froh über diese zweite Chance".

„Es ist unglaublich. Ich bin so glücklich darüber, dass es mir fast schon peinlich ist", sagte ich und wurde rot.

„Das ist toll, denn ich bin auch total glücklich", sagte Philip und küsste mich, bis ich gar nicht mehr wusste, worüber wir geredet hatten.

„Wie geht es weiter?"

Und wieder so ein Minenfeld, doch ich kniff auch diesmal nicht.

„Wir könnten ein Haus kaufen", schlug ich vor und den Rest des Abends sprachen wir über unseren Wunsch, einen gemeinsamen Ruhepol für uns zu erschaffen. Ich bin nie in meinem Leben zuvor glücklicher gewesen.

56. KAPITEL

Philip

„Ich rufe den Makler an und vereinbare einen Termin", schlage ich vor.

„Ja, tu das. Aber denk dran, dass ich nächste Woche für ein paar Tage in Dubai sein werde."

„Das hast du noch gar nicht erzählt, Katja."

„Tut mir leid, hat sich ganz spontan ergeben", grinst sie.

Ich weiß, dass Katja ihren Job liebt. Und mich macht es glücklich, sie so zu sehen, mehr brauche ich nicht, hoffe ich. Doch natürlich frage ich mich schon, ob unsere Beziehung so bleiben wird. So fern und ab und zu ganz nah, um dann wieder wochenlang sehr weit voneinander entfernt zu sein.

Ich schiebe die Gedanken weit fort, wie so oft in letzter Zeit und vereinbare einen Termin und hoffe einfach, dass nichts dazwischen kommt bei Katja. Die letzten beiden Häuser habe ich mir tatsächlich allein angesehen und habe mich dagegen entschieden. Doch dieses Haus klingt wirklich vielversprechend.

„Guten Tag, Herr Rose. Haben Sie gut hergefunden?", sagt die Maklerin freundlich.

Knapper, enger Rock, blonde Locken und ein gewinnendes Lächeln, das jedoch keinen Einfluss auf mich hat. Ich bin viel zu wütend auf Katja. Heute Morgen ist sie tatsächlich wieder weggeflogen und hat damit in letzter Minute abgesagt. Ich war wirklich enttäuscht und habe ihr das auch gesagt. Doch Katja ist einfach gegangen.

„Ja, habe ich. Tut mir leid, meine Freundin konnte es leider nicht einrichten", knirsche ich hervor.

„Das macht doch nichts", flötet die Maklerin.

Wir parken in der Auffahrt. Das Ganze wirkt doch recht riesig mit dem großen Garten und dem Wald dahinter.

„Obwohl es am Wald liegt, sind die Geschäfte gar nicht so weit entfernt. Mit dem Auto nur etwa 20 Minuten", erklärt sie.

Dabei laufen wir über einen kleinen Weg in einen völlig verwilderten Garten. Es ist traumhaft hier.

„Ja, der Garten müsste natürlich gemacht werden", sagt sie bedauernd.

„Ja, das müsste man wohl", stimme ich ihr zu, denn natürlich will ich ihr meine Begeisterung nicht zeigen. Wir schlendern kurz durch die verwilderten Ecken, mindestens zwei alte Obstbäume sehe ich, ansonsten Hecken und Rasen und teilweise Wildblumen. Das Grundstück ist bereits mehr, als ich mir erhofft habe, doch natürlich bin ich gespannt, was drinnen noch kommen wird.

„So, jetzt folgen Sie mir bitte über die Terrasse", fordert mich die Maklerin auf und drückt die Terrassentür auf. Ich wundere mich, dass die Tür offen ist, doch vielleicht hatte sie die bereits vorher aufgeschlossen, bevor ich angekommen bin.

Ich stehe in einem großen, leeren Raum, der wahrscheinlich als Wohnzimmer verwendet werden könnte. Gegenüber von der Terrassentür befindet sich ein Kamin. Was jedoch das Merkwürdigste ist, ist, dass sowohl der Kamin als auch der Rest des Raums über und über mit Rosen bedeckt sind. Und inmitten der Rosen hockt Katja.

„Katja!"

„Hallo Philip", strahlt mich Katja an.

Dann erhebt sie sich, so dass sie plötzlich vor mir kniet.

„Philip. Ich weiß, dass alles geht so furchtbar schnell. Und vielleicht haben wir auch noch nicht alles bis ins kleinste Detail besprochen. Aber das größte Detail steht zumindest für mich fest: Unsere gemeinsame Zukunft. In diesem Haus, das uns gehören kann, wenn du willst."

„Ja", sage ich schlicht. „Ja, ich will."

57. KAPITEL

Katja

Ich höre Philips Worte und in mir löst sich alles auf. Er hat Ja gesagt, zu uns und unserer gemeinsamen Zukunft!

Ich greife in meine Jackentasche und hole ein kleines Samtkästchen heraus.

„Natürlich habe ich auch Ringe", lächle ich und komme auf ihn zu.

„Mmh, ich könnte enttäuscht sein, weil das ja eigentlich mein Part ist", grinst Philip und schnappt sich das Kästchen. Er öffnet es und blickt ratlos hinein.

„Das sind Claddagh Ringe", erkläre ich und streife Philip einen Ring an die linke Hand auf dessen Band zwei Hände ein Herz festhalten. Sofort nimmt Philip den kleineren Ring in die Hand und steckt ihn mir auf den linken Ringfinger.

„Wie hast du das nur alles organisiert?", fragt mich Philip erstaunt und schaut sich immer noch völlig verblüfft um.

„Och, das war ganz leicht."

„Wo ist eigentlich die Maklerin?"

„Na ja, die sollte dich ja nur reinlassen. Ich habe nämlich bereits ein Angebot abgegeben." Philip schluckt hörbar.

„Wann hast du dir das Haus angesehen? War ein Architekt hier, müssen noch Reparaturen gemacht werden? So ein Haus ist eine teure Sache." Ich werde allmählich sauer.

„Uff, ich habe mir das Haus mit meiner Familie angesehen. Und die Maklerin hatte bereits ein Gutachten erstellen lassen. Natürlich ist das Haus alt, sonst wäre es in so einer Lage sehr viel teurer. Aber mit den Reparaturen können wir uns noch etwas Zeit lassen, meinte Theo."

„Ist das der, der dir den Trainee besorgt hat?"

„Theo hat mir die Stelle nicht besorgt", zische ich sauer. „Ich hatte ein Vorstellungsgespräch mit dem Geschäftsführer und der Personalabteilung. Theo hat gar nicht die Position, um mich einzustellen", schreie ich Philip an.

Schon hebt er beschwichtigend die Hände.

„So war das doch gar nicht gemeint, Katja."

„Ich glaube, ich bin einfach sauer, weil du dich anscheinend gar nicht freust."

„Katja", lächelt Philip, dabei hat er plötzlich ganz viele Lachfältchen um seine blauen Ozeane und meine Enttäuschung löst sich sofort auf.

„Es tut mir leid."

„Das muss es nicht, Katja. Ich habe doch bereits Ja gesagt. Zu allem." Er nimmt mich in den Arm.

„Aber du musst mir doch ein paar Fragen zugestehen. Ich meine. Du hast einfach so ein Haus für uns gekauft, ohne dass ich es gesehen habe. Hätten wir das Ganze nicht gemeinsam entscheiden sollen?"

„Es tut mir leid", wiederhole ich und fühle mich elend. Ich bin wohl doch etwas zu euphorisch gewesen.

„Aber das Haus ist einfach wunderschön!", rufe ich und ziehe Philip durch die leeren Räume. Doch für mich sind die Räume nicht leer. In jedem Raum sehe ich bereits, wie er eingerichtet sein wird und erzähle Philip davon. Schweigend hört er zu und schaut sich in Ruhe um.

„Wie findest du es?", frage ich schüchtern.

„Weißt du, Katja. Ich war schon im Garten von dem Haus überzeugt. Ich glaube, ich wollte dich nur ein wenig zappeln lassen, so aus Prinzip." Dabei grinst er von einem Ohr zum anderen.

„So aus Prinzip!", brülle ich und knuffe ihn in die Seite. „Blödmann", raunze ich ihm zu und küsse ihn.

58. KAPITEL

Philip

Schon von Weitem höre ich lautes Lachen und Kindergeschrei. Schnell schließe ich die Haustür auf.

„Onkel Phil!", schreit ein Mädchen und kommt mit erstaunlicher Geschwindigkeit auf mich losgestürmt. Bevor sie mich umwerfen kann, bremst Jonas sie glücklicherweise ab und hebt sie hoch.

„Jetzt lass Onkel Phil doch erstmal reinkommen", lacht er.

„Ja, denn eigentlich ist das Onkel Phils Haus", schnaube ich belustigt und schaue mich um.

Das Wohnzimmer sieht verheerend aus. Überall liegen Luftschlangen und kleine Hütchen rum. Auf dem Esstisch türmen sich bunte Kuchen und anderes klebriges Zeug.

„Äh, was ist denn hier los?", frage ich verdattert und suche meine Frau.

„Hast du denn vergessen, dass Ella heute ihren Geburtstag feiert?", fragt Tessa bestürzt.

„Äh, vielleicht habe ich vergessen, es zu erwähnen", grinst Katja und trägt gerade eine große Schale mit Lutschern rein.

„Hallo Schatz", sage ich, nehme ihr die Schale ab und küsse sie. „Was genau hast du vergessen, mir zu sagen?"

„Das Haus deiner Eltern wird doch renoviert. Deshalb habe ich vorgeschlagen, dass Ella hier feiern kann", sagt Katja, als ob das selbstverständlich sei, dass dann unser Haus dafür herhalten muss.

„Und wann habt ihr das geplant?", frage ich und versuche streng auszusehen. Denn eigentlich hatte ich mich auf einen ruhigen Nachmittag mit Katja gefreut.

„Es kommen doch nur fünf Kinder", sagt Tessa und nimmt Jonas Ella ab.

„So, ich gehe dann mal", sagt Jonas vergnügt.

„Was? Wohin willst du? Bleib sofort stehen! Du kannst mich doch mit diesen Weibern hier nicht allein lassen!"

Letzteres kommt so weinerlich rüber, wie ich mich fühle.

„Na schön. Du kannst mitkommen", sagt Jonas.

„Wohin gehst du denn?", frage ich unwirsch.

„Ich gehe mit Tobias Lasertech spielen. Dieser rosa Tüll Quatsch ist nichts für ihn."

Dankbar folge ich ihm zur Tür.

„Du hast doch nichts dagegen?", frage ich und versuche Katja so schelmisch wie möglich anzulächeln.

„Ach was, geh nur", sagt sie unwirsch.

„Ich kann auch bleiben", sage ich und fasse sie zärtlich um die Taille.

„Oder wir überlassen der Bande das Haus und hauen ab. Was meinst du?", frage ich sie, während ich an ihrem Ohrläppchen knabbere.

„Mmh, das klingt verlockend", grunzt sie und schmiegt sich an mich.

„Ich glaube, du wirst auf meine Frau verzichten müssen, Tessa", sage ich und ziehe Katja mit raus.

„He warte, ich habe gar keine Schuhe an", protestiert Katja.

„Nimm sie und lass uns hier verschwinden!"

Katja schnappt sich irgendwas und schon sitzen wir im Auto. Ich höre nur, dass Tessa ruft:

„Dann hol Tobias ab und kommt wieder. Ich schaffe das nicht allein!"

Wir lassen uns in die weichen Sitze unseres Autos sinken und verschnaufen erstmal. Unser wunderbares Haus im Grünen wird leider häufiger von der Familie belagert als uns lieb ist. Das liegt eben an dem schönen Garten, der direkt an einen Wald grenzt und den wir auch beinah so wild gelassen haben, wie er war als wir, na ja, als Katja das Haus gekauft hat. Die Ruhe, die wir hier genießen können und auch die Abgeschiedenheit, wird leider nur allzu oft für Kinderpartys oder andere Festivitäten ausgenutzt.

„Vielleicht mieten wir uns wieder etwas in der Stadt", schlage ich vor und fahre los.

„Keine schlechte Idee. Oder in der Nähe des Flughafens. Dann wäre der Weg kürzer."

„Wann musst du wieder los?"

„Ach, erst wieder in einer Woche", sagt Katja und ich sehe, dass sie es genießt.

Ja, sie genießt dieses Leben, sie scheint einfach dafür gemacht zu sein. Und ich lebe es mit und versuche, nicht an eine Familie zu denken.

„Dann können wir uns doch dieses Wochenende frei nehmen, Frau Sommer-Rose."

Sie grinst, wie immer, wenn ich sie mit Ihrem Doppelnamen anspreche. Und ich genieße es, sie mit diesem Namen anzusprechen.

„Also. Spa?", frage ich und gebe Gas.

Katja juchzt begeistert auf.

„Aber wir haben doch nichts dabei."

„Du vielleicht nicht, aber ich habe immer eine Sporttasche im Auto stehen."

„Also habe ich nichts anzuziehen", meckert sie.

„Dann fangen wir einfach direkt mit der Sauna an und hoffen auf einen Massagetermin bei Lucia", sage ich, um sie zu provozieren.

„Ich nehme Lucia und du kannst Carlo haben", sagt sie grimmig.

„Wieso kriegst du immer Lucia?", schmolle ich.

„Weil sie die Beste ist."

„Hast du nochmal nachgedacht?", frage ich vorsichtig, denn ich will die Stimmung nicht drücken.

„Ich liebe meinen Job." Sie blickt mich nicht an dabei.

„Ich weiß."

Schweigend fahren wir zum Spa, obwohl die Stimmung dahin ist. Wieso fange ich auch ständig davon an. Ich kenne doch Katjas Ansicht zu dem Thema. Aber wir werden immer älter und was, wenn Katja es eines Tages bereut.

„Was, wenn uns unsere Jobs eines Tages nicht mehr ausfüllen und nur noch Leere in unserem Leben ist?"

„Das wird nicht passieren. Und deshalb sollte man auch keine Kinder bekommen, sondern, weil man sich welche wünscht."

Mit diesen Worten marschiert sie ins Gebäude und ich habe Mühe, hinterher zu kommen.

„Warte doch auf mich", sage ich und halte sie fest. „Es tut mir leid."

„Schon gut. Wir sollten keine Kinder bekommen, nur, weil du meinst, dass wir uns auseinanderleben könnten."

„Du hast Recht. Aber was, wenn ich einfach gerne Kinder mit dir hätte?"

„Ich weiß einfach nicht, ob ich schon dazu bereit bin", sagt sie und blickt mich traurig an.

„Katja", sage ich und nehme ihre Hände in meine. „Schau dir Tessa und Jonas an. Meinst du nicht, dass wir das auch schaffen könnten?"

„Ich bin mir sicher, dass wir das schaffen könnten", sagt Katja verschmitzt. „Aber ihr Leben findet zumindest hier statt, meins ist in der ganzen Welt verstreut. Und ich genieße es, ich wollte nie etwas anderes."

„Ich weiß", sage ich leise.

Und eigentlich ist es doch gut so wie es ist, aber der Schmerz, dass es eines Tages nicht mehr genug sein könnte, nagt dennoch an mir. Mit Mitte dreißig hat man nicht mehr so viel Zeit, es sich zu überlegen. Schließlich möchte ich nicht für den Großvater meines Kindes gehalten werden, wenn ich es in den Kindergarten bringe.

„Ich liebe unser Leben", sagt Katja, während wir in der Sauna schwitzen.

59. KAPITEL

Katja

Ich versuche, genießerisch die Augen zu schließen, aber ich weiß, dass ich mich nur selbst belüge. Schon lange habe ich es satt, ständig unterwegs zu sein. Ich bewundere Philip, dass er sich manchmal einfach freinimmt. Ich kann mir nicht vorstellen, weniger oder gar nicht mehr zu arbeiten. Doch jemand müsste für das Kind da sein. Ich bekomme doch kein Kind, um es dann nicht aufwachsen zu sehen.

Und da wäre ja noch die Schwangerschaft. Was, wenn ich fett werde. Was, wenn ich es vermassele so wie Esther, weil mir ihr Egoismus vererbt wurde.

„Was denkst du?", fragt Philip leise.

„Ich habe Angst."

„Wovor?"

„Dass ich zu egoistisch bin. Dass mir mein Job wichtiger ist."

„Wovor hast du wirklich Angst?", fragt er und küsst mich.

Glücklicherweise sind wir allein.

Viele kommen eher morgens hierhin. Ich gebe mich dem Kuss hin, aber ich bin mir immer noch unsicher. Wird es immer so sein? Werden wir immer irgendwie voneinander versetzt sein in unseren Zukunftsplänen? Wie lange habe ich gebraucht, bis ich endlich bereit war, zu heiraten, ich meine richtig. Denn nachdem ich Philip den Antrag gemacht hatte, war ich dann doch nicht sofort bereit gewesen, den Schritt auch zu tun. Ich bewundere Philips Geduld. Ich habe viel mit Ari darüber geredet und sie hat mir erzählt, dass sie selbst erst lange Zeit gar nicht hatte heiraten wollen und sich auch nicht sicher war, ob sie Kinder haben wollte. Das war völlig neu für mich. Ich habe geglaubt, dass die beiden immer eine Familie gründen wollten. Dass sie so unterschiedliche Auffassungen hatten, war mir gar nicht klar.

„Und wie hast du deine Einstellung geändert?"

„Ich brauchte einfach Zeit. Das war wohl der Altersunterschied zwischen Max und mir. Irgendwann war ich mir dann sicher und dann war es auch gut so."

„Aber was, wenn ich mir nie sicher sein werde?", fragte ich Ari verzweifelt.

„Keine Ahnung", meinte Ari nur. „Dann solltest du es auch nicht tun."
Dann sollte ich es auch nicht tun, denke ich und schiebe Philip beiseite.

„Was denkst du?"

Komisch, dass, wenn immer es schwierig wird, ich an Trennung denke.

„Nichts." Mein Rotwerden kann man zum Glück auch auf die Hitze schieben.

„Ich liebe dich", sagt Philip und steht auf.

Abends kommen wir in unser Haus, ich glaube, es ist sauberer als vorher.

„Dieses Chaos", stöhnt Philip und ich muss grinsen.

„Welches genau?"

„Na das hier", sagt er und küsst mich.

Mir bleibt immer noch die Luft weg, wenn wir uns küssen. Was, wenn sich das ändert, wenn wir eine Familie gründen.

„Hör auf zu grübeln und komm ins Bett, Katja", sagt Philip und ich spüre sein Lächeln.

Ich putze mir rasch die Zähne und schlüpfe zu ihm ins Bett. Er nimmt mich in den Arm und wir kuscheln.

„Meine Mutter wollte mich nicht", sage ich unvermittelt.

„Meinst du das, weil sie dich mit fünf nach München geschickt hat?", fragt Philip stirnrunzelnd.

„Das auch. Aber schon vorher. Ich war nicht geplant", sage ich und setze mich auf.

„Hat Esther das so gesagt?"

„Sie ist damals kurz hier gewesen, mein Bruder hatte damals Magenbluten und musste ins Krankenhaus. Esther und Ari sind aus Hamburg hierhin gefahren, gemeinsam. Ich weiß nicht, was Ari zu Esther gesagt hat, aber sie hat mit mir geredet. Ziemlich offen und dabei hat sie auch zugegeben, dass ich nicht geplant war. Dass sie eigentlich schon damals gerne ihre Bücher veröffentlicht hätte, wenn ich nicht dazwischengekommen wäre. Zuerst war ich erleichtert, froh darüber, dass sie mir mal ehrlich gesagt hat, was sie denkt. Ihre Mutter hat sie wahnsinnig gemacht, mich übrigens auch und Esther wollte einfach auch mal an der Reihe sein. Erst später wurde mir klar, dass mich meine Mutter eigentlich nie hatte haben wollen, dass ja auch Max nicht geplant war und meine Mutter also eigentlich nie Kinder haben wollte!"

Ich schnappe nach Luft und plötzlich laufen Tränen mein Gesicht runter. Philip streichelt meinen Rücken.

„Du bist nicht deine Mutter, Katja. Wenn wir Kinder bekommen, dann, weil wir uns dafür entschieden haben. Deine Mutter hat es beide Male drauf ankommen lassen und in deinem Fall dir auch noch die Schuld darangegeben. Das ist nicht fair von ihr!"

„Eigentlich möchte ich gar nicht mehr so viel unterwegs sein", schluchze ich. „Aber ich will auch nicht scheitern oder aufgeben. Und schon gar nicht, um auf eine Mutterrolle reduziert zu werden!"

„Das Angebot meines Vaters steht immer noch", sagt Philip und schaut mich herausfordernd an.

„Dein Vater ist schon seit Jahren in Rente", sage ich verwirrt.

„Ja, aber damals hat er dir doch ein Angebot gemacht, oder?"

„Ich soll für euch arbeiten?"

„Wir bräuchten jemanden im Finanzbereich. Natürlich müsstest du dich erst bewerben, aber eine Frau mit deinen Referenzen ...."

Ich lasse diesen Gedanken in mich einsickern. Jahrelang hatte ich nicht für meinen Vater arbeiten wollen oder generell niemandem etwas schuldig sein wollen. Trotzdem habe ich durch Theo quasi die Traineestelle bekommen, auch wenn ich weiß, dass das nicht stimmt und mir Emy immer versichert hat, dass ich nur wegen meines guten Interviews eingestellt worden bin. Die weiteren Jobs habe ja auch ich selbst bekommen. Vielleicht sollte ich aufhören, ständig mir selbst im Weg zu stehen.

„Vielleicht sollte ich darüber nachdenken", sage ich zu meiner eigenen Überraschung. Philip strahlt mich an.

„Das wäre toll. Wie gesagt, ich kann dir da gar nichts versprechen, bewerben musst du dich schon selbst".

„Sei ruhig und küss mich, Herr Sommer-Rose", sage ich und rolle mich auf ihn.

Epilog

Philip

Ruhig blicke ich auf den Wald und entspanne mich von etlichen Meetings heute.

So viele Jahre sind vergangen. So viele Ereignisse sind geschehen. Mein Vater ist vor zehn Jahren gestorben. Es war für uns alle schwer, besonders für meine Mutter. Nur zwei Jahre später ist sie ihm gefolgt und plötzlich hatten Jonas und ich keine Eltern mehr.

Jonas und Tessa haben sich vor fünf Jahren scheiden lassen. Ich habe keine Ahnung wieso, aber ich habe eine Vermutung. Nach wie vor leben sie zusammen, obwohl beide Kinder schon lange aus dem Haus sind, im Haus meiner Eltern, nur halt jetzt ohne Trauschein. Anscheinend hat sie die Ehe zu sehr eingeengt, und das nach über fünfzehn Jahren.

Katjas Eltern erfreuen sich glücklicherweise bester Gesundheit und kümmern sich mit viel Liebe und Ausdauer bereits um ein Urenkelkind, die Tochter von Hanna.

Bei Katja und mir hat es immer so ausgesehen, als ob Katja drauf und dran wäre, uns zu verlassen. Vielleicht hätte sie das auch getan, doch mit der Geburt unseres Sohnes war das alles schlagartig vorbei. Ich weiß, das klingt merkwürdig, aber irgendwie hat unser Sohn sie geerdet. Sie war damals auf meinen Vorschlag, sich für unsere Firma zu bewerben, eingegangen und natürlich waren alle begeistert von ihr, ich hatte das gar nicht anders erwartet. Sie hat innerhalb kürzester Zeit die gesamte Finanzabteilung übernommen.

Nachdem sie den Job drei Monate hatte, stellte sich heraus, dass Katja schwanger war. Ich hatte wirklich Angst, dass es sie völlig aus der Bahn werfen würde und ich glaube, das hat es auch erst.

Ich kam damals nach Hause und fand Katja in Tränen aufgelöst im Esszimmer vor.

„Was ist passiert, Katja!"

„Du bekommst deinen Willen, Philip!", hat sie mich angefaucht. Ich verstand natürlich nur Bahnhof.

„Welchen genau? Was wollte ich haben?"

„Eine Familie, du wolltest eine Familie und jetzt kriegst du eine!", heulte sie.

Ich ließ die Worte in mich einsickern, kapierte sie aber nicht sofort.

„Soll das etwa heißen, dass…?"

„Ja genau. Du bekommst das Kind, das du dir wünschst!", schrie sie mich an. Ich musste schlucken.

„Tut mir leid?", fragte ich verwirrt.

„Wieso tut es dir leid. Du wolltest das doch immer!"

Ich war völlig überfordert und rief erstmal Anna an. Ja, ich weiß, das

klingt feige, aber ich hatte einfach nicht das Gefühl, die richtigen Worte

finden zu können.

„Anna, könntest du bitte kommen und mit Katja sprechen?", flehte ich

ins Telefon und Anna fragte gar nicht groß nach, sondern legte auf und

war eine halbe Stunde später mit Ari zusammen da.

„Wie lange weißt du es schon, Katja?", fragte Ari sanft. Ich hielt mich

dabei im Hintergrund, hörte zu und hoffte einfach, dass sich die Situation

wieder entspannen würde. Ich machte mir Sorgen um Katja und auch um

das Baby.

Mich durchfuhr plötzlich, dass ich Vater werden würde.

„Seit heute", antwortete Katja und starrte Anna und Ari an.

„Ich weiß, das ist jetzt alles ein bisschen viel", sagte Ari vorsichtig.

„Wann kommt das Kind denn?", fragte Anna und ich hörte, dass sie ihre

Freude darüber gar nicht verbergen wollte. Vielleicht hätte ich das auch

tun sollen, vielleicht hätte ich viel enthusiastischer reagieren sollen, hatte

ich mich über mich selbst geärgert.

„In ungefähr sieben Monaten", erwiderte Katja grimmig. „Und gerade jetzt! Ich bin erst seit drei Monaten dort, bestimmt werde ich die Probezeit nicht überstehen."

„Unsinn", sagte Anna und blickte in meine Richtung.

„Wieso sollte das ein Problem mit deiner Probezeit geben?", fragte ich irritiert, weil ich die ganze Zeit gedacht hatte, Katja wolle einfach unser Baby nicht.

„Nein?", fragte mich Katja entgeistert. „Wieso sollten sie mich jetzt noch weiter einstellen?"

„Weil du gut in deinem Job bist, Katja", sagte ich ernst.

„Wenn das kein Problem ist, was ist dann das Problem, Katja?", fragte Ari verwundert.

„Keine Ahnung?", sagte Katja und blickte verwundert in die Runde. Ich merkte, wie sie sich entspannte und ging auf sie zu.

„Vielleicht habe ich es noch nicht so richtig zum Ausdruck gebracht", hatte ich ihr leise ins Ohr geflüstert. „Aber ich freue mich wirklich wahnsinnig darüber!"

Natürlich war Katja nicht sofort Feuer und Flamme, das erwartete auch niemand von ihr. Aber beim nächsten Ultraschalltermin bin ich einfach mitgekommen, obwohl Katja das nicht wollte. Aber ich bin hartnäckig

geblieben. Auch mit Tessa hat Katja viel gesprochen, schließlich haben die
beiden zwei Kinder und gehen Vollzeit arbeiten.

„Aber du hast deine Karriere aufgegeben", meinte Katja.

„Das kommt darauf an, wie man Karriere definiert", hatte ihr Tessa
lächelnd erklärt.

Als unser Sohn da war, war Katja völlig verändert.

Nicolas hat rote Locken und blaue Augen. Ich finde das ja nicht so super
für einen Jungen, aber die Leute sind entzückt, wenn sie ihn sehen.

Eigentlich ist Katja keine Übermutter, sie hat schon nach acht Wochen
wieder begonnen, zu arbeiten, aber ihr ganzes Wesen hat sich völlig
verändert. Die wenige Zeit, die sie hat, gehört immer uns beiden, Nicolas
und mir. Ich habe mich einfach nur gefreut, dass wir eine Familie
gegründet haben, ich fühle mich vollständiger dadurch, auch wenn das
Unsinn ist. Katja und ich waren auch schon vorher eine Familie.

Je mehr Katja gearbeitet hat, desto weniger habe ich gearbeitet und es hat
mir tatsächlich nichts ausgemacht. Jetzt ist Katja Geschäftsführerin, unter
anderem für den Finanzbereich, Jonas ist Geschäftsführer für den
Marketingbereich und ich leite die Abteilung für die Forschung in Teilzeit,
weil man viel dafür von zu Hause arbeiten kann und weniger unterwegs

ist. Hat ja schließlich nie jemand gesagt, dass Katja unser Kind allein großziehen muss!

Und jetzt leben wir alle in unserem Haus am Wald. Allerdings findet mein Sohn das Haus ziemlich öde, na ja, das wäre mir in seinem Alter wohl auch so gegangen. Ich schaue auf die Uhr, gleich ist es drei Uhr und ich habe noch nichts gekocht. Schnell stehe ich auf und bereite etwas vor, Emil ist nach der Schule immer so ausgehungert. Ich könnte Anna und Ralf fürs Wochenende einladen, sinniere ich, während ich die Kartoffeln schäle. Gegen sechs Uhr wird Katja heimkommen. Ich genieße unser Familienleben, auch wenn es demnächst anders sein wird. Emil ist bereits in der dreizehnten Klasse und wird für sein Studium ausziehen, wo auch immer das sein wird. Dann werde ich wieder mehr arbeiten, oder vielleicht auch nicht. Ein Workaholic in der Familie reicht schließlich. Katja und ich unterhalten uns oft darüber, wie froh wir sind, dass unser Leben diese Wendung genommen hat. Manchmal frage ich Katja, wie es ihr damit geht und ob sie etwas anders machen würde.

„Nein, Herr Sommer-Rose", sagt sie dann jedes Mal lächelnd und küsst mich.

AUTORENBIOGRAPHIE

Die Autorin, die unter dem Pseudonym Lily Winter schreibt, wurde in Indien geboren und wuchs zunächst in einem Waisenhaus auf. Glücklicherweise wurde sie irgendwann nach Deutschland adoptiert, wo sie nach wie vor mit ihrer Familie lebt. Sie liest gerne Liebesromane oder auch Fantasy und natürlich auch den ganzen Vampirkram. Die meisten Buchideen kommen ihr im Schlaf oder im Urlaub, vorzugsweise beides. Die Idee zu ihrem ersten Buch und dem Auftakt der Sommertrilogie „Gestern, Morgen, für immer?" kam ihr wie ein Tagtraum vor. Im Geiste sah sie zwei Personen sich küssen und dann in verschiedene Züge steigen. Da sie dringend wissen wollte, wie es weiter geht, fing sie an, das Ganze aufzuschreiben.

Das Pseudonym Lily Winter wurde ihr übrigens von ihrer Freundin vorgeschlagen, die ihr versicherte, dass sie Bücher unter solch einem Namen ganz bestimmt eher kaufen würde.

Leseprobe: Sommertrilogie Band 1: Gestern, Morgen, für immer?

PROLOG

Anna

Sein Zug kommt zu spät. Wie jedes Jahr oder, weil er immer einen Zug später nimmt. So genau weiß ich das nicht. Es hat mich auch nie interessiert. Jedes Jahr treffen wir uns hier, an diesem Ort irgendwo in Nord-Rhein Westfalen. Er kommt aus Hamburg und ich komme aus München. Also so ziemlich in der Mitte und irgendwie auch, weil wir beide von hier stammen. Einmal im Jahr treffen wir uns hier. Einmal im Jahr tischen wir unseren Ehepartnern und unseren Kindern eine Lüge auf. Ich sage, dass ich zu einer Lehrerfortbildung fahre und er, dass er geschäftlich wegmuss. Meiner Tochter sage ich, dass ich zu einer Freundin nach Wiesbaden fahre, die ich noch aus dem Studium kenne und die auch tatsächlich dort lebt. Wir telefonieren manchmal, mehr aber auch nicht. Meine Tochter würde mir das mit der Lehrerfortbildung nie abkaufen. Schon, weil sie auf dieselbe Schule geht wie ich. Zum Glück reden sie und ihr Vater nur das Nötigste miteinander. Vielleicht ahnt sie auch etwas, aber sie hat sich bis jetzt nie etwas anmerken lassen. Sie ist 12 und

normalerweise sehr kritisch. Plötzlich steht Ralf vor mir.

„Hallo Anna. Schön dich, zu sehen", sagt er und küsst mich zärtlich.

Diese Wochenenden gehören uns, uns allein. Sie zeigen uns, was wir

hätten haben können.

Leseprobe: Sommertrilogie Band 2: Lieb mich lieber morgen

PROLOG

Ariane

Wir setzen uns gemütlich draußen vor die Eisdiele, obwohl nichts an unserer Stimmung gemütlich ist. Der bloße Gedanke daran, eventuell bei meinem Vater leben zu müssen, treibt mir die Tränen in die Augen. Aber eigentlich, will ich deswegen nicht heulen, denn ich muss meiner Mutter zeigen, dass ich mit der Situation umgehen kann.

„Ist das für dich ok, Ari?", fragt mich meine Mutter wieder und wieder.

„Natürlich, Mama", sage ich dann jedes Mal schnell, um auch mich selbst davon zu überzeugen.

Plötzlich sehe ich Ralf am Nachbartisch sitzen. Neben ihm sitzt ein kleines, rothaariges Mädchen.

„Hallo Ralf!", brülle ich rüber, damit wir endlich das Thema wechseln können. Ralf steht sofort auf. Was für ein Glück.

„Hallo Ari, hallo Anna!", ruft er erfreut.

„Hallo Ralf", sagt meine Mutter leise, fast schüchtern. Ich schiebe sofort beide Tische zusammen und wir setzen uns alle.

„Das sind Max und Katja", stellt Ralf vor.

„Hallo, ihr beiden", sagt meine Mutter. „Das ist Ari, meine Tochter."

Ich nicke kurz und sage Hallo, dabei schaue ich zufällig auf Max. In mir macht es „ping" und ich werde rot. Zum Glück erzählt Katja gerade etwas Lustiges und alle lachen.

„Was macht sie?", frage ich, um auch etwas zu sagen. Doch eigentlich schaue ich nur diesen großen, dunkelhaarigen Mann mit den blauen Augen neben Ralf an.

Ich versuche nicht zu sehr hinzu starren. Mir wird gleichzeitig heiß und kalt, denn irgendwie weiß ich, dass ich mich gerade verliebt habe.